李浩源 著

曾有少年时

大唐才子风华录

浙江教育出版社 · 杭州

我未成名卿未嫁，可能俱是不如人。
——罗隐《赠妓云英》

卓氏长卿称士女，锦江玉垒献山川。
——薛涛《续嘉陵驿诗献武相国》

长峦谷口倚嵇家，白昼千峰老翠华。
——李贺《南园十三首》

独怜幽草涧边生，上有黄鹂深树鸣。
——韦应物《滁州西涧》

千里长河初冻时，玉珂瑶佩响参差。
浮生却似冰底水，日夜东流人不知。

杜牧《汴河阻冻》

目录

陈子昂

五百年不遇的浪漫

引子

长安西市，海内外商贾熙来攘往，四方奇珍异宝辐辏云集，时值正午，人们脚步匆忙，想抓紧有限的开市时间完成今日的采买。

街市当中，有一位胡人就地摆摊。他正在卖一把胡琴，为了展示琴的音色，索性当街演奏起了异域的歌曲，不一会儿周围就围满了人。只可惜好琴虽在，知音难觅，当然钱是一个大问题。很多人给的价格并不符合胡人的预期，他摇摇头："不卖，不卖！"

"到底多少才卖！"

胡人抬起手指，比了个一："一百万！"

"一百万买琴？疯了！"人群里虽有不少腰缠万贯的人，但谁也不愿意出这个钱。

这时，从人群里钻出一个年轻人，他连连拍手说："好琴！好琴！我愿做这个知音，把琴带走。"

胡人眼前一亮，用不纯正的唐音说道："秀才也懂琴？秀才可知这琴值百万？"

"不错，这琴，我能弹，而且弹得还不错。今天，我要花一千贯买琴，正好百万钱。"

胡人瞪大了眼不敢相信；围观的人一阵惊叹，又小声嘀咕起来：

“一百万钱，这该不是个败家子，来花钱找痛快的吧？”

“一百万钱，呜呼，得几辈子花完。”

“那可是一百万钱，”胡人伸出一个手指，怀疑地看着他，“一百万钱，秀才肯定？秀才不是来骗老汉？”

年轻人笑了笑，拍了拍手，背后有几个仆从，已经抬来了一座钱山，围观人群瞠目结舌。

“这是一千贯钱，店家是卖还是不卖？”

胡商见了这堆积如山的钱财，赶紧点点头，替年轻人把琴装好。

年轻人站到人群中间，朗声说道：“各位，我这个知音人寻这把好琴已经很久了，明日我将在宣扬里为各位演奏此琴，还请各位光临捧场。”

第二天，好事的人来到约定的地方，发现这是一处装潢华丽、厅堂宽敞的大宅，年轻人坐在堂上，旁边是胡商。两人早已完成交易，胡商赔笑着与年轻人聊天，年轻人自顾自把玩着手中的琴。

时辰一到，年轻人向众人施礼示意，两边钻出一队仆役，给众人上了好酒好肉。他拿起手中的琴，左右端详、上下打量，又是扭动琴轸，又是拨动琴弦，任由人们怎么屏息凝神、翘首以待，他只顾着自己的事。“好琴！好琴！你尚有知音人为你付百万之资，何时能有明主，千金买骨，赏识我的才华？也罢！”突然，他把琴高高举起，重重摔下。

“咣当！”琴筒崩坏，琴弦断裂。在场人一阵惊呼。

“这是在做什么？”

年轻人朝一旁的仆从招招手，仆从抱着一堆书卷，分发给众人。

众人展开一看，是一部抄写精美的文集。年轻人说道："诸位！我乃梓州射洪陈子昂，此次来京师，乃是报效国家，企望一中高第。恨命运多舛，我未能蟾宫折桂、名扬四海。可惜啊！一把琴，有人识，我的诗，无人赏。诸公，请读一读、看一看吧！我的知音，是否在各位中间？"

一日之内，京城街头巷尾都在议论这个名字：陈子昂。

一

陈子昂，字伯玉，生于四川梓州的富豪家庭，全家十代人安稳地生活在这里，掌握着不大不小的权力，享受着权力带来的巨大财富。以此作为后盾，陈家平安度过了南北朝乱世，避开了隋末的动荡。

陈子昂的基因里一定刻着"豪迈"和"博学"。陈子昂的一位叔祖，在隋朝没有做官的机会，就干脆去研究农业生产技术。祖父陈辩是一个有学问的侠客，隋末四海动荡，陈辩以正直刚烈闻名。陈子昂的父亲陈元敬更是一个特立独行的人。家中富有，藏书无数，陈元敬也颇有学识。他有做官的资格，但最后也没有步入仕途，反倒是借着财力和声誉，做起了本地的话事人。在他看来，除了读书，还要读"人"，传承先辈正直刚烈的家风。他常常告诫家人："你们不仅要读书，还得做正直刚烈的人，咱们家在地方上，人才辈出，都是一等一的豪爽英雄，你们要向他们学习啊！"

豪迈给了陈家义气纵横的肝胆，博学又赋予了他们经营事业的头脑，在梓州这方小天地里，陈家的富饶到了陈元敬这一代，已是远近闻名。陈元敬二十岁的时候遇上饥荒，便打开自家粮仓，无偿赈济乡里。如此，也并未对家大业大的陈家造成影响。陈子昂不只是含着金汤匙出生，他还是在金摇篮里出生的。

父祖的胆识，一开始在小小陈子昂的身上并没有体现出来。他每天带着几个狐朋狗友，以赌博喝酒为乐。奇人嘛，永远有点儿奇遇。某一日，兴许陈子昂是要去赌博的地方，但走错了路，闯进了本地的学堂。学堂规矩森严，老师学生彬彬有礼、出口成章。陈子昂震惊了，同龄人里还有这样“厚重”的活法，自己每天浪费时间，算怎么回事？他赶紧回家收拾行李，钻到州城东南的金华山里，找了个道观潜心读书。

读了一段时间，天赋被唤醒的陈子昂坐不住了。二十不到的小伙子，感觉身上每个文学细胞都被调动了起来，他打算到更远、更广阔的天地求学。唐高宗仪凤三年（678 年），陈子昂离开家乡、北上长安。“灼灼青春仲，悠悠白日升。”他踌躇满志，期待学成之日，名满天下。

来到长安，陈子昂想到国子监上学。陈家虽然富裕，但父祖辈的官职，似乎不太支持陈子昂进入最高一级的学府国子学和次一点的太学。就算过得了背景关，也过不了年龄关。陈子昂已经快二十岁了，很多学科都向他关上了大门。放眼望去，只有教授法律的律学还有录取的可能。律学就律学吧，怎么说也是到首都去深造。

虽然不是去最高级的学堂，但也不是混学历和闲逛。唐人科举，个人实力只是一方面，你还要有一些名利场上的朋友，他们的引荐会对你的前途很有帮助。

陈子昂也懂这些规则。抵达长安后，他就带上自己的诗文，积极同朝贵往来。有时候，他还到洛阳去，与贵胄子弟们拉关系。陈家门第不高，但耐不住有钱，陈子昂又愿意为朋友花钱。在“仗义疏财”的陈子昂身边，很快就围拢了一帮酒肉朋友。一段时间后，在朝贵和朋友们的鼓吹下，这个四川年轻人的名气越来越大，身价水涨船高。

他的名声传到了中书令薛元超那里，薛元超想读一读他的文章，便找人来索要。薛元超出身文学世家，又掌一朝相权，得其赏识，不愁平步青云。陈子昂非常兴奋，他赶紧铺开纸，思索片刻，提笔写道：

一昨恭承显命，垂索拙文，祗奉恩荣，心魂若厉，幸甚幸甚……

星夜写就，文不加点，陈子昂赶紧把文集和这篇书信一起封好，给薛元超送去。信中满是对薛元超的赞美，他希望靠薛元超的力量，能让自己这个“惶恐”的年轻人得到命运的垂青。这年，因唐高宗和武则天移驾洛阳，陈子昂便赶往洛阳，参加考试。

可能是年纪尚轻，也可能是文章没被人看上，陈子昂第一次并没有考中。他心里有点小牢骚，临行前，对着好友魏懔大倒苦水，说了些归隐山林的气话。他一路向西，只想回到那一片富贵温柔乡里。诗人的心都是敏感的，哪怕知道人生没有那么多顺风顺水，还是要就此长吁短叹一番。

但有钱嘛，财富可以抹平很多痛苦。陈子昂在家里吃好喝好，修修仙、访访道。等精神养得差不多了，就重新下山，到红尘中寻觅新的机会。

二

弘道元年（683 年），久病不治的唐高宗去世，朝政大权落到了武则天手中。这个春天，对于陈子昂而言，主题是考试，对于武则天而言则是“掌权”。目前，她还只是李唐的太后，但擅权专政的野心已经尽人皆知。武则天不能做光杆儿太后，管理国家需要一批拥护自己的饱学之士。一方面，武则天打击朝臣中会妨害自己的人；另一方面，她重视选拔寒门士子，打破阶层任用人才。

刚好，陈子昂在梓州取得了解送入京的资格，跟着梓州的土特产一起，到洛阳参加科举。对于时事，陈子昂是有一定了解的，望着悠悠的洛阳道，他踌躇满志，感觉自己的好日子要到了。像陈子昂这样，没有什么关系网络的读书人是武则天心中有才又可靠的栋梁之选。果不其然，文明元年（684 年）春，陈子昂进士及第，时年二十六岁。

中了进士，陈子昂还要等待分配官职。陈子昂可不想等。青春年少、时间宝贵，如果天天在这里等，岁月都要被消磨尽了！他不愿意等着吏部的指派，去按部就班地生活。当今是武太后掌权，太后鼓励大家积极进言、讨论国事，这不是自己一展抱负的大好时机吗？头铁不怕风险。当年朝廷就唐高宗的葬礼起了争议，有人认为，应该按照制度，把唐高宗的灵驾从洛阳转移到长安。可与此同时，关中粮食歉收。陈子昂认为，花那么多钱把一个驾崩的皇帝转移回去，那不是折腾老百姓吗？于是大胆上书，请求不要让灵驾西迁。

在陈子昂看来，目前国家内忧外患、百姓苦不堪言，国家没有精力和财力来应对这样的活动。同时，他觉得皇帝既然四海为家，在洛阳就地安葬为何不可？况且洛阳不是山清水秀、风水极好的胜地吗？就不要去给关中添乱了。讲完这些，还要谈一谈舍近求远会给国家带来动荡与不安的大道理。整篇文章，写得文采斐然、遍地珠玑。

武则天读着这篇洋洋洒洒的大文，脸上微微一笑。这是获得人才的喜悦，也是对陈子昂泛泛而谈的轻哂。治理丧事是国家的重要活动，高宗百病缠身，朝廷早有准备。陈子昂说的话，虽然都有一定的道理，但也就是看起来很吓人，实际上交给有关部门就可以解决。况且，修建陵墓放到哪里都是劳民伤财，难道就地埋葬，就不劳民伤财了吗？

文章虽然又大又空，但陈子昂的文采令武则天激赏。更重要的是，陈子昂在开头旗帜鲜明地表明，有武则天的临朝决断，大唐离盛世也就不远了。这样的支持，令武则天眼前一亮。她让人赶紧把陈子昂找来一见。

陈子昂终于不用站在一堆土特产背后面见至尊了。他来到武成殿，在宫监的导引下，对着一道薄薄的幕帘行礼。

“撤帘。”

御帘卷起，陈子昂终于见到了传说中武太后的尊容：威严、英挺，眉目间犹见当年的风采。他不敢多看，赶紧俯身，把笏板立于面前。武则天也打量了他一会儿，这个年轻人长得清秀质朴。一番交谈，她觉得陈子昂可用，便任命他为麟台正字。官品虽然不高，却可以出入中央，读书学习、了解时事。得此任命，陈子昂心潮澎湃，这可比在吏部等官高效多了！假以时日，成为宰相、安邦定国，还不容易？

大家听说武则天非常欣赏陈子昂的文章，便争相传颂，一时洛阳纸贵，成为全国爆款。洛阳城里，新星陈子昂成了王公大臣的座上宾。宴席聚会，少不了他的身影。

“怀君欲何赠，愿上大臣书。”在洛阳的重点，不是吃喝玩乐，而是报效国家。很快，武则天又有了新的传令。近来，武则天为了巩固权势，诛杀李唐宗室和拥李大臣，一度激起徐敬业等人的兵变，她希望能够调和各方、稳定局面。于是她问道：“我应当怎么同天地万物和谐共处，实现大唐王朝的可持续发展呢？”陈子昂火速上书，又用一篇雄文，发表自己的观点。他大声疾呼，人是国家的根本，无论怎么办，对人的关注都不能丢。这篇政论文采斐然、义理深刻，武则天读完，大呼过瘾。她又把陈子昂找来，请他具体谈谈。陈子昂接过纸笔，坐在中书省内，略一思索，巨制立时而就。在这篇文章中，他就派遣巡视的钦差、选拔地方的官吏、把握天下总体局势，提出自己的看法。他再次大声疾呼，希望武则天关注百姓，在战争、水旱这些折腾人的事情上，多注意民生，注意民生就有利于国家的稳定：

臣闻天下有危机，祸福因之而生：机静则有福，机动则有祸，天下百姓是也。夫百姓安则乐其生，不安则轻其死；轻其死，则无所不至也。故曰人不可使穷，穷之则奸宄生；人不可数动，动之则灾变起。奸宄不息，灾变日兴，叛逆乘衅，天下乱矣。

——《上军国利害事》节选

这些话，都是陈子昂的心声，当然，武则天有没有听进去又是另一回事了。下班回家，陈子昂又把精力放到了广交朋友、研讨文学上。陈子昂有远大的抱负，他不仅想振兴国家，还要改造文学。所以，武则天每每读到他的文字，都觉得清爽，毫无堆砌典故、卖弄辞藻的酸腐气。

某一日，春风得意的青年在好友解琬处，看到东方虬送来的《咏孤桐篇》，全诗平直典雅、气韵豪迈，一洗扭捏的寻常风气。陈子昂读完，大感痛快。赶紧写诗作和，光有诗不够，陈子昂的重点不是和诗，而是想和知音东方虬分享一下自己的激动与感慨：

东方公足下：文章道弊五百年矣……一昨于解三处，见明公《咏孤桐篇》，骨气端翔，音情顿挫，光英朗练，有金石声。遂用洗心饰视，发挥幽郁。不图正始之音复睹于兹，可使建安作者相视而笑。

——《与东方左史虬修竹篇序》节选

“东方虬先生！文章的大道，已经沦落五百年了！”陈子昂对当时沉迷萎靡、被形式所奴役的文学风气感到深深担忧。他更关心诗文能否传达自己的情感，并不以诗文为炫技场。但在当时，引导大家前进的是宫体诗歌的绮靡美学，陈子昂独自走在风骨和格调的“暗路”上。今日看到东方虬的作品，如同看到长夜里有人打着火炬，也与自己同行。“不图正始之音复睹于兹，可使建安作者相视而笑。”陈子昂深知，文脉是不会断的，传统的辉光必然穿透压在上面的废墟，进而普照世人，以诗相和既是感谢同道，也是振作精神，给自己和东方虬打打气。

三

后世有人认为，陈子昂就是每天发表一些奇谈怪论，讲大道理，并没有政治才干。陈子昂性格虽然豪迈不羁，但讲起天下大势来，却真的有两把刷子，眼光独到且长远。唐廷于西面，正为吐蕃和昭武九姓的叛乱而头疼。陈子昂希望朝廷趁着周边刚刚乱起来、事态还可以收拾，赶紧去远在西陲的甘州、凉州屯田和练兵，扩大城市规模，驻扎精锐部队。不过，武则天的重点不在这里，朝廷和李氏的厮杀才是主战场。多年以后，吐蕃果然成了河西地区的大患，反复滋扰，没有宁日。

垂拱二年（686年），金微州都督仆固始叛唐，附近的同罗部响应，双双率军袭扰边疆州郡。武则天命将军刘敬同率领士兵，自今甘肃一带的居延海，北上伐叛。陈子昂的好友乔知之以御史身份参与军事，陈子昂随同。

“感时思报国，拔剑起蒿莱。”早就希望有报国机会的陈子昂，激动地跟着大军一路北上，冒着春寒，越过沙漠和群山，抵达大同城，期待建立功勋。江山辽阔、苍凉萧瑟的边塞景象，也给陈子昂的诗歌带来了新的光彩。登上曲折的陇西高原，回头望去是如带的秦川。边疆军情正急，胸中热血沸腾，他来不及在这里感伤，回望片刻，便继续赶路。居延海极远，从春天走到初夏，大军才来到张掖。张掖的郊外，草木萧疏、旷野千里。他和乔知之出门闲逛，忽然发现，这里长着自己爱吃的一种蔬菜——仙人杖。

一丛一丛的仙人杖，让他想起家乡修仙的老爹。老爹说，这个东西吃了有助长生。等进了张掖城，老兵们也把这个当作上等佳肴，极力推荐。陈子昂非常高兴，赶紧带上不少，还推荐给了军中好友乔知之和王无竞。半个月后的某天，乔知之忽然大笑着从外面走进来，抓起饭桌上的仙人杖，后面还跟着一个人。“让这位先生给我们看看这是不是仙人杖吧！”原来，乔知之带回一个精于药学的路人，路人看了一眼，说：“这不是仙人杖，这是白棘，各位也太糊涂了吧，这都认错。”王无竞赶紧从席上站起，说道：“哎呀！您说得太对了，我就说这东西有点甜，不像仙人杖。”

虽是小事，陈子昂看在眼里，却想了许多。仙人杖是自己再熟悉不过的食物，怎么会有错？乔、王二人偏听偏信，放在其他事情上，不也会如此吗？世人大多容易误判，朋友如此，君臣也如此。想到这里，陈子昂想起了和氏璧的故事，回到自己的屋中，赋诗一首，希望和自己同吃的王无竞能够有所醒悟：

鸱夷双白玉，此玉有缁磷。
悬之千金价，举世莫知真。
丹青非异色，轻重有殊伦。
勿信玉工言，徒悲荆国人。

——《观荆玉篇》

诗，应当为真情实感而歌，这也是陈子昂一以贯之的追求。到了五月，大军总算抵达了驻扎地居延古城。望着白日黄云，陈子昂想到的是建立功勋。他勉励乔知之抓住这个机遇一举成名，不要任由岁月蹉跎。但两人并不擅长投机邀功，只是认真观察当地的局势，提出治边之策。他们发现，那些挑动战争的好战分子已经被消灭了，但附近的突厥诸部落困于三载不遇的旱灾中。在他们看来，这无异于一个大好机会，足以一举挫败突厥。他们希望，朝廷能利用甘州到大同城的有利地形，再选派精兵强将，一举解决突厥问题。

很遗憾，两人费时费力写成的报告成了废纸，不仅没有被朝廷采纳，乔知之本人还遭到了诽谤和斥责。陈子昂为朋友遭受的不公而感到愤怒，但他只能写诗安慰。这个四川富家子弟第一次明白，命运，有时候不是自己能把控的。

两人还没有亲历战场，战争就已经结束了。陈子昂也接到了返程的通知。乔知之年近半百，已经没有多少塞上立功的机会，这一次出征，他不仅能协同指挥，还可以与陈子昂这样的才子后生共事，依然踌躇满志。但壮志未酬，战事已息，新朋友还要返回洛阳，这让乔知之有些伤感。泪眼婆娑，二人挥别。

回到洛阳后，陈子昂开始回忆和整理路上的见闻。这一次出塞，他收获良多。战争和军事，不再是纸面上的文字，而是真切存在的帝国大事。真正让他担忧的，并不是同罗和仆固部族，而是吐蕃和河西走廊的十姓回鹘部落。最近，十姓部落民心不稳，吐蕃又挑唆其中九部叛唐，战火在甘州一带蔓延。陈子昂此行路过甘州，他深知甘州的重要性。如果甘州陷落，河西狭长地方的州郡会有断粮无援的危险，当务之急是赶紧充实河西地方的战备，以防万一。这些务实的判断，都写在了《上西蕃边州安危事》中。后来的历史证明，陈子昂的眼光是长远而精准的。年虽未满三十，但在政治思想上，他已经逐渐成熟。

四

到了洛阳，陈子昂发现武则天的野心空前膨胀，称帝的工作已经在紧锣密鼓地进行。全国各地的山川，都“特意”为武则天献上了象征天命的祥瑞。朝会的场面一次盛过一次，但这也掩盖不住背后的血雨腥风：八月，越王李贞、琅琊王李冲谋反，败亡；九月到十二月，韩王、鲁王、常乐公主、东莞郡公、江都王、霍王相继被杀。

陈子昂也曾与王公贵胄同游，如今风暴降临，人心惶惶，他鼓足勇气，向武则天上书，劝告武则天还是以稳定人心为要，不要滥杀无辜。陈子昂也许明白，武则天的屠刀不举向自己，已经是万幸。但出于正直的本性，还是应当直言不讳。书文递到，武则天并没有降罪于他。

“苍极神功被，青云秘箓开。”陈子昂作为文坛巨星，依旧参加了大酺典礼。昨天还在为被流放打击的人写“谢表”，今天就要来歌颂武则天的功德，着实有些分裂。但今天的优待都是武则天给的，陈子昂有几个脑袋够砍，敢和武则天对着来？他选择低头和自保。

这年三月，武则天又一次召见他，让他写篇文章，谈谈对目前局势的看法。他就刑罚、人才、宗室等问题发表了自己的看法。这一次他没有走吹捧路线，而是直接批评武则天任用人才只是表面样子，并不真正委以重任，又建议武则天善待宗室，不要让他们惶惶不安。这一次，武则天没有理会他的意见。

四月，又有汝南王等十二位李家宗亲被杀。这似乎是武则天对陈子昂的回应，虽然是春天，陈子昂的心却骤然降到了冰点。“伊人信往矣，感激为谁叹。”在凄风苦雨之中，武则天就快登上帝位了。那些反对的声音，早已被打入地狱，做了亡魂。陈子昂选择闭嘴。

永昌元年（689 年），武则天称帝进入倒计时。陈子昂惊讶地看着几个和尚受人指使，编造一部不曾存在的经书，为武则天的神话造势。这一年，酷吏和朝臣的对抗也达到了巅峰，只要是挡了他们的权路，就没有留下活口的余地。陈子昂只敢把这些惊讶和不平写进自己的《感遇》诗里。多年以来，《感遇》组诗已经成了一本小日记，记录陈子昂那些不敢细言、难以明表的心事。次年八月，武则天下令鞭杀了自己的亲孙子，亲人和仇人的血共同染红了郊祭的火焰，也染红了一批趋炎附势者的官袍。九月九日，武则天正式称帝，改国号为周。“天命神凤，降祚我周。”陈子昂小心翼翼地献上自己的礼赞，为武则天的伟业，卖力地歌唱着。

凤凰已经飞起来了，那么自己什么时候也能乘上这一阵东风？七年以前，还和自己坐在一起吃饭喝酒的宗秦客已经成了女皇的心腹，一飞冲天，做了宰相。自己还徘徊八品，看不到“大用”之日。不久，继母去世，陈子昂只好返家守孝。守孝结束，陈子昂终于有了新的职位——右拾遗。

在这个职位上，作为言官的陈子昂把名字留在了中国法制史上。同州下邽县徐元庆为父报仇，杀掉了杀父仇人赵师韫，随后投案自首。武则天认为徐元庆至孝，打算免除徐元庆的死罪。就在案件将要定论之时，陈子昂站了出来，他对武则天说，这个案子，不能免死。武则天很好奇，当然要问一问陈子昂的看法。陈子昂坚定地站在国法的一边，他谈道：“国法专杀者死，元庆宜正国法，然后旌其闾墓，以褒其孝义可也。”①

武则天和朝臣一听，确实有道理，杀人当死、尽孝当奖，两个事情是不冲突的。陈子昂的建议，难得有被直接采纳的时候，这一次，武则天按陈子昂所说，判处徐元庆死罪，但为其风光大葬——百余年后，柳宗元却对陈子昂隔空批判，认为这既不合礼，也打了司法的脸，这已经是后话了。

宦海无常，陈子昂任职不久，上司李昭德跋扈自大，触怒了武则天，她干脆把李昭德逮捕拷问。城门失火，殃及池鱼，下属陈子昂也以“谋逆”之罪，被逮入大狱，活活折磨了半年多。

---

① 出自后晋刘昫等著《旧唐书·列传第一百四十》。

武则天的气消得也快，所谓“谋逆”被证明是“莫须有”之事，陈子昂也被无罪释放，官复原职。突遭牢狱之灾，让人生一直平顺的陈子昂有些难过。人已经过三十七岁了，十六年浮沉，细细回望，似乎也没有什么真正改变人生的际遇。他开始同几位道士交往，以求获得心灵的慰藉。

“悠悠何往，白头名利之交；咄咄谁嗟，玄运盛衰之感。”他望着通向名山的归隐之路，送别一位道士朋友，开始反思汲汲多年的名利。

五

陈子昂出狱半年后，契丹首领李尽忠、孙万荣造反。原因很简单，边疆将领对他们横加侮辱、视如奴婢，二人忍无可忍、无须再忍，李尽忠杀了将领，扯起反旗。女皇大怒，突厥、吐蕃来骚扰也就算了，怎么连契丹也开始不安分？于是召集大军，令武三思统领征讨契丹。临行时，还告诉天下人，从此以后这两人的名字，一个改叫尽灭，另一个改叫万斩。女皇想用诅咒为官军助威。

谁知武周的先锋队遭遇埋伏，全军覆没。几个俘虏听说契丹缺粮，便趁着契丹人防备空虚，逃了出来，回去报信。大部队得到消息，大喜过望，迅速出击。他们哪里知道，这是契丹的计谋，目的就是诱敌深入，在周军不甚熟悉的松漠山陵间，打一场伏击战。不久，大部队进了圈套，死伤惨重。而契丹人顺手用缴获的军印，向增援的武周军队传假情报，又打了一场保卫战。数万人马，在辽西被契丹杀得人仰马翻——这让帝国和女皇的面子往哪儿搁？！武则天火冒三丈，立马任命侄儿武攸宜，募集天下囚犯、死士，率军迎敌。

陈子昂觉得这么做不太合适。虽然打了败仗，但问题不在士兵怯懦无勇，而在主将疏忽大意。国家还有很多正人君子和清白良士可用，把囚犯送上战场岂不是让契丹看笑话？一个契丹就把帝国搞得紧张兮兮，周围虎视眈眈的突厥、吐蕃又怎么想？虽然才从监狱里出来，但陈子昂认为，进言是自己的职责所在，不得不说，并主动请缨，参军北上。

武则天部分采纳了陈子昂的建议，随即任命陈子昂为武攸宜的参谋。参谋官位虽低，但与当年的乔知之一样，都是皇帝在军队中的代表，责任还是相当重大的。如果得胜凯旋，陈子昂的运势可能就此高走。又有了报国和出头的机会，陈子昂非常高兴，和前来送行的朝臣、老友正式告别。旗帜一挥，符节已授，大军浩荡出征。

不幸的是，陈子昂的上司武攸宜并没有什么平定契丹的大略。武攸宜的战略重点就是守。可就在武攸宜坚守不出的时候，孙万荣率兵马直抵幽州，杀害数千百姓而去。河北突然变成前线，百姓一片恐慌。名将王孝杰打算追击，却在东硖石谷遭遇伏击，本人战死，全军覆没。武攸宜看到这个阵仗，吓得没了主意，龟缩不前。若非狄仁杰及时赶到河北安抚，河北恐怕已经乱作一团。

诗人毕竟是诗人，再成熟的头脑，也挡不住天马行空的想法。参谋陈子昂，又一次冲在了最前列，他向武攸宜请命，分出精锐，迎战契丹。武攸宜胆小如鼠，礼貌地拒绝了他的请求。

战事越发吃紧，武攸宜不仅龟缩不出，甚至自乱阵脚。陈子昂很失望，他又一次冲到了武攸宜的营帐中，争辩起来："陛下把军队交给您，胜败在此一举，怎么能这么草率呢？希望殿下能够整饬军队，申明军纪，审慎决策，找到契丹的弱点，一举溃敌。目前军心不稳，人人惶恐，一旦有变，后果难以设想。"武攸宜看陈子昂是个知识分子，不愿意接受他的指挥，又一次婉拒了他的建议。陈子昂没有放弃，过了几天，又把同样的内容给武攸宜讲了一遍。这次武攸宜火了，干脆把陈子昂赶去负责文书工作，陈子昂又一次被迫闭上了嘴巴。

六月，就在武周大军压境之时，契丹的军队突袭赵州，屠城之后扬长而去。可笑的是，突厥默啜可汗主动偷袭契丹大营，奚族趁火打劫，背叛契丹。契丹首领孙万荣来不及反应，逃跑时被杀死在途中。首患已除，武周军队"得胜"。武攸宜寸功未立，却自称"得胜还朝"。这种自欺欺人的把戏，深深刺激了陈子昂，更令陈子昂不悦的是，武攸宜加官晋爵，自己反而继续在右拾遗的位置上苟且。

六

秋天又到，西风生凉，陈子昂依然是洛阳贵胄们的座上宾、大才子。可他们不知道，一场失败的"凯旋"狠狠摧折了陈子昂对政坛的信心。武周一朝，多的是表面文章和盛世把戏，实际上问题丛生、一地鸡毛。自己在这里拼搏十多年，将近四十，还没有看到希望。这个四川富家子弟有些心灰意冷，这是他第一次有这种感觉，他觉得，坐在这些宴席上，甚至不如关在幽暗的牢狱里。“便便夸毗子，荣耀更相持。”这都是些什么人啊！

他不禁心生疑问：是我不对还是社会不对？如果是社会不对，那又该如何？如果是我不对，那是不是命不好？想到这里，陈子昂赶紧给京城的严仓曹送去诗歌和礼金，让他算一算自己命里到底有没有“报效国家”这回事。

陈子昂也不巴望官运亨通了。转年夏天，他决定辞去自己的职务，回去奉养老父。临行之前，他还给武则天上书一道，情真意切地讨论了家乡的一些问题。武则天没有太多的回应，但还是欣赏他的才华，特意让他身兼右拾遗的职务，以待将来之用。将来？陈子昂心想，就武周这个现状，还奢谈什么将来？挥一挥衣袖，结束了十四年的宦海沉浮。

返乡这年，陈子昂只有四十岁。他干脆搬出大宅，在射洪县的西山修筑了一个小庄园，种树、采药，修仙度日。“红荣碧艳坐看歇，素华流年不待君。”外界的纷扰，与陈子昂不再有关。青春逝去，他只想珍惜生命，多做一点有意义的事情。射洪乡居比不得洛阳朱门，但这儿有这儿的乐趣，登高有山、养性有水，山水之间，陈子昂获得了久违的宁静。他名满天下，许多仰慕者会来探望，生活倒也不算寂寞。

这年的一个冬夜，突然有敲门声。这么晚、这么冷，谁会来访呢？僮仆迎入，陈子昂又惊又喜，原来是荆州仓曹马择，赶紧让人添灯，备上好酒好菜，款待故人。

“吾无用久矣，进不能以义补国，退不能以道隐身！”陈子昂借着醉意，说出了自己的真心话。心灰意冷，其实是可以养热的，如果有机会，他还是愿意回到朝堂，一展拳脚。但除了做个写文章的“工具人”以外，还能做什么呢？自己写的文章，在这个时代，有人明白它们背后的意义吗？可能有，这个名单，陈子昂背得清清楚楚，他趁着醉意，在空中比画着指头：“毕大拾遗、陆六侍御、崔议司、崔兵曹、鲜于晋、崔湎子、怀一道人……”马择看着他，点点头，说道：“陈君的文章，不独感遇名篇，心迹明白；还有寄托抱负，蕴含深意的风骨，建安七子，望之也会如同道的。”

陈子昂双脸微红，他笑了，笑了数声：“孺子！马择！你是我的……知己！独幽默以三月兮，深林潜居。时岁忽兮，孤愤遐吟。谁知我心？孺子孺子，其可与理分。”[①] 说罢，温暖的厅堂里流淌着一股清气，那是蜀中历代才子的文气。轻轻一触，热血萦躯。

好友王无竞也来探望陈子昂，二人千里相逢，又是一场欢聚。欢聚结束，却是噩耗，陈子昂的父亲陈元敬驾鹤西去。家，是陈子昂的精神靠山。父亲，是这座靠山的高峰。方才跨入中年门槛的陈子昂，才洗去宦海风尘，正想感受天伦之乐，却与父亲天人两隔。在葬礼上，陈子昂整个人为丧事哭得死去活来，不吃不喝，人都变了样。

真正的灾难，正在向陈子昂袭来。射洪县令段简，为人卑劣，曾为了自己的前途，将爱妾送给来俊臣。如今他投靠了诸武，武三思等人早已授意，让段简盯着陈子昂，最好能找个机会，让陈子昂

---

① 出自唐陈子昂《喜马参军相遇醉歌》。

再也回不到洛阳。段简本与陈元敬不和，此时得命，更是鞍前马后、急于报效。他素来贪羡陈家的家产，心生毒计，到陈子昂家中搜检陈子昂的著作。他贪婪地翻着，终于在陈子昂给父亲写的墓志铭中，找到了“大运不济，贤圣罔象”的句子。他恶狠狠地说：“右拾遗，你这可是在影射陛下？麻烦走一趟！”

诽谤朝廷乃是十恶之一，陈子昂见识过武则天的恐怖，他纵有满腹牢骚，也不敢乱来。如今段简振振有词、张牙舞爪，必然是背后有人指使。那个力量是自己无法对抗的。陈子昂气得浑身发抖，本就虚弱的人，如今更是力不能支。段简没有可怜这个孝子，反而让人抬了肩舆，把陈子昂送进大狱。家人赶紧给段简送了二十万缗钱，那是段简当一辈子县令都未必拿得到的巨款。尽管如此，段简还是扣着陈子昂不放。

在监狱中，陈子昂给自己卜了一卦。占卜完毕，他想，自己也许不能活着走出去了。

不久，远在洛阳的宋之问做了一个梦，他忽然梦见几个老朋友来看自己，其中就有陈子昂。他把梦告诉他和陈子昂的共同好友卢藏用，卢藏用听到陈子昂的名字，痛哭起来。宋之问这才知道，陈子昂已经去世。宋之问、卢藏用同为诗人，在他们心中，陈子昂是诗坛新纪元的领袖。他不应该这样落幕，一个在诗坛上前无古人的人，怎么能默默无闻地死在蜀中的偏僻小县？

然而，陈子昂就是这样死在了段简的威慑之下。在段简那里，陈子昂就是一个不识相的富书生罢了，没有什么稀奇的。

两年后，卢藏用出面整理陈子昂的文集，他专门把陈子昂寄给自己的七首诗找到。来自幽州的信纸把卢藏用带进了陈子昂的记忆宫殿。

那是幽州郊外，一处不知名的荒丘。放眼望去，衰草萋萋，雁阵低鸣，兵马徐行。闭上眼睛，却又是燕王筑黄金台，荆轲辞别易水的情景。英雄壮士，都在这里。再睁开眼，英雄都被风吹散了，只有自己孤零零的想象，在被人误会与轻视中去想象——陈子昂的自尊充塞于天地之间，与古今相连。这个名为“自尊”的存在，与世界同广大，但比沙石还脆弱，它经不起半点风吹雨打，却能托举天空。他仰天长叹，大声吟唱：

前不见古人，后不见来者。
念天地之悠悠，独怆然而涕下。

——《登幽州台歌》

唱完，甚至都没有回音，什么都没有留下。陈子昂把眼泪一擦，转身离开。

卢藏用不知道事实是不是这么一回事，但在自己的记忆中，这是五百年才能出的一个人，是五百年不遇的浪漫。他郑重地提笔，写下这么几个字：“道丧五百岁而得陈君。”

尾声

又过了数年，杜甫来到了陈子昂的故居。作为陈子昂的粉丝，杜甫非常讶异，陈家的华屋大宅，至今整饬如旧，生活着刚烈豪迈的子孙。这处山居风景清秀，颇为自在。墙上有几位名人的题字，杜甫认得其中两位，那是宰相赵彦超和郭元振。他们都是陈子昂的旧友，两人的权位远在陈子昂之上。但执掌辅佐大权有什么特别的呢？偶像陈子昂，早已“名与日月悬”。

是的，陈子昂的身上有一种特别的光，那是初唐与盛唐交接时，朝阳初现的一道金光。他穿越时空，在文学史上，既驱散着宋齐梁陈的绮靡长夜，又庄严宣告：盛唐恢宏而壮丽的气象就要到来了。从此，诗和文，从外在走向内在，从表达生命转向生命的表达。陈子昂这一变，多少人，从此用灿灿如星的作品，反射生活的光辉，让短暂的岁月走向永恒。

国朝盛文章，子昂始高蹈！[①]

---

① 出自唐韩愈《荐士》。

张九龄

盛世的初心

引子

秋高气爽，紫宸殿前的松树沐浴在阵阵金风之中，参与常参的文武官员按照位次站好，在松树下等候召见。国事繁重，唐玄宗迅速聆听完各个部门的反馈，立即作出指示，这些官员要尽量在正午前回去办公，才不耽误各项指令的传达。在御史台结束报告后，右相李林甫和左相李适之一同上殿。二人行礼罢，简单介绍了政务处理的情况。这些情况，玄宗早就掌握了，今天特意留宰相问话，还是为了讨论几个关键职位的人事变动。

李适之喉头动了一动，把话留给了李林甫说。李林甫笑着推荐了几个人选，玄宗的脸上没有什么表情。等李林甫说完，玄宗慢慢地问道："风度得如张九龄否？"

大殿之中，一时无语。三人陷入各自的思绪当中。秋风过树，仿佛是"嗒嗒"的马蹄声，载着那个清癯的老人，又从记忆的深处走来。

一

张九龄是广东人，然而唐代的广东人和今天的广东人，远非一个概念。在唐人看来，长江以南，到了湖南，就算是边远之地。越过大庾岭，更是蛮荒的边疆。除了海运发达、一向繁荣的广州，去了广东的其他地方，不是被贬就是流放，或者是国破家亡时逃命避难。总之，不到万不得已，谁也不愿意去这样的地方。中唐时的宰相韦执谊，少年得意，时常翻看地图，可他的目光从来不投向岭南一带，似乎看上一眼，就会仕途不顺。

张家倒不是因为命运无常而来到广东的。尽管所谓“范阳张氏”的记载并不可靠，但在张九龄的曾祖父那一辈，张家还是北方人。只不过贞观年间，曾祖父张君政来到广东韶州任官，就把家安在了这里。张君政是一州别驾，是个副手，官职不算特别高，但足以维持一家的生活。

按照后人的记载，张君政在本地安了家，后嗣并没有返回北方。子孙数代，都在地方上任县令、县丞一类的官职。到了张九龄的父亲张弘愈那一辈，已经有张弘雅这样明经及第的人士了。更重要的是，他是唐代第一位明经及第的广东人。明朝人说，此人领导了岭南的向学之风。我想未必有这么大的影响，但边远的广东地方能出这样的学士，在那个年代可谓稀奇。

唐高宗仪凤三年（678 年），张九龄出生。据说张九龄七岁就能诗善文，堪称神童。当然，神童不是自吹出来的。一方面，张九龄的家庭可以提供给他良好的教育；另一方面，张九龄的才华也得到了名流的认可。张九龄十三岁那年，南下广州拜见广州都督王方庆，王方庆读过他的文章，当即认定这是一位难得的神童。王方庆拿着张九龄的书信对身边人说：“这个孩子前途不可限量。”王方庆不是单凭权位留名于史册的“路人甲”，他是名门大族琅琊王氏的直系后代，家中文风代代相传，本人也颇有文化素养。《万岁通天帖》就是他收集家中历代书法所制，后献给武则天。而王方庆本人，也出任了大唐的宰相。这样的认可，绝非礼貌吹捧而已。

武周长安元年（701 年），张九龄获得了进京赶考的资格。在唐代，这样的人被称作“乡贡进士”，要由所在地的州府选拔，送到御前。而每个州府因人口规模不同，能“贡”的人数不同：上州三人、中州两人、下州一人。张九龄的家乡韶州是个下州，所以只有他一个人应举。这个“贡”字用得很传神，作为国家的预备人才，他们就像是贡品一样，被献给了君主和朝廷。如果人才不合格，地方官员会受到惩罚。他们被推举给皇帝，所以又称为“举子”“举人”。

作为地方上的杰出青年、未来精英，张九龄于当年秋天与本地官员一起，跟着贡品前往洛阳。不过，半途就接到了武则天巡幸长安的消息，只好绕了个弯，从鄱阳湖西行，奔长安而去。这是张九龄有生之年首次离开岭南，一路北行，山水变化、风光迥异，让这个充满好奇心的年轻人很是激动。等走到江西，壮阔的鄱阳湖映入眼帘，再望远些，山间竟有银河泻出，穿云劈岭而来。初入大江，景色抓着张九龄的心不放，但比景色更令人心潮澎湃的是千里之外的长安，如果能在那里一鸣惊人，那么什么样的风景都不值一提了。

道路漫漫，心路起伏。长安元年冬，张九龄总算来到长安。经过一番复杂的手续之后，张九龄正式以“乡贡进士”的身份，等待命运的垂青。长安二年（702 年）元旦，张九龄和同乡的贡品一起被送入皇城。在太极殿内，他站在贡物之前，等待着皇帝的检阅。女皇身着衮冕，坐于帘后，一边站立着主持礼仪的高官。这又是这位广东小伙的新体验，第一次感受天子的威仪，他或许曾想过，自己也能站在这里主持礼仪，也或许激动得不敢浮想联翩了。

张九龄的科举过程非常顺利，他出色的文采受到了主考官沈佺期的欣赏。沈佺期是当时的文坛名流，作为女皇的文学侍从，他与宋之问齐名。沈佺期与同时代的才子推动诗歌走向音律化、规范化的高峰，他也是唐代文学的塑造者之一。无疑，得到主考官的青睐，科举的结果也会令他满意。张九龄当年便进士及第。初出广东，人生就能走向康庄大道，这无疑令人对张九龄另眼相看——边远蛮荒之地，也有这样不世出的才子！

然而，沈佺期有文采，德行却不大好。长安二年的这一次科举，有人认为沈佺期徇私舞弊，拿钱办事，这一榜的进士及第的人，似乎也受到一定的牵连。据各方考证，张九龄可能有过一次重新考试的经历，结果仍是高中。此事因记载不清，具体情形难以解读，但张九龄的科举之路，绝对是顺之又顺的。

二

人生的好运，大多接二连三发生。张九龄不仅在科举上取得成功，也结识了改变命运的贵人。张九龄进士及第后返回广东老家，而凤阁舍人张说，刚好被贬广西，路过岭南，在韶州歇脚时，两人结识。张说是一等一的文章好手，善作诗制文。张说没有想到，偏远地区还有这样的天才，对张九龄很是欣赏。由于二人都姓张，张说把小后生当成自家孙辈，相谈甚欢。

不多久，张柬之等人拥护太子李显，发动神龙政变，诛杀张易之、张昌宗兄弟，武则天退位，复唐国号，张说也回到了长安，继续担任显职。张九龄也在此时选择回到长安，参加制举考试。张九龄已是少年成名、有人提携的优秀后辈，参加制举可谓手到擒来。考试结束，张九龄名列前茅，官任校书郎。

校书郎官品虽低，但由于身在中央，能接触各色典籍，任职要求高，被视为步入政坛的美差。张九龄有了好的开头，在唐人眼中，算是“未来可期”。此时，朝廷一片血雨腥风：中宗皇帝艰难复位，朝政却被韦皇后、武三思之流把持。皇太子李重俊不堪迫害，起兵诛杀武三思，却被韦后察觉，身败名裂。中宗连儿子都保不住，也没能保住自己的性命，在试图保住权柄时，忽然去世，据说是被韦后毒杀。李氏子孙不允许一个野心和能力不称的阴谋家做第二个武则天，临淄王李隆基迅速起事，诛杀韦皇后，拥戴父亲李旦登基。登基不久，李旦干脆让位，让功名全盛的李隆基登基为帝，避免更大的冲突发生。

李隆基本是皇家的落拓子，身为李旦第三子的他，没什么继承大宝的优势。凭着野心、胆识和才干，李隆基踩着政敌的鲜血走上皇位。他不是纯粹的阴谋家，他想实现和太宗、高宗齐名的功业，那就不能光靠想，要好好选择人才。先天元年（712 年）十一月，李隆基下诏要各地举荐突出的人才，参加制举考试。这些考试科目的名字都叫得非常大："文经邦国""道侔伊吕"，俨然是要选择日后的宰相。而张九龄的才华，又一次助力他出类拔萃。同年，张九龄中道侔伊吕科，授官左拾遗。官虽不大，但是作为皇帝的近臣，可以向皇帝上书言事。唐玄宗虽贵为皇帝，但朝廷高级官员的任命，却不为他本人所掌握。因此，这一批唐玄宗自己选择的官员，可以说是他打算寄托重任的未来要员，张九龄不仅前途可期，而且是进入了"快车道"。

张九龄敢于言事，是称职的左拾遗。不久，太平公主和其党羽被扫进历史垃圾堆，李隆基完全掌控了朝局，任命姚崇为紫微令（中书令）。姚崇自武周末年起就任宰相，为人贤明正直，三度掌权中枢，很得玄宗皇帝的信赖。但姚崇为人专断躁进，又爱听好话，身边便聚集了一些趋炎附势的人。这很影响姚崇的名誉和君臣间的关系，张九龄主动致信姚崇，提醒他注意远离这些人。这些人中，不少都有了官做。张九龄一看私下的沟通没有效果，干脆就用人问题向皇帝上书。这样的上书引起了姚崇的注意，张九龄觉得，要是再不抽身溜走，这位政坛老前辈可能就有所动作了。刚好，左拾遗任满四年，张九龄借着侍候老母的机会，离开了京城，回乡韬光养晦。

三

开元四年到开元五年（716 年—717 年）间，张九龄衣锦还乡，侍奉老母，颇为惬意。张九龄和母亲、家族的关系非常亲密，回乡不仅是避开争端的借口，也是家人团聚的好机会。他可以与弟弟九皋、九章畅聊学问，可以与好友王司马纵情山水。惬意的生活没有让张九龄忘记自己的本职，他大概还挂着“左拾遗、内供奉”的职衔，可以上书言事。张九龄向皇帝提议，国家进入正轨，应该赶紧恢复各种礼仪。皇帝一看，都休假去了还想着我，不错！

唐玄宗刚刚收拾完朝廷内外各种势力，就开始筹划唐帝国的发展大业。对于岭南，玄宗也颇有关注。虽然偏远，但广阔的岭南也有州郡和土产，这是税收、兵源所在。更重要的是，经过数代经营，广州已经是重要的贸易中心。而目前岭南道路不通，交通困难，影响帝国对此地的控制。

玄宗觉得，得把到岭南的道路修起来，正左想右想，寻思着谁可以担此重任，一看，敢说话的张九龄不是在广东吗？那是他老家，准熟！于是他赶紧命张九龄主持广东地区路政交通工作。

开元四年（716 年）十一月，张九龄接到任命，赶紧带着工作小组，亲自考察现场，研究地理地形。哪里该腾挪移位，哪里该削山平险，这个言官摸得门儿清。张九龄率领着农闲的广东百姓，三下五除二，于开元五年（717 年）春天就完成了工作。张九龄看着恢复通畅的古道，望着周围辛苦了一个冬天的百姓，文思翻涌。他认为这个事情一定要传诸后世，于是招来工作伙伴，大笔一挥，写下《开凿大庾岭路序》，要把这难得的盛事刻上石头，让它永垂不朽。张九龄为文，典雅而不花哨，精准凝练：

> 岁已农隙，人斯子来，役匪逾时，成者不日，则已坦坦而方五轨，阗阗而走四通，转输以之化劳，高深为之失险。于是乎鐻耳贯胸之类，殊琛绝责之人，有宿有息，如京如坻；宋与夫越裳白雉之时，尉佗翠鸟之献，语重九译，数上千双，若斯而已哉！

皇帝听说张九龄大功告成，非常高兴。开元六年（718 年），诏令张九龄回京，官升一级，任左补阙，依然是皇帝的近臣。不久，张九龄和右拾遗参与进士及第者的名次评定，根据这个名次，授予实际的官职，二人的考核相当公允，人们也因此知道，张九龄不是只会空谈用人的大道理，看人的眼光也不错。任期未满四年，张九龄就升迁至吏部司勋员外郎，成为中央的要员。尽管员外郎是六品官，但皇帝将张九龄的官阶提升一级，以从五品下朝散大夫的身份任职。这样一来，四十四岁的张九龄穿上了红袍，步入“通贵”行列。在这个年纪，李白在游荡，杜甫在挣扎，高适在迷茫，而张九龄已经顺风顺水，在帝国中央发挥才干了。

转年，皇帝提拔张九龄做中书舍人，掌管国家公文写作，无论是待遇还是实职，张九龄都进入了核心行列。中书舍人，国家第一秘书，未来一片光明，再升迁几次，就要成为三四品高官乃至宰相，张九龄身上的官服，眼看就要“红得发紫”了。

张九龄发光的才华，让他接连得到提拔的机会，与此同时，老相识张说已经成为宰相。张说经常夸奖张九龄，说张九龄是写文章的好苗子，皇帝未来的优秀秘书。有这样的贵人相助，张九龄何愁宦海不平？

四

张九龄感激张说，张说也大力回报张九龄。唐玄宗用心选拔文学人才，张说就跟着设立“丽正书院”，编纂典籍、讨论文学，张九龄当然成为其中一员。而大名鼎鼎的贺知章也因此做了张九龄的同事。短短数年间，张九龄的品阶、待遇不断上升，还拥有了“曲江县开国男”的爵位——公侯伯子男，稍微低了点，但“男”都有了，离“公”还会远吗？彼时，张九龄只有四十七岁，他正式步入仕途，也不过十五年左右，升任此等要职，不可谓不快。

开元十一年（723 年），张说接替张嘉贞，任中书令，与老宰相源乾曜共掌朝政。但源乾曜并不是那种喜欢揽权出头的角色，政务基本由张说掌握。从开元十一年到开元十四年（726 年），张说治理有方，与唐玄宗的关系也万分融洽，还为唐玄宗策划了封禅泰山之事。皇帝和宰相都觉得，十余年的努力已见成效，是时候让天地一同见证了。

开元十三年（725 年）十一月，皇帝的仪仗浩浩荡荡抵达泰山，扈从的仪仗从山顶一路排到山下，绵延数里不绝。百官在山下坛场等候，玄宗与张说、宁王李宪等亲随登顶行礼。天色将晓，东方既白。过去，皇帝与上天沟通的文书，往往秘而不宣。但这一次，唐玄宗打开册文，亲自朗诵与上苍交流的玉牒，向百官展示自己祈求大唐国泰民安的初心。然后在张说的引导下，将玉牒、玉册恭敬地放入祭坛的石室中。接着，自信的大唐天子走向东南，注视着积柴熊熊燃烧，这是向天复命的最后步骤，也是在无声地向天展示——昭昭有唐，天禆万国！此时，光焰冲天，扈从的将士高呼万岁，山下的百官也跟着呼喊、礼拜。大唐就这样在高耸的泰山之巅，在群臣的欢呼声中，向神明昭告盛世的到来。

盛世到来了，张说的人生也到达了巅峰。然而，花无百日红，张说的品格问题，很快上升成了政治问题。不是每个人都可以登上泰山之巅，能上去的人，大多数是张说的亲信。更糟糕的是，很多人之前并不是官，只是中书和门下的小吏，也凭着这次大典一飞冲天。这些人荣任高官，那些为出行、典礼真正出力的官员、将士，却没有得到什么实质答谢。消息传出，引来不少非议。张九龄作为中书舍人，承担起草诏命的职责，他可以向决策者就内容提出反对意见。在张九龄看来，恩公张说这样做会带来不少麻烦，于是他赶紧向张说建议，希望他慎重考虑奖励之事，最好一碗水端平。张说正在人生最高处，得意、高兴、自满冲昏了这个聪明的头脑，他笑着对小后生说："他们要说，就让他们说去！这事儿我做主了！"

张九龄无奈，只得依命起草诏书。但他已经预感到，一波暴风骤雨式的政治打击正在路上。其实，张说已经在相位近五年了，大权在握，还喜欢收受贿赂。他仗着经验丰富，才智过人，对百官也很刻薄。唐玄宗虽然与张说关系不错，但张说并不是朝廷上的唯一“红人”。御史中丞宇文融为玄宗改革财政有功，此时也“红得发紫”。而张说看不起暴发户一样的宇文融，和他关系并不融洽。不管宇文融说得对还是不对，张说都反对。张九龄觉得，恩公飘了，他赶紧给张说“敲警钟”：“宇文融也是个伶牙俐齿的，说话还很好听，万一陛下听信他的话，您可就糟了！”结果，张说不把这当一回事，飘飘然地说：“鼠辈何能为？”

张说也是一代文豪，“大手笔”这个词，就是从他这里来的，足见其才华不凡。但是他恃才傲物，经常给自己招惹麻烦。开元十四年（726年），他嫌河南尹崔隐甫没什么学术造诣，差点把他送去当禁军将领。多亏玄宗拍板，让崔隐甫做了御史大夫。崔隐甫心想，这也太欺负人了，于是凭借御史台的监察之责，联合李林甫和屡受打击的宇文融，一起打击张说。张说本来就不算太干净，一套“组合拳”下来，张说根本受不住。短短一年时间，那个引导大唐天子走上巅峰的贤相，就在监狱里蓬头垢面，吃起了牢饭。多亏高力士的辩护，玄宗念及张说的功劳，只是免去了张说的中书令职务，其他待遇保留，过去的事既往不咎。

张九龄的预言非常精准，但他无能为力，只能眼睁睁看着张说从云间跌落。经此一事，他清醒地认识到了人品和政治生涯的关联，也因政治斗争的残酷而发怵。张说罢相的诏书是他写的，他也许庆幸，还好是罢相，不是贬官、流放或赐死，保全了这个六旬老翁的面子。张说倒台，张九龄也不好过。中书舍人是不能当了，接着以升任太常少卿的名义，被解除了“大秘”的职务。不久，张九龄改任冀州刺史，被礼貌地“请”出长安。一番折腾，张九龄又恋起家来，请求到离家近一点的地方去。张九龄也算侍奉唐玄宗多年，请求得到准许，改任洪州都督，官阶从三品——待遇虽然升高，中央的职务，却暂时不用想了。

五

“思来江山外，望尽烟云生。”张九龄望着滔滔的长江水，风拂大江，卷过两鬓和胡须，才发觉岁月的痕迹。这年，张九龄四十九岁，按古人的看法，这算是逐步走向暮年。不过，四十九岁，正是政治历练日益成熟，足以充任地方大员、治理繁重政务的年纪。这两年在中央的经历，实在是坐过山车一样刺激。地方官虽然自由，也有一定的权力，但要是在长安，抬手就可以摸到“青天”。到底不太一样！可眼看他起高楼，眼看他楼塌了，只能听凭命运的安排，这可能是文学家的宿命，总要因为煊赫的名声，折腾孱弱的人生。

张九龄毕竟才华横溢，这次被赶出京，也只是不幸被连带，并不是他的错。转年，玄宗便令张九龄以御史中丞的身份，任桂州都督、岭南按察补选使，掌管广东、广西的官吏监督和选拔之事。如此重任，张九龄做得井井有条，按下了岭南吏治的“刷新键”。当初寄托着家乡人重望的“贡品”，并没有辜负家乡人。

这几年，世事可谓沧海桑田。机敏、有权谋的宇文融，如愿以偿地登上相位。平心而论，他不是一个阴险的小人，但他是一个急躁的后生。他沾沾自喜地说：“你看着，我当宰相，不出数月，就把国家安排得妥妥的！”不过，还没等他安排国家，国家先把他安排了。他的冒失狂躁引起了玄宗的注意，宰相位置才坐了一百天，就被“请”到汝州当刺史。墙倒众人推，像当年他们打倒张说似的，宇文融的黑状雪片般地飞来，于是他又被贬为丰乐县尉。宇文融的政治生涯迅速回到了原点。不久，又有人举报宇文融贪污，干脆县尉也别当了，直接到海南去吧！一年之内，人生大起大落，宇文融的精神和身体状态可想而知。开元十八年（730 年），宇文融还没抵达海南，就在寂寞与煎熬中死去。

同年，张说重病，这位一度被贬的名相，目前基本恢复了名誉，只不过健康再不可能恢复了。皇帝常常派人看望他，还亲自给他开药方。生死有命，任是帝王也留不住，开元十八年（730 年）十二月底，张说去世，皇帝为此连元旦大朝会都不办了，为他办丧事。

生前一人之下，万人之上；死后官品、名声登峰造极，不知道这样的哀荣，是否令远在千里之外的张九龄有所宽慰，是否能为九泉之下的张说盖棺定论？张九龄是由衷感激张说的，如果没有他，自己怎么有走上升官“快车道”的机会呢？在张九龄为世态炎凉、恩公际遇感慨之时，命运的陀螺正在飞速旋转。他不久前才借着岭南的荔枝，感慨际遇的浮沉，但真正出乎意料的转折，才刚刚到来。

六

张说去世，朝廷上再也没有堪称“大手笔”的人才了，这让玄宗多少有些难过。但他转念一想，张说曾经跟自己提过张九龄，说此人是后起之秀，可以做文学近臣。事不宜迟，一纸诏书将张九龄调回长安，任秘书少监、集贤院学士，让他做起了皇帝的文学侍从。

这一年，东北的渤海国闹起了内讧，原因是渤海王大武艺打算收拾北边的黑水靺鞨。黑水靺鞨不久前入长安朝贡，成为唐廷的小弟。而大武艺在父亲大祚荣死后，打算脱离唐朝控制单干。收拾黑水靺鞨，就是在给唐朝颜色看。大武艺的弟弟大门艺是唐朝人民的老朋友，劝大武艺不要这么做，说这不就是要和唐朝撕破脸吗？就连高句丽，雄踞东北，也被唐朝一顿收拾。就咱们这点儿家底，连雄踞吉林都勉强，等唐朝大军来到，怕是得灰飞烟灭。

大武艺很有野心，哪里听得进这些，最后干脆对这个弟弟动了杀心。大门艺脚底抹油，一溜烟跑到唐朝。大武艺大怒，遣使入唐，要求宰了大门艺。渤海国虽然疯狂试探，但玄宗也不想真动手，就把大门艺安置到了安西，远离长安，做出安抚大武艺的姿态。但总得下个诏书，警告大武艺一下。毕竟，渤海国也算是唐的属国。中书省写了好几篇，玄宗都不满意，重任便交到了张九龄头上。张九龄才思泉涌，写下赫赫有名的《敕渤海王大武艺书》。

不久，五十五岁的张九龄真的“红得发紫”，他获得了紫金鱼袋的殊荣，成为高官，并从秘书少监调任工部侍郎，同时专门从事皇帝的诏令写作——比起中枢机构从事公文写作的中书舍人，这与皇帝关系更亲密。

张九龄并没有为此沾沾自喜，张说、宇文融“过山车”式的人生还在眼前，自己说不定什么时候也会被送回广东老家去。不忘初心、保持谨慎，才是他正确的选择。他赶紧上书，说自己德不配位，才华不行，希望解除职务，回乡奉养老母。这种金蝉脱壳、远离权力的姿态，皇帝看得非常明白，干脆让张九龄的弟弟九皋和九章去岭南做官，还提供专车、专人护送，为张家妈妈的养老问题负责。张九龄没了借口，只能在长安认真履职，展现他的“手笔”。

张九龄能有今天的风光，张说助力不少。当上知制诰后，张九龄参与的头一件大事就是确定张说的谥号。开元十九年（731 年），张说的妻子元氏去世，将与张说合葬，张说的墓志铭和神道碑也要最后敲定。太常寺的礼官认为，张说一代名臣，功勋卓著，应当谥为“文贞”。有人认为张说德行有亏，怎么能和姚崇、魏征得一样的美谥？这可是唐代文臣的最高荣誉！张九龄赶紧发言，认为白璧微瑕，不影响大节，“文贞”谥号实至名归。最后，由唐玄宗亲自落笔，定谥“文贞”。而张九龄也接过为恩公夫妇撰写墓志铭的任务。

墓志第一行，张九龄自称“族孙”，可他和张说才差着十二岁。在张九龄心目中，张说的死是“斯文甍丧”，是唐朝文坛的大损失，张说一生，忠义可嘉，政事一流，简直就是唐朝的人臣楷模。当然，这不乏溢美之词，但张九龄的感激之情，也可见一斑。随着元夫人风光大葬，墓志铭埋入地下，张说、张九龄的恩谊也画上圆满的句号，剩下的路，要张九龄自己面对了。

七年前，玄宗登上泰山，祭天告成。七年后，玄宗来到汾阴，祭祀后土。此时，正需要一篇大赦天下的赦书。张九龄在侍从的队伍中，时间紧、任务重，玄宗让他尽快起草。都不见张九龄打草稿，就洋洋洒洒十三页纸，写成了这样的重要文件。赦书不仅需要写作功底，更重要的是对国家态势进行判断，发布适当的税收、罪刑减免政策，需要足够的政治经验。玄宗一看，大喜过望，当着张九龄的面说："哎呀，以前我以为你就是个学问不错的儒士，现在看来，你有辅佐帝王的本事。以后你要在政事上多多表现。"转年，开元初期的宰相宋璟退休，前往东都任职，一个时代落幕，唐玄宗也步入中年。宰相萧嵩、韩休矛盾较多，不是很顺玄宗的意。张九龄、裴耀卿、裴光庭、李林甫等人走入唐玄宗的视野。开元二十一年（733年），张九龄官封检校中书侍郎，仍负责文书工作，成为宰相预备队的一员。当年，张九龄母亲去世，感念母亲的恩义，张九龄不由分说回家守孝。

七

开元二十一年（733年）年底到二十二年（734年）正月，朝廷不断向张九龄发信、遣使，要求张九龄迅速结束丧期，回京供职。张九龄虽然已经进入宰相预备队，但他对自己能不能做宰相一事，非常忐忑。他虽然有地方任职经验，也有中央部门的经历，但升迁太快，都没有停留太久。大部分时候，他只是一个文学侍从，按照自己的经验和儒学教养，写作、议论、提出建议而已。面对复杂的国事和残酷的政治斗争，他心中忐忑。皇帝看好言相劝不行，就让传旨的宦官逼张九龄回洛阳。没办法，张九龄披着孝服，来到洛阳谒见皇帝，却发现自己被送到了准备好的大宅院里，正茫然时，又有皇帝的诏书送到，直接要求张九龄结束守丧，立马上班。

皇帝虽然对张九龄一番恫吓，但确实是对张九龄颇为重视，张九龄刚一回到洛阳，立马就让他出任中书令。玄宗似乎把他当成了第二个张说，看到他，就看到了大唐更辉煌灿烂的明天。可是开元二十二年（734 年），唐玄宗有一大堆事情，焦头烂额，其中之一就是财政。财政的问题在于关中地区水旱不均，无法满足庞大的城市人口的需求，玄宗只好带着家小大臣，去东都生活，缓解关中的经济压力。关中是大唐的中心，中心的财政不畅，会对全国的经济运作产生影响。无疑，此时拜相，是要用实际行动回应唐玄宗的期望的。

在目前的宰相班子中，中书令是张九龄，门下省侍中是裴耀卿，二人共掌朝政。裴耀卿是精明能干的地方官员、经济专家，对于屯粮、漕运很有心得，在河南一带设置粮仓，预备荒年维持关中、河南的基本供给，很有成果。张九龄觉得，屯粮不解决问题，那毕竟不是本地种出来的，不如推广屯田。屯田的思想，古已有之，就地耕种，源源不断地提供粮食。但张九龄选择屯田的地方不对，他建议在河南广开水田，像南方一样种稻。自唐代起，稻米逐步成为大众的主粮，种稻是可以的。但在河南这样的干碱地带广泛推广，与自然条件相悖。张九龄亲自主持河南水稻种植项目，结果耗资巨大，无功而返。

屯田不行，那干脆整点儿别的。张九龄认为，钱是贸易的根本，要保证钱在市场中的充分供给。目前大唐的问题，就是货币紧张，官府掌握有限的矿产，发行铸造比较有限。国家经济形势那么好，没钱怎么行。张九龄的解决办法是，向汉朝学习，鼓励百姓自己铸钱，自产自销——这就是背离经济规律、破坏交易秩序的异想天开了。玄宗让大家讨论，百官一致反对。

张九龄尽管实际操作不太灵光，但是在用人等问题上敢讲敢说，大部分发言也很得要领。镇守幽州的张守珪进击契丹，利用其内部矛盾，斩杀了唐朝的心腹大患可突干，对契丹取得压倒性胜利。从武则天起就困扰唐朝的契丹问题，至此得到了解决，唐玄宗非常高兴，打算任命张守珪做宰相。张九龄说，宰相管理天下事务，辅佐天子治理国家，怎么能是一个奖品呢？唐玄宗说，空头宰相也不行吗？张九龄非常坚决："不行！就是不行！今天守珪大破契丹，就能当宰相，他要是扫荡了突厥和奚族，那封他做什么？"

张九龄的中心思想是"唯名与器不可以假人"，后人当然可以说这是儒家的传统观念，有说教的成分。但是张九龄的发言不仅在于此，他用简单的例子指出，不随便把荣誉授予他人，是爱惜荣誉，有节制的奖励也是对受奖励者的一种压制。轻易给立功者过高的荣誉，难免功高震主。张九龄的担心不是没有道理，日后，张守珪就因为捏造军功，而被罢官。

这一次，玄宗听取了张九龄的意见，但下一次就没有那么和谐了。张守珪帐下有个将军叫安禄山，就是那个日后挑动天下、搅乱大唐的安禄山。这时他只是张守珪的跟班。某次执行军务，安禄山轻率用兵吃了败仗，张守珪按军法要将他处死。不过，安禄山是有身份的跟班，张守珪不能随意动他，就把他送到都城，请求朝廷发落。张九龄说该杀就杀，玄宗却觉得，这是一员猛将，免官就行了。张九龄说："安禄山不守军规打了败仗，应该杀。而且我去看了安禄山，这人一脸坏模样，日后必成大患。"玄宗听了这话，不大高兴，哪有以貌取人的呢？对张九龄说："你不要拿着晋朝王衍看石勒那一套看人，老皇历了，不要误伤好人！"

不得不说，张九龄是大预言家，后来的情况，大家非常清楚。

张九龄是名副其实的"贤相"。为相三年，尽管他也有张说那样躁进、轻浮的毛病，但和搭档裴耀卿关系融洽，朝廷上下目标统一，没有什么大的纷争。这是姚崇、张说时代也少见的。他在任内，也曾经力保太子，调解宫中矛盾。

历朝历代，后宫和前朝总有这样那样的纠葛，唐朝也不能例外。彼时，玄宗宠爱武惠妃，武惠妃想把自己的儿子扶上太子之位。唐玄宗早已立李瑛为太子，武惠妃等人就想尽办法扳倒李瑛。某次，武惠妃让宦官给张九龄带话，希望他站到自己这边，事成之后，必有答谢。张九龄赶紧把这太监轰了出去，说："你怎么和我说这种私房话！"

此路不通，武惠妃就让人向玄宗传话，说太子暗中去索要盔甲，不知是什么用途。索要盔甲，组织武装，这娃是要造老子的反吗？

唐玄宗大怒，赶紧找来张九龄，商量对策。张九龄说：“儿子动用父亲的军队，不合规矩，教训教训就是了，您这么生气，是要杀了他吗？”唐玄宗就是从父子相残的家庭中出身的，人心肉长，不希望李家再上演这样的悲剧。张九龄一语中的，唐玄宗也从狂怒中渐渐平息，太子躲过一劫。

正直、富有文采的张九龄，这几年和玄宗关系融洽。作为宰相，他以辅佐君王、规范君王行为为目标。作为前辈，他将王维引入中书省，送上仕途的“快车道”。他身边还有一位日后拯救大唐的“小朋友”——李泌。作为朝中臣子的领袖，他聚集了一群同样正直、敢为的人才，如严挺之、袁仁敬。当然，他还是一位时尚的引领者：张九龄身体不好，如果像同僚一样把笏板别在腰带里，宽大的笏板会让他在马背上摇摇晃晃，不安全也不美观。他把笏板放到一个袋子里装好，让仆从拿着，自己安逸地骑马上朝。嗒嗒嗒嗒，马儿驮着这个老头，步伐轻快。唐玄宗远远看到了，对着高力士感叹：真是宰相的风度啊！一时之间，大唐官员上朝都带笏囊。

八

然而，君与臣的恩义，同其他的人情一样，也会渐渐淡去。张九龄任相之初，唐玄宗对他抱着很高的期望，不仅希望他是一个张说式的文臣领袖，还希望他在财政和吏治改革方面有所建树，但是为相三年，张九龄没有什么太亮眼的政绩。这让玄宗有些失望，打算调整一下宰相班子。开元二十三年（735 年），一代权相李林甫登上相位。当然，相比张九龄、裴耀卿，他只是后辈而已。一开始，张九龄和李林甫并没有什么直接的矛盾，二人作为同僚，还会一起吃个饭、互相送首诗。

随着李林甫逐渐坐稳相位，二人的冲突也就多了起来。张九龄重视文学素养，李林甫却是实干家。他们身边的人，也和他们本人的特质相似。李林甫下属萧炅和张九龄好友严挺之一起参加聚会，不知为何，萧炅在聚会上偏要读《礼记》，把里面的“伏腊”认作“伏猎”。严挺之为人本就有点轻浮狂躁，听到萧炅当了白字先生，不仅在宴会上取笑他，还给张九龄打小报告。

字都不识，怎么能当侍郎？张九龄对萧炅的能力打了问号，干脆把他送出京当刺史。严挺之自己蛮得意的，但他嘲讽李林甫的手下，不等于在扇李林甫的耳光吗？张九龄不希望严挺之得意忘形，他经常和严挺之说，李林甫现在很红，你们都是红人，应该多来往。可李林甫在严挺之心中着实没有什么好形象，严挺之对他不屑一顾。

这年十月，玄宗执意离开留守三年的洛阳，返回长安。张九龄和裴耀卿觉得路上消耗很大，仓促回京，并不妥当。玄宗便绕开他们，征求李林甫的意见，李林甫自然是一万个同意。皇帝对张九龄的耐心，即将见底。

回到长安，玄宗打算任命河西节度使牛仙客为尚书。作为宰相，张九龄的意见很重要，玄宗把张九龄找来商量。张九龄觉得不行，尚书之职很重要，牛仙客出身小吏，不配做尚书。玄宗退一步，又问张九龄，那封他爵位总行了吧。张九龄依然反对，理由是，爵位是给有大功之人的，牛仙客做好本职工作就能有爵位了？我看给点钱，打发一下得了。

放在往日，唐玄宗还会发表一点自己的意见，这一次，唐玄宗干脆不说话了。张九龄大概也明白，自己今天这些话，等于白搭。李林甫就很会说话，等张九龄一走，他对玄宗说："牛仙客当宰相都可以，张九龄要文人脾气，不识大体。"这话说出了唐玄宗的心声，他打算第二天再试试张九龄的态度。

矛盾终于爆发了。第二天，唐玄宗仍然找来张九龄、李林甫，和他们商量牛仙客的人事任命。唐玄宗坚持昨天的观点，张九龄继续举双手双脚反对。唐玄宗怒了，说了一句很重的话："怎么？都是你说了算吗？！"

张九龄没有退缩，扑通跪倒，说道："陛下找我当宰相，早应该知道我的耿直。既然当了，我就要说个明白！"

"你张九龄嫌牛仙客出身低，你出身又有多高贵？"

"陛下！我一个广东边疆来的，甚至还不如生在内地的牛仙客。但我在您的身边做事，少说也二十年了。牛仙客不仅是个小吏出身，而且大字不识一个，如果真的让他担当重任，别人又怎么看呢？"

李林甫在一边说道："如果有才干，何必识字？陛下要用人，用谁不行？"

张九龄没有想到，平日相处得还算愉快的李林甫，脸变得那么快。他惊慌地看着李林甫，李林甫的神情分明在说："陛下和我站在一起。"

朝廷的矛盾彻底爆发了。唐玄宗和张九龄的君臣友谊，也跟着张、李二人的争执一起走向尽头。友谊的小船，说翻就翻。这固然与张九龄某些偏激的见解有关，但唐玄宗确实逐渐抛弃了那些睿智、文采飞扬，又有些自满的文士，决定走向更易掌控、更能体现帝王权威的吏治实干一面。这不是张九龄一人能扭转的。

时间由秋入冬，张九龄体会着物候的凉意，也感受着人情的冷暖。那年夏天，玄宗曾托高力士送来一把白羽扇，现在夏天已经过完了，这把白羽扇还有什么用呢？

苟效用之得所，虽杀身之何忌？肃肃白羽，穆如清风，纵秋气之移夺，终感恩于箧中。

——《白羽扇赋》节选

张九龄不甘做被随意抛弃的白羽扇，他写了一首小赋上报玄宗，希望玄宗不要那么凉薄，哪怕是顾及自己那一点点才华。玄宗当时还能亲切地好言相劝，让张九龄好好做事，不要胡思乱想。

但分别仍然按时到来。开元二十四年（736 年）十一月，那位恃才傲物的严挺之被抓住了把柄。严挺之虽然有文才，但是为人有缺。严挺之前妻的老公犯了事，严挺之打算去“捞人”。这个行为，在当时本不正当，李林甫就抓住此事，揭发严挺之。唐玄宗觉得，严挺之该罚，怎么能偏袒亲属！张九龄辩护道：“这是前妻啦，没啥关系！”唐玄宗这次没有给张九龄好脸色，冷冷地说：“那更糟糕了，和前妻还有来往！”张九龄无语，退到一边，不敢吭声。在唐玄宗眼里，此时自己和严挺之就是一路人。

很快，唐玄宗亲自宣布对此事的处理：严挺之去洛阳当刺史，裴耀卿、张九龄分别担任尚书省左、右丞，宰相生涯正式结束。

九

张九龄虽被罢相，但依旧享受着高官的待遇。李林甫觉得，他在长安一天，就会做一天文人的领袖，久而久之，唐玄宗想起他来怎么办？左思右想之际，监察御史周子谅成了李林甫的棋子。周子谅看不起牛仙客，而牛仙客已任宰相。周子谅居然引用坊间流传的诅咒，诋毁牛仙客是唐朝的祸害。监察御史，有事说事，你搞邪门歪道做什么呢？唐玄宗又一次狂怒爆发，直接让人把周子谅打晕在朝堂上，等周子谅醒来，还不解气，又让人揍了周子谅一顿，最后把周子琼贬出京师，赐死蓝田。

周子谅自己糊涂，断送小命不要紧，但推荐周子谅的人是张九龄，这让张九龄非常惶恐。李林甫也借着推荐失误的由头，将张九龄“请”出长安，让他任荆州大都督府长史，做着三品闲差，去南方养老吧！

张九龄一走，朝廷的气氛急转直下，逐步由活跃走向死气沉沉。玄宗在背后居高临下地操持着权力，李林甫则死心塌地地为玄宗治理天下，铲除可能危及权力的一切隐患。当然，当李林甫危及玄宗时，玄宗也会敲打敲打李林甫——不管用什么样的手段，哪怕利用自己的儿子。

变了，一切都变了。开元二十五年（737 年）四月，太子李瑛被武惠妃诬蔑造反。那个不会伤害儿子的父亲，眨眼变成了嗜血的权力猛兽，以残酷的手段杀死了太子李瑛、光王李琚、鄂王李瑶。按照电视剧《唐明皇》的剧本，张九龄听说宫变，赶回长安，看到的已经是垂在风中的三具死尸，而唐玄宗当着张九龄的面正痛哭流涕。

这只是包裹最高权力的幻觉罢了。那个掌握天下的人，除了天下不能放弃，还有什么不可以丢掉呢？

张九龄很清楚这一点。

开元二十五年（737 年）起，张九龄被贬为荆州大都督府长史，前往湖北任官。荆州大都督府中，大都督一般只由皇子担任，目前，皇子已经不在本地办公，只具头衔。而作为次官的长史，实际上是大都督府的一把手。在地方官中，大都督府长史是从三品，相比尚书省右丞相来说，确实是低了一点，但待遇上是不差的。

有研究者站在李林甫和唐玄宗的立场上，认为张九龄在拉拢文士，与李林甫和唐玄宗对抗。我不太同意这个观点。首先，作为宰相的张九龄，必然要对国政方针发表自己的看法，这些看法中必然会有与君主和同事意见相左的地方；其次，张九龄无论是写文章还是为人，都是相当小心谨慎的。张说和同事徐坚点评当代文士，说到张九龄，就认为其文风流畅、务实，但就是格局不够。他一定不是野心巨大、大开大合之人。每次与唐玄宗有分歧，他都不直接对君上进行批评，只是就事论事而已。最后，张九龄仕途比较顺利，不仅是因为运气福荫，大概也是因为他出入中央，积累了丰富的政治经验。张说受辱、王毛仲被杀，这些宠臣的命运都是他亲眼见证的，和文士交朋友不假，但要拉拢文士、形成小团体，除非鬼迷心窍，他绝不会出这种结党的险招。

所以，尽管有周子谅在朝廷上胡说八道，尽管玄宗和李林甫都想把他赶走，但他的地位依然保持在相当的水平，比起之后被吓死的李适之、贬死的皇甫惟明和韦坚、杖杀的李邕等人，真可算是安享天年了。

在荆州，张九龄会想起长安。在长安，唐玄宗仍会想起张九龄。皇帝把张九龄的爵位晋升为伯，以示恩宠。长安的大事小情，张九龄也会按照礼仪上表。能看到张九龄文采飞扬的表章，唐玄宗颇为高兴。“海上生明月，天涯共此时”，这是张九龄为官以来，离开长安最久的一次。据说皇帝曾遣使送信，请他回到长安，官复原职。张九龄委婉拒绝。开元二十八年（740 年），张九龄似乎感觉到了来日无多，他并没有要求回到长安的府邸，而是请求回乡扫墓。

扫墓结束，张九龄这只在北方漂泊的燕子，永远地留在了故乡，身后享受了与姚崇相当的殊荣，天下包括李林甫在内，没人对这一切有非议。因为只有这只死了的燕子，才不会让高飞的鹰隼心生猜忌。

又隔一年，唐玄宗改元天宝，开元时代落幕。

尾声

至德元年（756 年），安禄山的叛军占领了长安，垂垂老矣的唐玄宗仓皇逃走。渔阳的鼙鼓把他从权力的迷梦中敲醒，他从盛世的巅峰跌落到了剑阁的谷地。山川依旧，触目生哀，他忽然想起了张九龄说过的话，泫然泪下，请人专程到岭南，告祭张九龄的亡魂。可张九龄已经去世近十七年，坟墓都长满了草，这迟来的懊悔，又有什么意义呢？

张九龄绝非完美，也并不是纤尘不染，但在唐玄宗的宰相中，他接过张说的重担。选择君子的风度，就要自律地对待权力。但自律，不是唐玄宗的追求。二人早已貌合神离。

当然，张九龄并不介意分道扬镳，草木有本心，何求美人折呢？

高适

长安不相信眼泪

引子

天宝六年（747 年）的冬天，北风凛冽，天色迷蒙，宋州千里平川，地无涯际，层层浓云遮蔽白日，渲染黄晕，压抑得人喘不过气来。不一会儿，大片的雪花呼啸而下，扑向行人的面颊，打在粗厚的绝袍上。宋州是中原大城，这一日天色阴郁，城门外往来者寥寥，郊亭的酒肆还在执着地开张。酒肆门外，站着两个汉子，执着地不肯分别。

“令望兄，长安一别，算到今日十余年。你我当时都青春不羁，如今却连酒钱都掏不出来。”

“达夫不要这么说，你将来是要鱼化龙的人。不像在下，还要四处讨生活，没有着落。”

“令望兄，天寒地冻，我还拉着你在这里说长道短，热的酒也没有一杯。我怕耽搁了，令望兄今夜又得在荒村投宿。”

达夫牵过一旁不耐烦的马，董令望拍了拍这仅剩的“忠仆”，跨鞍上马。达夫似乎还有什么话，压在嘴边，咽了下去，只是胡须动了一动。

二人叉手施礼，青丝苍颜，只有这个礼节不曾移转了。

达夫看着董令望一人一马，哆哆嗦嗦，迎着北风，跑不了，也走不快。他赶紧追上去，从怀中掏出两张纸，递给董令望，然后当着马头，再施一礼，转身走开。这一次轮到董令望目送达夫，等到达夫的壮实身影消失在远方，董令望才展开纸，读其诗：

千里黄云白日曛，北风吹雁雪纷纷。
莫愁前路无知己，天下谁人不识君。

——《别董大·其一》

六翮飘飖私自怜，一离京洛十余年。
丈夫贫贱应未足，今日相逢无酒钱。

——《别董大·其二》

“莫愁前路无知己，天下谁人不识君。”一诗看罢，董令望赶紧催马，登上沙丘，可天地茫茫，飞雪漫天，竟连半个行人也找不到了。董令望立于马上，对着宋州城的方向抱拳施礼。仰面忍泪，扭头催动马蹄，消失在了皑皑荒原之中。

这个题诗的汉子叫高适，字达夫，行次三十五。这一年是他蜗居宋州的第九个年头，诗名已经有了，功名还欠一点。他总和别人说，自己出身渤海高氏，是一等一的大家族。不但他自己这么说，他全家也是这么认为的，只要是他们家人的墓志铭，无不把籍贯刻成渤海。可渤海高氏中查无此人。这也不是高家好攀高枝，在那个门第观念根深蒂固的时代，谁都想把自己的门第抬高，得别人高看一眼。只不过，这只能在精神上给自己加分，前途方面，高适已经付出了三十年光阴，仍无结果。

一

高适从二十岁起，就离开洛阳的家，去长安闯荡。那时，他对自己充满信心。一方面，祖父高侃是高宗朝名将，战功赫赫，受人景仰。父亲高崇文官职不高，但也供自己读书，带自己游历南方。另一方面，他正值弱冠之年，青春活力无限，看世界单纯而有热忱，总觉得举手一抓，天地就在手中了：

> 二十解书剑，西游长安城。
> 举头望君门，屈指取公卿。
>
> ——《别韦参军》节选

偌大个长安城，在活力无限的高适眼里遍地是机会。他也许曾一路沿着朱雀大街北上，瞻仰皇城壮丽的应天门，觉得自己一翻身，就能做皇帝的近臣，位至高官。可年少成名，早早读书入仕，迈向人生巅峰，哪有这么容易呢？似乎高适是做白日梦而不自知了！但他二十岁时，确实有一次飞黄腾达的机会。这一年五月，唐玄宗让那些怀才不遇的人，尽管到长安城的延恩匦投书自荐，如果真有不错的，请相关负责人报告一下。玄宗励精图治，用人不拘一格。高适觉得，自己也是不拘一格的男子，不能跟着他人走寻常路，毛遂自荐太适合自己了。结果不用想，当然没门。他也不泄气，回家再准备准备。

可回洛阳一看，家都没了，父亲高崇文也去世了。那年五月，高崇文在扬州去世。高家为了高崇文返乡安葬的事宜，多方筹措，耗时一年，终于完成葬礼。高适赶到洛阳，只看见父亲的新坟，而洛阳的宅邸，也变现成了葬礼经费。二十岁的高适，瞬间变成了“三没人士”——没房、没钱、没前途。没办法，高适只有到别的地方讨生活。兜兜转转，他来到了宋州（今商丘）。大概是租了房和田地，在此寄居做客，过起了自食其力的农耕生活。

高适不会想到，自己一客梁宋，就是十年。十年里，他过的是种瓜凿井、躬耕读书的生活。这十年中，崔颢、储光羲、王昌龄、常建等青年才俊相继进士及第，高适只能晚上读着儒道之书，白天去菜园里汲水。高适真的想在菜园里过一辈子吗？不，他有一肚子的才华想施展出来，但可能因为太穷了，连去长安的钱都没有，更不要说待上十天半个月，考完科举。某次他送别朋友晋老三，他拉着晋老三的手说：“我在这里蹲了十年，满腔热血，说都没地方说。我没什么朋友，觉得你人不错，才和你处得好。秋天也到了，我这里连车钱都没有，陪你远行是不可能了。你这一去，大概要去求功名。好哥们儿，你先去一步。我听说皇帝在招人才，你赶紧去，别错过了。”

字字真挚，满是心酸。不过，可能这位晋老三也帮不了他，这个时候的高适，交的多半是穷朋友。十年了，宋州不能再蹲了，再蹲就跨入中年生活，将永远地颓废于炕头，远离天子的案头。前几年，姐姐去世，高适算是彻底没了牵挂，十年蹲守，不说去长安，去别的地方的钱还是有的。开元十八年（730 年），契丹可突干投降突厥，背叛唐朝，东北边境战事重燃。很快，名将信安王李祎受命北征，幕府中需要人才。高适觉得这是个机会，便收拾行囊，到河北去了。

二

契丹在初唐时本是出没于白山黑水之间的游牧部落，关于契丹的来历，流传着悠久的“青牛”“白马”“仙人仙女相会”的传说，但具体源自何族、何代，没人说得清楚。南北朝末年，契丹部族已广泛活动于辽河地区，但由于北有强敌突厥，西是中原王朝，契丹只是一个常常“挨揍”、漂泊无着的小部落。唐朝立国后，契丹大贺氏历代首领与唐朝交好，关系还比较密切。但随着突厥的再兴和武则天的强势打压，契丹族干脆扯起反旗，在突厥支持下自称可汗。武则天大怒，连连发兵北上，但屡屡损兵折将，战争打得很惨烈。从武周万岁通天元年（696 年）到开元初年，唐与契丹打打和和，契丹也从一个小部落成长为唐朝的重要边患。

开元十八年（730 年），与唐廷来往密切的契丹首领李邵固被害，权臣可突干觉得这人没有狼性，干脆让更好控制的遥辇氏家族做头领。这样一来，契丹和唐廷再次决裂。不过，唐廷和吐蕃的血战刚刚结束，正好腾出精力，收拾契丹。给契丹摇旗呐喊的突厥，实力也大不如前。当年，唐廷已经安排大军，严阵以待。又准备一年后，在西北战功赫赫的老将信安王李祎被调往河北，全面主持对契丹的作战。

高适同这些将军一样，是怀着志在必得的信念北上的。在途中，他想到了魏徵、郭元振、狄仁杰。何必向更古的朝代去找精神标杆？本朝已经有三位名臣，可以做高适的精神支柱！高适的态度非常务实，他一路上和负责军务的官员以及当地的县令、县尉保持书文往来，又对契丹反叛、唐朝出战的局势有一定的理解。他批评唐朝对契丹的和亲政策，认为这是苟且和姑息，当然，他一不主掌局面，二不曾与契丹接触，所有的批评也是建立在传统的观点上。旅途漫漫，直到开元十九年（731 年）年末，他才抵达营州前线，不久，信安王李祎也率军抵达。

“虏酒千钟不醉人，胡儿十岁能骑马！”高适从没来过边境，一下子从安宁的农田，走向辽阔的山野，整个人都打起了精神，下一秒就想在信安王李祎的驾前，建功立业。他在李祎的幕府逗留了一段时间，不断写吹捧李祎的诗文，希望李祎看看自己。李祎专心战阵，为的是安定边疆，哪里顾得上高适的吹捧？更何况，高适来路不明、一无所有，为什么要找他呢？李祎出兵如电光石火，很快就大获全胜，高适仍然在他的幕府里，赔着笑，庆祝胜利。高兴是高兴，可论功行赏，与他高适何干？李祎还朝，不带走任何一个高适。

人生，经常是要站在幕边给他人鼓掌的。鼓掌完，高适打算去长安碰碰运气。路上遇到了好友王之涣、郭密之，他们都是为人潇洒豪迈，但求职处处碰壁的人。三人聚到一块儿，高适把不受待见的难过都给吐了出来。最后总结了一下，将十年不幸归结在“倒霉”二字上。王之涣和郭密之说了什么，没有记载，想来壮年失意男子，也是各讲各的惨状吧。

辞别好友，还是得回去种地。高适南归不是一路狂奔，他并没有被难过冲昏头脑。每过一地，他都给本地的刺史写诗，其中还包括勉强同自家沾亲带故的恒州刺史韦济。诗人一片热情，但都没有得到什么实质性的答复。此情此景，让他想到了平原君，人家多热情、多直接，同在河北，千年间就有那么大的差距吗？高适不解，只有赋诗叹息。

回到宋州没多久，朝廷又给高适提供了求职机会。开元二十三年（735 年），朝廷下诏开制科，作为特别考试，招揽在政治、军事、谋略方面有突出才干的人才。高适觉得，这说的就是自己！赶紧拿到了推荐资格，冲到长安准备考试，结果不用说，大家都知道了。这一年还有一次进士考试，同样不中的某位小老弟，姓杜，名甫。

这一次不中，高适的内心应该是比较平静的。毕竟，招揽特殊人才的考试，本来就充满了奇遇和风险。在长安，他遇到了不少名流。有张旭，这是一代书法大师，和各界人士往来密切。有颜真卿，还是著名书法大师，但同时，他也是书香门第颜氏冉冉升起的新星。长安不像宋州，长安到处都是名门高官的宅邸，有的是交朋友的机会，当年，高适或许在城南韦氏的花园里，与王维一同出席宴会，赋诗欢庆。不过，这些比起他与王之涣、王昌龄的饭局来，都不值一提。

初冬，天冷，下小雪，三个人拥着加厚的袄子，赶到酒肆喝两杯，暖暖身子。都在长安闯荡，暂时都没闯出什么名堂来，一两杯劣酒，已经是消费极限了。这时，一群梨园的艺术工作者来到酒店，他们年纪尚小、职业稳定，不一会儿就占据了酒楼的好位子。三个老男人识趣，凑到一边烤火，看着这些少年恣意青春。四位华服丽妆的歌姬随之登楼，与十来位歌手、乐师一起，演唱、弹奏当时的流行歌曲。王昌龄仔细听了听，原来都是当下风行的诗歌，他拍拍两位老兄弟的肩膀，凑在他们耳边说道：“哥几个，就写诗这个问题，咱们私下较量很久了，一直没个定论，你们看啊，今天这几个名家，”说着，三人望向那些曼妙的身影，“他们唱谁的诗句多，咱们谁就厉害。”大家觉得这个办法很公道，便躲在一边，侧耳聆听。

不一会儿，歌声响起：“寒雨连江夜入吴，平明送客楚山孤。洛阳亲友如相问，一片冰心在玉壶。”王昌龄抑制不住激动的心情，沾了炉灰，在墙壁上得意地画一道记号，又不敢声张，小声道：“一首绝句啦！”

不一会儿，另一个歌姬婉转开口：“开箧泪沾臆，见君前日书。夜台何寂寞，独是子云居。”这诗，是不久前哭送早逝好友的，高适听了，心里仍不是滋味，淡淡地画了一道记号。

此处才歇，那里又起：“奉帚平明金殿开，且将团扇共徘徊。玉颜不及寒鸦色，犹带昭阳日影来。”王昌龄眉毛都快挑上幞头，又画了一道记号。

王之涣坐不住了，他压着声音说：“得意什么！这些啊，都是二三流歌手，文化水平也不高，也就唱唱你们的诗。那些一流歌手，唱的都是阳春白雪，他们不懂，也唱不来！”说罢，他用手一指，正正指向里面最为美丽端庄、受人喜欢的一位，说：“如果，如果哈！她唱的不是我的诗，我这辈子不和你俩比。”高适和王昌龄嘿嘿一笑。

“如果……”王之涣比较严肃，“如果，她唱了我的诗，你们就赶紧从座位上下来，拜我为师！”高适和王昌龄都快忍不住笑，憋红了脸，点头答应，等他出糗。

不多时，轮到了那位双鬟宝髻、铅华动人的女子，她一开口便似珠如玉，满座倾倒，可她唱的，偏偏是：“黄河远上白云间，一片孤城万仞山。羌笛何须怨杨柳，春风不度玉门关。”

王之涣兴奋地跳了起来，一只手拿酒便灌，另一只手指着目瞪口呆的二人，说：“你们听听，你们听听！”说罢，大笑不止。王昌龄、高适也放声大笑，互相劝酒。

这边的开怀大笑，引来了那边的注目。有好事的歌手说：“几位郎君，什么事那么开心？”王昌龄和高适便一五一十把斗诗的事讲了出来。歌手们非常惊讶，原来他们就是作者本人。大家赶紧迎上去行礼，领队的人说：“我们有眼不识泰山！几位才子如果不嫌弃，一起来喝杯酒吧！”这样的好事，三人怎么会嫌弃，赶紧加入，开怀畅饮。

那一日，王昌龄已官任校书郎，王之涣、高适尚在蹭蹬之中，心情不快。三人相聚，已是难得；酒肆遇知音，更是幸运。“难道执掌大权的人，欣赏能力还不如这些歌手吗？”高适心中不解，有些沮丧。不过，他此时已算小有名气的诗人了，务实的高适是不会放过这点积累的。他觉得如果科举之路不通，那么就要去边疆碰碰运气，他开始打听各地藩镇招募的消息。

三

当时四海升平，边疆基本安定，没有地方需要一个力气和才气俱全的诗人。“男儿本自重横行，天子非常赐颜色。”这暂时只是高适的幻想。三年“长漂”没有结果，只好回老家待着，继续种田、读书、交往名士。四十岁那年，高适到山东旅游，终于与杜甫结识，二人一见如故，私交甚笃。年正不惑的高适和年轻气盛的杜甫，目前只是诗坛好友，不会料到有一天还会有形如陌路的伤感。

这几年里，太平无事，高适也有了点闲钱，在淇水边购置了田庄，经常接受本地名流邀请，赋诗、宴会、旅游，诗也越来越多。开元二十九年（741 年），唐玄宗尚对武惠妃念念不忘，又为宁王李宪的死感到焦虑，为了祈求安宁和长生，于次年改元天宝。玄宗开启了晚年的狂欢，高适则在一场又一场游历中观望盛世。离中心远些，高适的眼光便放得近些，他来到滑州，发现这里的农夫要顶着不大好的年成，承担繁重的徭役与税负。不过，比起大漠、战争和个人经历，这些田间地头的真实感受在高适那里实在不多——有可能是看到了曾经的自己，不愿意回首那些土里刨食的岁月吧。

天宝三年（744 年），唐玄宗将李白“送”出长安，给了丰厚礼包，任其四处遨游。功名和神仙，是李白的心头大事，此时正好一路东去，访高道、拜名士。他来到宋州一带，专程到梁园参观。这里早已从名士云集的胜地变成一片荒芜。不过李白相信，历史靠新人创造，等自己转上一圈，回去还会是那个兼济天下的李白。而高适正好在宋州，二人相聚，喜不自胜。高适带着李白在宋州与朋友痛饮，到梁王的遗迹凭吊古今。李白在洛阳时，已经和杜甫约好，这一年要到东方寻访仙人，采集仙草。当年秋天，杜甫处理完家事，赶忙去与偶像团聚。更让他喜出望外的是，另一位前辈高适也在这里。就这样，天宝三年，三颗诗坛的明星正照耀宋州。他们醉饮酒宴，驰骋猎场。日后，小老弟杜甫还记得在酒馆里两人趁着酒兴，文采飞扬，自己在一旁脸红成一团，激动地望着他们在发光。

有人说，李白、杜甫、高适一起，愉快地找仙人，采仙草。不错，高适很欣赏李白的不羁。但高适更想找的是一个出人头地的机会。秋风萧瑟，何草不黄，高适辞别李白、杜甫，从愉快的聚会回归现实的名利场，继续打拼。他称赞李白，说李白是气势高昂的丈夫，天资不凡，以后必当青云直上。这个时候，高适自己也想不到，这段友谊会随着唐朝局势走向而改变，最终两人云泥分隔，再也不见。

各地旅游了一年多，高适接到大书法家李邕的邀请。李邕为人喜好文墨，做官又做得颇有闲钱，他曾作《鹘赋》一篇，描写高飞的鹘鹰，凌厉迅猛、锐不可当。高适一看，这不就是说我吗？赶紧跟着作了一篇，请李邕欣赏。李邕正在北海郡任官，某日想起高适，邀他到辖地坐坐。挺巧，李白和杜甫也在那儿。高适觉得，李邕心中还是装着自己的，便留在了北海郡，做李邕门下的清客。天有不测风云，天宝六年（747 年）正月，李林甫派人杖杀李邕，看着这个七旬老翁惨死，高适心惊不已，门下李、杜等人也东奔西走，各谋前程去了。高适赶紧回宋州根据地，寻求新的出路。这年冬天，高适与董令望相遇，他临别给董令望塞了一纸绝句，竟永垂不朽。似乎，高适也有揣度命运的本事，这个冬天一过，他将迎来转机。

四

转机之前，是极度地潦倒。恩主惨死，举目无亲，回到田园，又要过土里刨食的生活，什么常科、制举，只要一点点俸禄，高适心中都会感到满意。命运还是垂怜高适的，天宝八年（749 年）秋天，朝廷又开制举，本地长官张九皋推荐高适参加。更重要的是，有人将高适的诗文呈给了玄宗。有天子的欣赏，高适很快中举，任官封丘县尉。

县尉，县令的助理，负责全县大大小小的事务。特别是缉拿盗贼、收缴税赋、安排劳役、组织募兵……总之，这个“少府”，官小、事多、不好当。但高适还是比较高兴，不仅给皇帝上表感谢，还给陈希烈、李林甫写信，致以深深的谢意。他给李林甫的诗写得非常肉麻：“恩荣初就列，含育忝宵形。”——这个年纪才当上官儿，白活了！

高适到了任职地，一照镜子，头发霜白，赶紧甩开膀子加油干，可干了没多久，人就泄气了。略有小成的诗名和一事无成的官名，两相对比，非常不称，极易让诗人心中沮丧。在封丘一有空，高适就开始写诗抱怨。抱怨官小事多，抱怨不懂怎么奉承长官，抱怨自己下不了手去责打百姓。更让他难过的是，全家人根本不懂自己这些抱怨，乐得自己当个破县尉。理想与现实，冲击着这个初入职场的人。

好友李颀来看高适，临别时调侃了他一番。李颀觉得，高适早年，啥富贵都不放在眼里，当然，也是因为自己没有。那个穷样，连屠夫、酒保都看不起他。如今一夜之间，受天子恩赏，走向富贵之路，还嫌弃官小难做，那真是“不知好歹”了。李颀拍拍高适的背，说：“不要因为地方不好，耍脾气，要学陶渊明。”说罢，指指高适新买的宅子和乐得合不拢嘴的家属。高适知道，自己现在最好的选择，是忍耐。

高适能忍多久呢？三年之后，高适将本县的募兵送抵幽州，看着安禄山壮大兵势，看看一无所有的自己，深感无可奈何，心中升起了辞官的念头。县尉的薪水虽然相比高官不多，但总比种田强。三年积累，又安了家，高适掂量掂量投入与回报，决定放手一搏，到长安，或者到更远处去，人生到这里，什么都能放弃，前途不能放弃！

失意和得意，是长安的两面。身处中间的是正在追逐机会的人。这年秋天，中年离职基层公务员高适，和杜甫、岑参等讨生活的朋友一起，登上了长安慈恩寺大雁塔。雁塔远眺，山河万里，秋风吹拂暮光，希望就在眼底。不久，好友田梁丘推荐他到陇右节度使哥舒翰那里任职。

眼下的节度使里，哥舒翰和安禄山一个在西、一个在东，最受唐玄宗青睐。唐朝东境，依旧是我们说过的契丹、奚族、突厥等强敌，不过，他们大多还是游牧部落，其兴也勃，其亡也忽，严阵以待即可。西边的吐蕃才真是令人头疼，他们居高临下、作战彪悍，时时威胁河西走廊、袭扰陇右。如果掉以轻心，西部不宁，近在咫尺的长安便不会安稳。因此，河西、陇右等地的节度使的人选，玄宗非常重视。夫蒙灵察、盖嘉运、王忠嗣等名将，都曾驻守河西。哥舒翰深得王忠嗣的栽培，王忠嗣被迫害时，哥舒翰孤身入京，在玄宗面前极言王忠嗣的冤枉。如此耿介之人，玄宗对之另眼相看，委以重任，也免王忠嗣一死。哥舒翰率领唐军攻克吐蕃重镇石堡城，血战多日，终获一胜。“一将功成万骨枯”，玄宗不在乎这场硬战到底牺牲了多少唐军将士，他听闻啃下了吐蕃这块硬骨头，心中大喜，当即加封哥舒翰为御史大夫，还给他的一个儿子封了五品官。哥舒翰成了皇帝心中的红人。

刚接到邀请时，高适并没有追上哥舒翰，他从武威、临洮一路追到西平，终于同哥舒翰见面。那一年年初，哥舒翰方才平定九曲部落，受封西平郡王。高适为此作了多首贺诗上呈，诗写得非常谄谀，已经把哥舒翰吹捧到吐蕃闻风丧胆的地步。有人说，这几首绝句里面带着高适的讽谏，但我想，以高适当时的愉悦心情，讽谏大概是不存在的，何况，以诗为史不是高适的风格。他还有一首长诗，也将献给哥舒翰，这一首写得大气、壮丽，如身临战场：

作气群山动，扬军大旆翻。
奇兵邀转战，连弩绝归奔。
泉喷诸戎血，风驱死虏魂。
头飞攒万戟，面缚聚辕门。

——《同李员外贺哥舒大夫破九曲之作》节选

哥舒翰久闻其才，一见面更是觉得高适不凡。等到回长安述职，便在玄宗面前大夸高适的才华，向朝廷请命，让高适做自己的掌书记，作为心腹随行。这个不得意的封丘县尉，一夜之间成了哥舒翰的座上宾，命运，就是这么奇妙。

长安的快活日子没有几天，作为幕府骨干，高适便要随哥舒翰西行。杜甫听说老朋友要走，赶来送行。马上的高适意气风发，全不像一个五十多岁的人。杜甫上下打量，高适浑身都是崭新的装束，心里明白，高适翻身的日子来了。他问高适去做什么官，高适得意地说："惭愧！做个掌书记罢了！"杜甫苦笑，只得祝愿他一路平安，在七十岁以前混个节度使当当。

五

浅才登一命，孤剑通万里。

岂不思故乡？从来感知己。

——《登陇》

做了红人的红人，高适无不得意，今日西去，可谓春风相随。哥舒翰和高适年纪相仿，甚至还小一点。早年哥舒翰也是个混混儿，到了四十岁，被人瞧不起，才到边疆投军。高适现在人到中年，被人赏识，心中充满感激。想着二人类似的遭遇，他更将哥舒翰引为知己，吹捧哥舒翰更是不留余力。不过，人红是非多。一次，高适写诗给哥舒翰，希望哥舒翰不要老是关照自己，最好一碗水端平。他以歌女自比，由衷感叹"不是妾无堪，君家妇难作"[①]。不过这种成名的烦恼，高适尝起来，可能还是甜的。

① 出自唐高适《在哥舒大夫幕下请辞退托兴奉诗》。

哥舒翰发达以后沉迷酒色，身体空虚。天宝十四年（755 年）春天，哥舒翰在去长安的路上突然中风，倒在浴室里，醒来便半身不遂，去长安养病了。养病是养病，倒也不影响他目前的地位，高适依旧自得地在陇右当官，参与军事。

这一年，小老弟杜甫疯狂给高适寄信，问他：今年春天是不是不来长安了？你在那边还好吗？一封不够，再来一封，他开始吹捧高适，说高适虽然年纪大了，但诗越来越多，越来越好。还说听闻高适已经穿上高官穿的红袍，自己也跟着沾光。诗投出去，却不见高适的回音。不过，在高适的文集里，却有高适给另一位老熟人写的一封长信，他就是已经就任平原太守的颜真卿。在信中，高适回顾二人诗词交往之事，表达了对老恩公张九皋的感激。字里行间已没有早年那种失望和感伤，全是扬眉吐气后的热情与感慨。

哥舒翰幕府的生活是很舒适的，升官有路、待遇又佳，四座人才济济，不少人日后青云直上、官至将相。对这样的环境，高适非常满足。只可惜当全国上下都满足的时候，一人的贪婪重创了盛世。

天宝十四年（755 年）冬十一月，安禄山起兵范阳。河北郡县没有准备，大多选择投降。安禄山兵锋势如破竹，直抵洛阳。一开始，唐玄宗觉得叛军尚远，守住河南就还有转圜的机会，便接受伊西节度使封常清的请命，让他自行募兵、抵御安禄山。六万乌合之众对抗幽州精锐，这不是搞笑吗？很快，封常清兵败。同一时期，闲居长安的高仙芝被急速召见，任命为讨贼副元帅，实际主持抗敌事务。封常清率领长安的精锐，提前到达陕郡迎敌。不久，封常清败走，西行去找高仙芝。二人计议，觉得目前的情况不宜与对方正面交火，对方长途奔袭，中央应该做好固守潼关、以逸待劳的准备。此时，安禄山正在洛阳，准备登基称帝，享受“胜利果实”，兵势有所缓和。封、高二人，便率兵西进，固守潼关。

遗憾的是，监军边令诚与高仙芝有过节，趁着入朝报告军情，便向玄宗说封常清动摇军心、高仙芝失地贪污。此时，玄宗对人的信任已经基本崩溃，一有风吹草动，敏感的情绪就要爆发。于是他让边令诚回去，就地处决二人，一代名将，蒙冤而死。

哥舒翰虽然已经中风，但脑子没疯。他清醒地看着安禄山的铁蹄蹂躏大唐，两位名将身死人手。程千里被俘，封常清、高仙芝被杀，郭子仪、李光弼固守朔方……完了！朝廷下一个想到的，就是我哥舒翰。哥舒翰非常不想去，但皇命难违，当年十二月，中风的哥舒翰被大家抬着率军出征。唐玄宗又是举行宴会，又是大封官爵，给予哥舒翰莫大的恩宠。恩宠越多，摔得越惨，这个道理，哥舒翰太懂了。

作为哥舒翰的属员，高适也行动起来。他先是接受绛郡长史的任命，打算到山西防备叛军。但哥舒翰到潼关迎敌，玄宗便钦点高适为监察御史，协助哥舒翰迎敌。这期间，高适不仅学到了军事课，还上了一堂政治课。哥舒翰不是什么心怀宽广的人，他一直讨厌安禄山及其全家。安禄山的堂弟安思顺本来不在被清算之列，哥舒翰仗着兵权在手，诬告安思顺。信任崩塌的玄宗，看见是姓安的，抬手便处死。哥舒翰一向与杨国忠交好，但此时，交好也不管用了。哥舒翰部将王思礼说：“安禄山造反，迟早是要杀杨国忠的，你把杨国忠杀了，不就完事了吗？”

这个计策，表面上是杀杨国忠，实际上是同朝廷对抗，哥舒翰没有真正采纳。但后来当杨国忠对自己下手时，哥舒翰却坚决反击。将相猜疑，国之大忌。高适眼见哥舒翰用心于政治斗争，潼关的守备却做得极差。

天宝十五年（756 年）年初，唐朝在对抗叛军方面取得了不小进展：河北州郡起义、山西屡传捷报、江南一带成功阻击叛军，而潼关也防守得很好。哥舒翰虽然中风，但军事方面非常清醒，他赶紧报告玄宗，认为此时不应该自满，必须坚守不出，打一场持久战。结果，稍微缓过来的唐玄宗和杨国忠，要求哥舒翰赶紧出关，解决叛军。不仅是要求，更是催命。从春到夏，连绵不绝的使者来催促哥舒翰出击，哥舒翰想了想："好吧！与其被你白白杀掉，不如自行送死，锅你来背。"

六月四日，哥舒翰恸哭出关，被叛军统帅崔乾祐杀个大败。潼关一战，死伤十数万人，唐朝精锐尽失，哥舒翰也被部下挟持，投降安禄山了。

六月九日，潼关失守，朝廷震惊。唐玄宗焦头烂额，又无可奈何，假模假式亲征，偷偷摸摸逃跑。高适快马加鞭，赶回长安，向唐玄宗上书，要求朝廷镇定下来，打开小金库，募兵抵御。唐玄宗哪里关心这些，逃命要紧，六月十三日一早，便从延秋门，带着亲眷宠臣，跑！

等到天亮，长安城乱作一团，高适才知道皇帝逃跑的消息，急忙找来快马，跟着大臣一起走骆谷道去追。十多日后，高适等人在河池追上唐玄宗。唐玄宗一看，这不是高适吗，逃出来了啊！大喜过望，赶紧请进来讲话——此时唐玄宗高兴，也不单是因为高适忠心，儿子李亨带着一千多人与自己分道扬镳，此时，能有一个人来找自己，就是多一份依靠。老头虽然年纪大，关键问题还是门儿清。

高适一进门，就给唐玄宗讲潼关的真实状况。高适说，自己非常感恩哥舒翰，哥舒翰的本事，自己心知肚明。但是让一个中风的哥舒翰，去应付监军使和兵油子，这实在是难以胜任。高适顿了顿，继续说："我听说，南阳的节度使都还要受制于监军使，这么搞下去，怎么能赢？"高适抬头，看到玄宗的表情有点尴尬。毕竟，他当年无比信赖的监军使边令诚，最后却交出长安城宫苑钥匙，乖乖投降了。高适知道，话要是太直接，就是打老皇帝的脸。

不过，哥舒翰也不是高适说得那么高大威武；被挟持投降后，他在安禄山面前颇为听话，还给老部下写劝降信。这些消息传到流亡政府，大家纷纷痛斥哥舒翰，再也没人敢为哥舒翰辩护了。

高适算是进入了玄宗的贴身班底，从将军的近人，变成皇帝的近人，官运自然亨通起来。一到成都，高适就被任命为谏议大夫，正式穿上高官的红袍，担任皇帝的顾问。

七月十二日，太子李亨在灵武登基（史称唐肃宗），事后才通知玄宗。玄宗很不高兴，感觉被摆了一道，赶紧下诏承认李亨是合法的新皇帝，只不过，大事还是要自己说了算。至于什么是大事，那就不好说了。不仅有纸面上的打法，行动上，玄宗也露了露手腕。七月十五日，玄宗走到汉中，发布诏书让各个皇子就地担任节度使，其中，永王李璘任山南东道、岭南、黔中、江南西道节度使，坐镇江陵，掌管江南。这分明是要天下的皇子，以叛军为赛场，角逐皇位，一旦兄弟反目成仇，后果将不堪设想。高适作为谏臣，赶紧规劝玄宗："这不仅没法消灭叛军、震慑新皇帝，还会让兄弟相残、父子反目，这不是您最不想看到的吗？"权力面前，玄宗哪里听得进这些？果然，李璘一到江陵，就招募了数万人，委任官员，割据一方。

高适虽然做官晚，但在全国各地奔走多年，又有哥舒翰幕府的工作经验，对于唐朝的大势，有清晰的认识。能做到皇帝的近臣，高适的政治嗅觉非常出色，至少比慌不择路的杜甫、头昏脑热的李白强。这年冬，肃宗听说他力劝玄宗不要"分镇"，赶紧把他找来商议。高适见到肃宗，一五一十地分析了永王的情况：这不过是一个养尊处优的小弟，从来没什么治国安邦的本事。生了个喜欢骑马打猎的儿子，就当自己可以带兵打仗。这种人，遇到权力就被冲昏了头脑，是不足担心的！肃宗大喜，拜高适为扬州大都督府长史、淮南节度使，让他赶紧南下，去和韦陟、来瑱会合，讨伐永王。

六

高适心中一定是激昂澎湃的。怎么能想到，四年前的封丘县尉，摇身一变成了节度淮南、执掌扬州、拥兵数万的朝廷高官。

高兴归高兴，办事归办事，高适不敢怠慢，马不停蹄地南下。可还没等高适抵达，永王李璘就动手了。原来，李璘率领季广琛等将领浩荡东进，引起了高适的老伙计、江南东道采访使李希言的警觉。李希言写信去诘问，语气非常直接。李璘哪里被人骂过，干脆先动手，派部将袭击在苏州的李希言和镇守扬州的李成式，打算给两人点颜色看看。李希言不敌李璘，李璘便乘势占据扬州。等登上扬州城一看，高适等人的大军和裴戎的讨贼先锋，已经在江北摆开阵形，摩拳擦掌，就等着过江“胖揍”自己了。李璘和儿子李偒有点心虚，一旁的心腹季广琛也觉得不行，再搞下去就真的成叛乱了。季广琛悄悄下了城墙，找到永王的其他心腹，密谋倒戈。倒戈只要一分钟。当天，季广琛带着六千人马，脚底抹油，溜了。在朝廷的威慑下，李璘自乱阵脚，以为大军已经渡江。朝廷军队看李璘逃跑，便追击李璘。李璘边打边撤，一路逃到了大庾岭，打算到广东建立根据地。没想到，江西采访使皇甫侁追兵赶到，李璘走投无路，兵败而死。

李璘小李亨近十岁，幼年丧母，是李亨把他养大的。李亨明白，李璘是父亲恶心自己的棋子罢了，对于如何处置李璘，李亨还有些不忍；又听说太上皇一看势头不对，就下诏废李璘为庶人了，心里更是凉了不少——弟弟啊！到头来你居然给自己亲爹当了“工具人”。李璘一死，李亨危机解除，不仅没有追责李璘家属，反而保全他子女的富贵，对外隐瞒李璘举兵的事情，那个以为自己立了大功的皇甫侁，李亨再也没有用过。

高适就这么看着李璘败亡，想必颇为唏嘘。但他也不是来打酱油的，李璘还有些遗留问题等自己收拾。在与李璘对峙时，高适就已经给李璘方面的人写信，让他们赶紧弃暗投明、好自为之。而李璘的心腹季广琛更特殊，他本是高适的老同事，大家都在哥舒翰帐下任过职。韦陟和高适觉得，这是一个可以争取的对象，早就悄悄和季广琛联系，不仅免他的罪过，还有高官厚禄相待。

而真正的老朋友——一片热情投错了庙的李白却被人抓住，关在九江。李白哪里受过这个罪，在监狱里急得一筹莫展。不过，他也有一丝侥幸，平叛的主将高适不就是多年前落魄宋州，和自己混吃混喝，还要一起修仙的高三十五吗？！想到这里，他赶紧写信、写诗，吹捧高适的才华，把高适捧到了再造乾坤的高度，希望高适救救自己，不然，就要“玉石俱焚”了。高适没有理会李白，李白也没有等到高适的援助。十多年前，李白固执地去山东修仙，高适决意拼搏功名，两人早已选了不一样的人生道路，只等待着一个分道扬镳的机会。更何况，李白是交代不清底细的“共犯”，自己并不适合出手相助。就在高适专注东南战局时，王昌龄却被亳州刺史闾丘晓杀害。高适得知，义愤填膺，迅速上书，为王昌龄申冤。河南节度使张镐便借故杀了闾丘晓，王昌龄大仇得报。同为朋友，感情是有深浅的。

淮南的场面收拾清楚，宋州还在战争的水火之中。睢阳一带，张巡正在苦苦坚持，新来的河南节度使贺兰进明却因为怕属下生事，不敢分兵救援。高适写信去劝和，还是没有抹平矛盾。看着宋州饱受蹂躏，张巡城陷身死，高适也会意识到位高权重的限度吧。

高适在东南大有威望，又喜欢批评和劝谏，引起了宦官李辅国的注意。李辅国便借升任太子詹事的机会，夺去高适的兵权，送他去洛阳休养。路过宋州，看到满目疮痍的故园，想起张巡的壮烈事迹，高适悲从中来，作祭文一篇，慰藉英灵。抵达洛阳后，身为高官的高适有了一段闲暇日子，日日吟诗作赋。

说来也巧，小老弟杜甫此时经历了九死一生，顺利逃亡，与高适取得了联系。不久前，杜甫上书为败军的宰相房琯辩护，触怒了肃宗，被逮捕入狱。杜甫多方求救，其中一封信就送到了高适手上。杜甫以为高适会伸出援手，但是信如石沉大海，没有回音。别的朋友花大力气把杜甫给捞了出来。杜甫出狱后，得知高适在洛阳，便写信一封，希望高适莫忘旧人——“相看过半百，不记一行书”[①]。不知高适收到这封信，会不会有些尴尬。然而，身为高官，哪里有那么多出手的自由呢？

不久，史思明在相州大败唐军，洛阳再度陷落，高适只得跟着洛阳的权贵们逃到长安。肃宗给了他一个实际的职务——彭州刺史，要他到四川任职。出将虽不入相，也算保持住了高官的身份。人生起落，高适已经经历得差不多了。

天下不算太平，蜀中也难以幸免。就在去彭州的路上，高适还遇到了劫道的兵痞。一番折腾，终于抵达，此时高适只想痛饮数杯，好好休息。但高适没有想到，小老弟撑着病体，拖家带口来到蜀中投奔了剑南西川节度使严武。杜甫之前想来彭州投奔自己，自己没有搭理，现在人家来到蜀中，相隔不远，自己再装不知道实在说不过去。高适听说杜甫没有住处，在寺里落脚，写了一首小诗寄给杜甫。全诗满是敷衍的味道。

高适很久没有给杜甫写诗，杜甫收到诗，本能地感到高兴。大乱之后，山河破碎，能和故交取得联络已经是三生有幸，哪里还管……尽管诗写得确实敷衍，杜甫还是很有礼貌地回诗一首。

抵达彭州第二年，高适转任蜀州。杜甫把这首诗送给高适，夸

---

① 出自唐杜甫《寄高三十五詹事》。

赞高适为人风度不凡，也不断在提醒高适：我们曾有一段交情。但在高适这里，“交情老更亲”[①]只是杜甫的一厢情愿。

青春和功名都会消失，友情也未必会历久弥新。在一位朋友的组织下，路过成都的高适带着好酒来到草堂做客。那天，高适没有拘束，仿佛忘记了自己对杜甫的冷落。杜甫并不介意之前的隔阂，还觉得这场聚会非常融洽，特意作诗纪念。但酒醒了，又是另一回事。蜀州司马邀请杜甫去蜀州参观一座新桥，刺史高适刚好路过。杜甫站在桥头，看到刺史的人马，兴奋地挥着手。高适在马上看见杜甫，心想：“这小老头怎么那么眼熟。”走近一看，原来是杜甫。两人尬聊几句，一时无话。

广德元年（763 年），安史之乱平，剑南西川节度使严武离职，高适接任，兼管东川之事，成为四川的最高长官。无论是淮南道，还是剑南道，都是唐朝的战略要地，朝廷把这些地方交给高适，也是看中他的耿耿忠心。官大责任也大，到任当年，吐蕃从高原而下，进攻陇右，打算切断河西走廊，占据安西、北庭千里之地。高适打算在西川出兵，牵制北方兵力。

杜甫没有赶上为高适送行，但他仍然给高适寄去了一首小诗。他很高兴，高适能够有飞黄腾达的一天，他也遗憾，这段友情大部分时候都是自己在发挥。人到暮年，都会念旧的吧。杜甫隔着信，满怀期待地问：“那些我们一起游玩的日子，您还记得吗？”

这又是一首石沉大海、没有回音的诗。高适走了，桥头的匆匆

---

① 出自唐杜甫《奉简高三十五使君》

一面成了永别。

尾声

永泰元年（765年）正月，小老弟杜甫在成都接到一个噩耗，散骑常侍高公去世。他担心自己听错了，反复确认是不是“高适”。他不敢相信，这个潦倒贫穷都挨过来的壮汉，没有死于战火连绵、政敌迫害，竟死在了安享富贵之中。

杜甫十分错愕。不论接受与否，高适的确死了，朝廷追赠他为礼部尚书，赐予他“忠”的谥号。杜甫难过地坐在草堂里，细数那些追寻仙人、成都欢聚的往事，越发感伤。高适过去的凉薄，倒是一笔勾销了。杜甫想大声呼唤高适，却只有几纸诗文存世。

多年以后，杜甫翻检旧纸，找到了高适寄给自己的小诗。过去高适名满天下，无人不识。人去经年，文坛和政坛上都找不到半个高适的后人。展开诗，映入眼帘的几句令敏感的杜甫泪如雨下：

今年人日空相忆，
明年人日知何处。
一卧东山三十春，
岂知书剑老风尘。

——《人日寄杜二拾遗》

什么天下谁人不识君。见过了，认识了，最终也就忘记了吧。

韦应物

曾有少年时

引子

滁州是长江下游的重要城镇，它的风景与江南其他地方并无不同。青山、绿水、湿润的气候，滁州的百姓对这些熟悉得不行，甚至看得有些厌倦。最近这位刺史太有趣了，一旦有空，就喜欢和自然独处。他出行时，并不前呼后拥，只是一人一马，跟着春光游走。今天，路边的老农看到他，采桑的妇女也看到他，他正慢慢悠悠地走向城西。

“使君又要去发呆了。”

“这也好，我听在衙上供役的人说，使君一到旬休，就把自己关在屋里。还不如出来走走。”

他走过田野，走近山脚，走入一处绿油油的林子。他不是漫无目的地逛，他随时注意聆听远处的阵阵水声。只要确认自己还在那条小路上，便可以安然地放缓马蹄，感受林间暖融融的日影，听树梢黄鹂的清唱。

走着走着，马轻轻一踏，“啪！”激起一阵水花。

使君翻身下马，马已经踏到了一片浅浅的石滩——水涨了。而在砾石坡下有一条不算深的溪涧，涧边古树茂盛，鸟鸣啾啾。使君把坐垫从马鞍后取下，找一处干净地坐下。四周绿意盎然，流水淙淙，无人打扰。

“独怜幽草涧边生，上有黄鹂深树鸣。”他又沉思了一会儿，似乎诗念到这里卡了壳。使君微微一笑，只是把身子往后一靠，注视着初涨的水，日光昏黄，染得一涧如金。“春潮带雨晚来急，野渡无人舟自横。”

说完他闭上眼，忽然有种种往事，涌到心头。

一

“少事武皇帝，无赖恃恩私。”韦应物出身长安城南京兆韦氏，北周以来，韦家显贵辈出。远一些，有太宗朝的黄门侍郎韦挺，近了说，还有曾祖父宰相韦待价、祖父三品都督韦令仪。尽管这个家族还出过声名狼藉、不得好死的皇后韦氏，但对整体的荣誉和地位，影响不是很严重。尽管父亲受到韦皇后影响，没能做高官，但作为贵族子弟，韦应物借着曾祖父、祖父的地位，享受着高人一等的门荫。举个例子，别人只能荫九品的出身，韦应物可以八品起跳，而且能进入太学，享受除弘文馆外最高级的教育。

韦应物十五岁时，就成为门荫中较为高级的千牛备身。品级虽然低，但他们在千牛卫的引导下，戴进德冠，身穿袴褶，手执刀箭，恭敬地立在御座左右。那时的皇帝，正是盛世天子李隆基。韦应物这样的贵族少年，无不是大唐至尊身边衬托光辉的星辰，有谁会找星星的麻烦呢？更何况，他背后的家族也不是惹得起的。

年轻的时候，韦应物对待工作并不十分上心。真正引起这位纨绔子弟关注的，是长安城哪里有了美人，哪里有了好酒。读书、赋诗？不存在的，和朋友们赌博聚会才是重点。为了这些狐朋狗友，出身高贵的韦应物不惜到街头做“古惑仔”。毕竟，长安、万年的县尉和不良人，还不敢管到千牛卫的头上来。那时他有一个很好的朋友，姓杨，两位少年勾肩搭背，厮混于长安。不久前他与这位杨公子重逢，三十多年过去，少年变成了老哥，杨公子也变成了杨开府。刺史与开府相见，一本正经，二人差点笑出声来。推杯换盏间，杨开府问道：“还记得当年，在玄宗皇帝身边，荣列仪仗的日子吗？”

“记得。”

身骑厩马引天仗，直入华清列御前。
玉林瑶雪满寒山，上升玄阁游绛烟。
平明羽卫朝万国，车马合沓溢四鄽。
蒙恩每浴华池水，扈猎不蹂渭北田。

——《温泉行》节选

如果有人谈起这些话题，韦应物的眼睛就会放光，不过，这道光已经很久没有浮现了。他还记得那是天宝年间一个下雪天，天子要到华清宫去，给玄元皇帝，也就是太上老君上香。那时，身为千牛备身，韦应物在仪仗中充任导引的角色，马也不是禁卫里平庸无奇的老马，而是皇帝飞龙厩中昂首挺胸、气宇轩昂的高头骏马。韦应物在马队里四下张望，放眼望去，瑞雪漫天、仪仗蔽日，盛世的景象无边无际。

典礼结束，皇帝御殿设宴，少年们自觉地排列，衬托至尊的威严。皇帝那时宠幸杨妃，韦应物心里对杨妃的美貌也每每好奇。窥探宫妃，绝对是失礼的事，韦应物胆大，却也不敢冒险。但一瞥远处的帘子，还是能感受到太真妃子的丽质。

韦应物的脸都被酒浇红了，还在高兴地描绘着宫宴的情景，他和杨开府甚至站起身来，手舞足蹈，跳着早已不流行的舞，哼着上一个时代的歌。旁人看了，以为是发疯，但他们心里知道，自己正穿越时空的隧道，捡拾繁华破灭后的碎片，努力拼出天宝盛世的一片幻景。这哪里是故友相逢的宴席，这是安禄山拜寿起舞的实况，是玄宗皇帝敲打羯鼓的再现，这是那个时代的重演。

韦应物踉踉跄跄地走回席上，有年轻人给韦应物行一礼，问道："使君，你今天说的都是真的吗？"

"啊？真的吗？真的啊。"韦应物苦笑一阵，眼泪都快滴到酒里了。

二

至德元年（756年）八月，长安还没有从战争和劫掠的痛苦中缓过神来，在昭应坊中，一场勉强快乐的婚礼正在举行。韦应物终于娶到了元苹。韦曲中同自己相好的无赖总是说，元苹是元魏后裔、贵家小姐，知书达理，不是你个落拓子韦应物配得上的。韦应物那时轻狂，只觉得自己出身于"去天尺五"的韦氏，有哪一家小姐不想来嫁呢？

如今六礼已成、画扇方却，那柔情款款的面目令韦应物久久心动，稍稍安定这个年轻人遭遇大乱而惶恐不安的心。这个嫁过来就要与自己共苦的女子，还是令韦应物浪子回头的贵人。元苹年纪还小，但已经在离乱中接手家务，一切都被她料理得井井有条。皇帝跑了，韦应物没班可上，家中父亲早亡，想投靠逃到南山的亲友，却没人愿意接济这个纨绔子弟。“憔悴被人欺”，失了靠山的他，苦闷彷徨之时，还有一个小家可以容身，还有一个贤惠的夫人，亲手为他建设一方精神家园。也许他正迷茫时，元苹微笑着从背后走近，问道：“韦郎，何不读书呢？”

韦郎心中一激灵，自己除了回头读书，也并没有别的出路。读书吧，像那些进士出身、胸怀大志的堂兄弟一样，做一个自立而有用的人。韦应物折节的具体细节已不可考，但正是安史之乱期间，韦应物开始发愤图强，留心诗文。毕竟在太学求学，有过基础，家中又有祖辈相传的藏书。士别三日，当刮目相看，韦应物已经大不同于以前了。

逃亡之路，有诸多艰险。具体如何惊险，性格恬淡的韦应物，最后也没有给出明确答复。但考察历史，韦应物如在此时出逃，长安附近还有不少叛军和盗匪。他们不大可能抓个包裹就走，那是电视剧的简单想象，他们还有车马、仆从、生活必需品，如何把这些东西带走、平安送到，是一个难题。在动荡的年代里，年轻的韦氏夫妇想必是心惊胆战的。但聪慧的元苹一定出了很多力，多年后韦应物说：“提携属时屯，契阔忧患灾。”可谓战火中成长的夫妻。

唐朝中枢机构很快开始布局与敌决战、收复长安，但战事的艰难超出所有人的预料。长安并不安全，韦应物和元苹打算逃亡。逃到哪里去呢？家中在附近的武功县还有一些产业，可以去那儿避一避。逃亡不是抓上一个包就可以跑路的，韦家要走，还得带上必要的粮秣、衣服、器具，还有家人和奴仆，如何在动荡之中安顿好这浩浩荡荡的队伍，是对一家之主的考验。多亏元苹这个左膀右臂在，一家人安安稳稳抵达武功。

不久，安禄山在洛阳被杀，官军也收复了长安，胶着的局势变得明朗起来。寄居武功的韦应物收到了肃宗回銮的消息。学而优则仕，经历大乱，韦应物早已扔下了往日的浮躁，把心思放在了治国安民上。大乱之前，韦应物已经有官职，属于有出身的人士，之后只要到吏部候选就行。吏部看了韦应物的官历和家世，便把他安排到高陵县当县尉。高陵离长安很近，到这样的地方任职，算是一份美差。韦应物接受了任命，打点行囊上任去了。

三

就这样，轻狂少年浪子回头，成了上班族。县尉到底是小官。作为一县的副手，县令要做的，县尉得做，县令不用做的，县尉得亲力亲为去做。很多年轻人初任此职，都觉得琐事太多，大材小用。韦应物到高陵，心中的感受也是这样：“读了那么些书，就是来做这个的吗？”

然而战乱之后，高陵满目疮痍，百姓饱受折磨，韦应物虽然有牢骚，但是他不愿意辜负高陵的百姓。肩上的担子很沉，工作也繁重。一段时间后，他给任职三原的卢县尉寄信，分享自己工作的得失与喜忧——更多是忧吧：

直方难为进，守此微贱班。
开卷不及顾，沉埋案牍间。
兵凶久相践，徭赋岂得闲。
促戚下可哀，宽政身致患。
日夕思自退，出门望故山。
君心倘如此，携手相与还。

——《高陵书情，寄三原卢少府》

从这个时候起，做官的韦应物就成了“两面派”。在和友人谈话、写诗的时候，他总要说自己不胜任某一个地方的政务，总觉得明天就要打报告辞职，买个山头闲下来。但牢骚归牢骚，干劲还是足。毕竟是那个长安的大少啊，做起事来，心中也有一团火，无论是田间收税还是审案办事，韦县尉任劳任怨，对地方的事情非常上心。这种兢兢业业的品质，他坚持了一辈子。韦应物做地方官，做得还是不错的。后来的经历也证明，他不只是管一个县管得好。估计是有天赋吧。

韦家在京兆府昭国坊有一处旧居，韦应物和元苹在此生活。但工作地方远，案牍之事忙，韦应物很少能回家，元苹就成了这个家的主人，家里管得井井有条，韦、元一外一内，配合得相当默契。多年后，韦应物做了单亲爸爸，既要做官还要管家，第一次深刻领会到“清官难断家务事”的含义。年轻时，只要元苹在，自己可以专注工作，等工作结束，就能回到那个其乐融融的小小世界。

昨者仕公府，属城常载驰。

出门无所忧，返室亦熙熙。

——《往富平伤怀》节选

夫妻和谐，工作顺利，小日子还挺不错。

冬去春来，长安城的主人都变成了代宗。少年时仰慕的玄宗皇帝早已孤寂地离开人世。还好，韦应物不用把自己的命运寄托在哪一个盛世和明君的身上了，他在宦海之中，撑着一叶小舟，迎接风浪浮沉。韦应物这几年做得不错，朝廷派给了他另一份让人眼红的差事——洛阳丞。

洛阳是东都，本应充满机会，但历经劫难，韦应物看到的只有一片狼藉。面对着萧条的旧都，往日的片段开始闪回，今昔迥异，让人鼻酸：

生长太平日，不知太平欢。

今还洛阳中，感此方苦酸。

——《广德中洛阳作》节选

动乱的阴影，深深笼罩着如韦应物这样生长于盛唐的人，这是他们一生都无法想象的转折。韦应物是动荡的幸存者，如今还要做恢复工程的领导者。他还是比较抗拒的：

折腰非吾事，饮水非吾贫。
休告卧空馆，养病绝嚣尘。
游鱼自成族，野鸟亦有群。
家园杜陵下，千岁心氛氲。

——《任洛阳丞请告一首》节选

碾碎了的只能好生安葬，幸存者还是要鼓足勇气开始建设。都是大难不死的幸运儿，捡回一条小命，还有什么好抱怨的？来到洛阳，韦应物要负责恢复和重建事宜，有时候还需要到扬州出差。工作虽然辛劳，但韦应物还有诗和琴做良伴，心情就没那么紧张了。他早已不是长安少年，仕进、经济等压力开始涌来，韦应物还是希望能有更好的机会。但暂时，还得在地方上打转转，什么时候才能回到长安，实现家庭和工作的圆满呢？“秋山起暮钟，楚雨连沧海。”韦应物望着长江，一阵叹息。

对于“治国安民”，韦应物是认真的。在洛阳丞任上，有军士骄横不法、毒害百姓，韦应物不顾他们背后的势力，坚持法办。可韦应物还是皇帝的那个侍从吗？他不过就是个洛阳的副长官。背后势力很快就给了韦应物一个警告，在上司面前告了韦应物的黑状。韦应物又气又难过，发了好几封辞职信。但辞职是不可能的，且不说上司不同意，如果真的辞职了，一家老小怎么办呢？现实，必须接受。

不久，韦应物接到了新的任命，令人失望的是，并不是让他离开洛阳，而是让他继续留在这里做河南府参军。既然如此，元苹便来到洛阳相陪。韦应物有些不解，自己在地方兜兜转转，做得还不错，怎么就没有一个回到中央的机会？他有些羡慕同事李功曹，因为时过不久，李功曹就已经在长安考中了制科，要到中央去了。“到了那里，就会有更多治国安邦的机会吧！”韦应物心里如是想。

正在韦应物期待仕途有所变化时，一场大病突然来袭。安史之乱后，工作的辛苦和家庭的压力缠绕着韦应物，他的健康每况愈下。他只好辞去河南府参军的职务，到同德寺养病。这一年，韦应物开始潜心学习佛经，在外漂泊，佛经的开导和元苹的陪伴，是极为重要的良药。养病期间，元苹带着女儿与韦应物同住，父母女儿一起游戏，有时教书、习字，绕膝之乐，颇为难得。韦应物三十五岁了，除了世事更迭和宦海浮沉，这个曾经浮夸而早已沉静的男子，还有一课要上——离别。

四

大历八年（773 年）冬天，韦应物身体转好，平级调动回到长安。几年下来，官场的庸俗黑暗、世事的复杂艰险，基本都经历了一遍。他越来越清楚地认识到，自己当年在华清宫看到的并不是无边盛世，而是片面的幻象。刚到长安，健康状况又不稳定起来，韦应物不能完成京兆府交给的任务，只好保留待遇，辞职闲居。一旦闲居，家里就只有按季收获的粮食，日子过得紧巴巴的，一家人只好在官舍里住下。虽然工作上暂时不顺心，但家庭生活还不错，这几年又添了一个女儿和一个儿子。韦应物读书养性，元苹相夫教子，一家人其乐融融。穷京官的日子不容许生变，一旦生变就要难过。大历十一年（776 年），夫人元苹忽然染疾，很快病情加重，在深秋去世。秋雨连绵，涕泪涟涟，中年丧妻，同事们只能安慰韦应物节哀，帮忙料理后事。在官家宿舍没法出殡，昭国坊的旧居可能并不欢迎这场丧事，韦应物只有勒紧腰带，为夫人租一个办丧事的地方。

强撑着病体，韦应物自己张罗了整场葬礼。四十岁的人，要在门厅迎送亲友、接受吊唁；还要在后堂安抚孩子、嘱咐上下的仆从家人，短短数日之间，韦应物就老了不少。尽管折腾得憔悴，但也比坐下来休息好，一旦在灵堂里坐下，望着画彩的棺椁，总担心元苹在那里是不是冷、会不会饿。那么多年了，家中事都是元苹操持，今天轮到自己，却手忙脚乱、无所适从。一想到这里，哭红了的眼睛又往外掉眼泪，一掉眼泪，旁边五岁的女儿就跟着哭，女儿问道：“阿爷，娘是不在了吗？她还会回来吗？”父女俩相拥而泣。

十一月六日，是元苹下葬的日子，韦应物身形消瘦，挽着棺索，步履蹒跚。穿过短短的甬道，韦应物抬头看看天井投下的光，又摸了摸元苹的棺木。想起她走的那天，眼中满是眷恋，二人含泪相视，久久难言。要怎么言啊，她的不舍，他的相思，是死亡允许说完的吗？不一会儿，大汉们把石质的墓志铭放下，韦应物缓缓退出墓室，边挥手，边告别。

回到官舍，孩子们哭着抱住韦应物，非要找妈妈。孩子们哭，韦应物也哭，他待在那里，不知道怎么去描述死亡。到了吃饭的时候，总要数一数家里人到齐没有，总觉得少了一个人。入夜，树影临窗，月色婆娑，别有心事的伤心人躺在床上，彻夜不眠。

有一天，韦应物又回到了昭国坊的旧居。昭国坊的亲戚收到元苹的讣告，早已按礼仪把东西都盖上了。韦应物一进东厢，发现元苹做女红用的刀剪、布匹都还放在那里。用手一摸，似有余温。更往里有一个小竹柜，打开一看，里面是元苹写的诗文。韦应物控制不住了，如果没有这一片蕙质兰心，恐怕就没有今天的韦应物。无数次戏言锦绣前程，可最终回报的，只有漂泊和贫困。

韦应物非常矛盾，他看着这些遗物，就希望泉下有知、来生再见，但他怕，怕再见之时，还是辜负深情。他只想深深地咽下泪水和痛苦，接受佛经说的“四大皆空”，把归于虚无当作元苹最好的归宿。

霜露已凄漫，星汉复昭回。
朔风中夜起，惊鸿千里来。
萧条凉叶下，寂寞清砧哀。
岁晏仰空宇，心事若寒灰。

——《秋夜二首（其二）》

深情，到底难埋。

雪满长安，也满双鬓，大历十一年（776 年）的冬天终于过去了。韦应物接到了朝廷的任命，官拜鄠县县令。一到鄠县，便大雨成灾。身为县令的韦应物赶紧去查看灾情、安抚百姓。这个冒着酷暑和潮湿的好官，急于公事、仁于为政，人们都传颂他的声名，还未磨平的丧妻之痛，大概也能稍稍宽慰一些。但这个职位没能做几天，韦应物又解职归家了。大历十四年（779 年），唐代宗去世，唐德宗赐死旧臣黎干。黎干对韦应物有知遇之恩，如果没有他的推荐，韦应物怕是没法被调回长安的。尽管这一年，朝廷要他到不远的栎阳任职，但黎干之死就在眼前，韦应物不敢接受，便以病推托。以病推托是一面，更重要的一面是，韦应物不觉得这是一个好差事。他已经在地方上蹉跎了十多年，接受了所有按部就班，结局却是妻离家散。我做得已经很好了，给我一个“青云直上”的机会好不好？过去，京兆尹黎干得宠，自己还有转机，现在黎干被诛杀，自己还有出头之日吗？不如学陶渊明，找个地方隐居起来，过自我又自由的生活。

但终究是语浅情深。就像他对来生有期待那样，他对施展抱负是有期待的。四十多岁，很多人才刚刚开始自己的宦海生涯，比上不足比下有余，往上发展，韦应物还是有底气的。能往上发展，就有治国安邦的机会。

在等待中，韦应物否极泰来。黎干的死并没影响韦应物的前途，建中二年（781 年），韦应物反而有了更好的机会：到尚书省，做刑部下属的比部员外郎。能入尚书省做郎官，是官员的殊荣，只要不出什么大问题，在中央和地方，都有做高官的机会。朝廷大概是看中他做地方官的政绩，没在比部员外郎的位置上停留太久，韦应物就被任命为滁州刺史。四品官，穿红袍，手握权力，虽然执掌的只是一州，但也有“安民”的小小荣耀。怀着对未来的期待，韦应物带上家人，轻舟上任。

人在旅途，常有聚散，相逢和离别更是常见。相比生离死别，朋友间的相送要轻松愉快很多。他路过洛阳，给老同事们寄去诗篇，心却早已跟着江河流向东南，朋友们拿着诗，似乎看到埋头苦干的他嘴角微微一翘，笑道："我熬出头了。"

走到淮南，韦应物遇上了一个老友。十多年前，韦应物各地出差的时候，就已经认识此人。但是天南地北，消息断了很久。"你还记得吗？我们老是聚在一起喝酒啊！"韦应物拉着他的手，看着这张熟悉的脸。使君还有这么热情的一面？周围人你看看我，我看看你，有些疑惑。

"你老了。"

"使君也是，你看看你的头发，稀稀落落，花白花白的。"

"十年了！想不到啊！"

"您都是使君了，哈哈哈哈！"

席上爆发出一阵快活的笑。两人争着喝酒，如果今天不醉，下次又得十年。韦应物明白，自己没有几个十年可以等。

第二天，故人要早行，韦应物余醉未消，坚持送行。故人说道："韦使君早做侍郎，咱们早回长安相见。"韦应物醉眼惺忪，结结巴巴地说："拿……拿笔来。"

故人把衣袍一拉，韦应物提笔写道：

江汉曾为客，相逢每醉还。
浮云一别后，流水十年间。
欢笑情如旧，萧疏鬓已斑。
何因不归去，淮上有秋山。

——《淮上喜会梁州故人》

故人看过，哈哈大笑，身后正是秋山红树，无边粲然。

五

滁州城的街巷里坊，一派喜气洋洋的场面。刺史嫁女，本就可以动用权力，让全城都为之出动。如今的刺史颇得民心，百姓乐得凑凑热闹，沾沾喜气。江边，送亲的队伍已经把新妇送上船，大家敲敲打打、歌舞喧哗，祝福新妇一路平安，和新郎白头偕老。但有一个人，身穿红袍，在众人环绕里显得尤其孤独。他已经屏蔽了一切吵闹，眼里只有江水和女儿临别时的眼泪。

他轻轻叹了一口气，掐指一数，这是做单身父亲的第十个年头。儿女们健康成长，令做父亲的很是欣慰。自己也不算辜负了妻子的重托。江风吹来，鬓丝飞舞，白色就快压倒黑色了。在滁州这些日子，自己没少为公事操心。短短数年，人老了许多。

刚刚到任时，韦应物接到长安陷落、德宗出逃的消息，心里陡然一惊，以为安史之乱要重演了。自己远在江南，家中还有兄弟在北方，心里焦急万分。好友李儋来信问平安，韦应物再平淡，此时也有写不完的焦虑。北方战火不明，南方重任在肩，身边没有可以倾诉的人。虽然是阳春好天，韦应物放眼所及，只有朝来暮去的春愁，那段时间的睡眠，大概是好不了了。所幸德宗皇帝很快调整政策，调集精锐平息叛乱，大唐总算有惊无险地度过危机，韦应物也松了一口气。

可以把全部的精力放在滁州了！韦应物心里的热情是澎湃的，

他倒不是不讲，只是讲出来，半分不对自己的功劳夸夸其谈。农民会奇怪吧，这位使君来田地巡查，怎么不夸耀自己的德政，只是安安静静地看着自己耕种？他们不知道，韦应物正在记录，记录一年的辛苦，期盼着百姓的丰收，只有这样，身为父母官才不会“愧对俸钱”。

微雨众卉新，一雷惊蛰始。
田家几日闲，耕种从此起。
丁壮俱在野，场圃亦就理。
归来景常晏，饮犊西涧水。
饥劬不自苦，膏泽且为喜。
仓禀无宿储，徭役犹未已。
方惭不耕者，禄食出闾里。

——《观田家》

工作有了成果，闲暇时就可以放松放松，本就喜爱自然的韦应物定是要到外面转转的。中年以后，韦应物越发喜欢佛经，他会到琅琊山寺转转，偶尔带上刺史的仪仗，“显摆显摆”半生的奋斗所得。如果去不了山寺，官舍周围也很不错，在后堂读读书，在园子里看看花，也颇为舒适。春去秋来，读书到深夜，他忽然听见天上大雁在阵阵秋雨中鸣叫，仔细一算，又是一年。推开窗，外边雨绵绵、天暗淡，都找不到长安的方向了，什么时候能回家呢？家回不去，家书可以寄，他一提笔，又给弟弟们写诗。“诸弟”是韦应物诗歌的一个重大主题。把酒看花想他们，秋草生露想他们，一年四季都想他们。

光阴荏苒，有生命逝去，有青春长成。妻子去世已经七年，女儿到了出嫁的年龄。他此时身为刺史，收入丰厚，早已不用为贫穷发愁。女儿嫁给了出身弘农杨氏的杨凌，这段婚姻门当户对。父女一场，今日嫁女，也到了暂时别过的时候了。他想起了元苹，想起元苹早早下世，不能看到今天的十里红妆。他看着长女和幼女依依惜别，毕竟母亲去世后，长姐照顾小妹多年。种种情感涌上心头，韦应物一遍遍对着船行的方向挥手，直到船消失在天的那一边：

永日方戚戚，出行复悠悠。
女子今有行，大江溯轻舟。
……
别离在今晨，见尔当何秋。
居闲始自遣，临感忽难收。
归来视幼女，零泪缘缨流。

——《送杨氏女》

我会多保重，女儿要幸福！

六

不久，韦应物卸任滁州，改任江州刺史。江州在今九江，乃江南重镇。在多个地方要津周转，韦应物的进一步升迁还有希望。不久，皇帝嘉奖韦应物为政贤良，封他为扶风县男，跟着爵位到的还有一件紫袍、一个金鱼袋。漂泊半生，终成高官，那些付出总算值得。又是一个秋高气爽的日子，韦应物难得跟着僚属们去打猎，崭新的袍服、身上的光彩不亚于周边的少年。

朝阳初升，旷野晴朗，韦应物放眼一看，竟然有一对雉鸟飞起。韦应物赶忙让旁人取来弓，刹那之间，韦应物催动宝马往野地驰去。背后僚属赶紧追赶，生怕韦应物有什么闪失。只见韦应物猛一张弓，嗖嗖两箭，野雉应声而落，僚属们勒住马头，看见韦应物带着双雉，尽兴而归。阳光洒满郊原，秋风吹过，鬓上的银丝熠熠生辉，青春仿佛又回到了韦应物的身上。那天，韦应物是猎场上最英姿勃发的明星，但没有人知道，韦应物的身体正每况愈下，只是当他张弓驰骋那一刻，仿佛回到了天宝年间。那时有一个白衣少年，宝马红巾，沿着灞城的郊原，追逐着秋草间最狡猾的野兔。

“嗖”，羽箭一飞，记忆和现实连成一片。这些心事，韦应物没有和僚属们说，他不贪杯，有酒，喝过就等于疗愈。哪怕在诗里，明明是燃烧的少年魂，也只靠“忆在灞城阡”，给人无穷的遐想。

韦应物的身体越来越不好了，他开始潜心医书，自己为自己看病，学习养生之法。奇怪的是，身体虽然不好，但他的仕途越来越顺。很快，韦应物被召回朝廷，任职尚书省的左司郎中。除开六部，尚书省还有仆射、左右丞和左右司郎中负责日常事务。彼时，仆射是加官，不主持工作；左右丞是实际的长官，左右司郎中便为左右丞的副手。玄宗去世之后，他又一次靠近了大唐的“太阳”。回京述职，正逢重阳佳节。唐德宗设宴招待大臣，作为左司郎中，韦应物当然有资格参与高规格的宫宴。席间，喜欢诗文的唐德宗自己赋诗一首，勉励大家好好工作，为国为民出力。韦应物听得有些热血沸腾，他没有放淡自己的语调，反而是热情地写了一首和诗，称颂唐德宗的功业：

捧藻千官处，垂戒百王程。
复睹开元日，臣愚献颂声。

——《奉和圣制重阳日赐宴》节选

如果能回到开元、天宝之时多好，自己还可以做那个轻薄儿，斗鸡走狗过一世，天地兴亡浑不知。但他也明白，德宗不是玄宗，大唐不复以往，大时代下，自己能做的非常有限。帝国也和人一样，会在中年的萧瑟里，追忆少年时。

贞元四年（788 年），韦应物出任苏州刺史，官职已至三品。苏州是江南有名的富庶之乡。假以时日，韦应物必有青云直上的机会。但身体又一次给他敲响了警钟。该做的工作还是要做，但韦应物也开始用别的方法来调养身体——读经。

少年时在长安，韦应物曾得高僧指点，学一部《楞伽经》。少年读经，只是囫囵吞枣；如今读经，则可以潜心钻研，体悟超然。自中年起，韦应物已留心佛学，长期吃素，调养沉疴。晚年好佛，更是淋漓尽致。往日已去，来日无多，他没有选择纵情，而是选择安静地思考自我。

苏州的三年宦游，韦应物颇感愉快。“吴中盛文史，群彦今汪洋。方知大藩地，岂曰财赋强。”一批卓有才华的年轻人成为韦应物的座上宾，诗僧皎然常到苏州与韦应物论诗；大诗人顾况则常在苏州与韦应物同游。闲暇无事，刺史府就是朋友们聚会的地方，一干朋友聚在一起，除了酒，最重要的就是诗。苏杭人人都知道，苏州刺史韦应物痴诗，杭州刺史房孺复爱酒，一诗一酒，构成东南独一无二的风流。人人争相传颂韦应物的诗，一同传颂的，还有韦应物在苏州的种种政绩，“韦苏州”之名四海皆知。那时韦应物不知道，在苏州的人海里有一个十多岁的少年，对韦应物的才华着实钦佩，心中暗暗发誓，以后能到苏州做刺史，则此生足矣。这个少年，就是白居易。

贞元七年（791 年），长年受病痛困扰的韦应物，终于到了人生的终点。据说，朝廷已经下达了新的任命，但韦应物再也接不到了。如果死后有魂灵，韦应物大概是高兴的，他能回到长安，在黄泉之下，与元苹携手度过永恒。只是不知道当老迈的韦应物遇上刚刚中年的元苹，会不会有些难过。多希望是青春永恒，而不是就此定格啊！

尾声

宝历元年（825 年）三月，韦应物去世已经三十四年。五十四岁的白居易如愿以偿，来到苏州任刺史。人事代谢，风景未改，白居易颇多感慨。而且他一定要实现一个愿望，那就是“告诉”偶像韦应物，自己终于实现了少年时的梦。

当年七月，白居易将韦应物的诗刻上石头，又把自己的一首诗附在其后。这还不算完，白居易还亲自撰文，写道：

> 前后相去三十七年，江山是而齿发非，又可嗟矣！韦在此州，歌诗甚多，有《郡宴》诗云：“兵卫森画戟，宴寝凝清香。”最为警策。
>
> 今刻此篇于石，传贻将来，因以予《旬宴》一章，亦附于后，虽雅俗不类，各咏一时之志，偶书石背，且偿其初心焉。[①]

韦应物泉下有知，也会微微一笑吧。

① 出自唐白居易《吴郡诗石记》。

薛涛

蜀中的绝代风华

引子

成都府的寒意来得很晚，总要等秋雨一遍遍地来，洗净剑南西川节度使府前的长戟，门前的卫士才会不情愿地脱下纱袍，换上绵袍。一阵风来，大街上的槐树叶子悠悠飘落，领头的军将正要伸手去接，却看到有辆牛车缓缓行来，赶紧整了整军容，抬手喝道："此是本镇节度使府，来者可有符信？"

车帘后有人递出一个竹符，交给车旁的老仆人，老仆人不疾不徐地过来，交到了军将手中。军将一审视，便叉手施礼："原来是令公座上娘子！娘子请。"说罢，支开两个手下的卫士，带着车向偏门驶去。

府内，重廊回转，檐低院深，一位防阁走到后堂，将竹符呈上。韦皋拿起竹符，微微一笑，扬起卷曲的胡须，说道："带她进来吧。"

一

节度使府的馆舍，薛涛再熟悉不过，只是一去一年，还是忍不住多看了几眼精致的彩画、新添的陈设。有温酒的下人远远嗅到薛涛的香气，惊异地站在廊上，盯着久别的美人，还少不得和旁边的人"八卦"两句："薛娘子去得快，回得倒也快，不打招呼，就回了府里。”

薛涛环顾四周，只见一只孔雀被牢牢拴住双脚，站在架上。天气渐冷，毛发在幽暗的内室里蓬松而无光。

韦皋稳稳地坐在榻上，捻着胡须。薛涛跨过门槛，一步步走进堂中，他便抬抬下巴，让人把门关上，架上一围花鸟仕女屏风。等薛涛站定、行礼，背后已经设好了垫子和凭几。

“令公有心了。”

“薛娘子得释归成都，就这样的心性，来看老夫吗？”韦皋没有表情，双眼凌厉地望向薛涛，尽是跋扈之态。

“令公气若没消，洪度现在就回松州，绝不停留。”

“会作两首诗就学了穷措大的脾气？”韦皋略一转身，倚着靠几，跷着脚念起来：“黠虏犹违命，烽烟直北愁。却教严谴妾，不敢向松州。去了几天，军情你都能判断一二了？”韦皋这一串提问，反而让花容严肃的薛涛怔住了。

二十岁的人，本就板不住脸，再想到松州的边远和艰苦，薛涛不敢触怒“成都王”韦皋，只得说道：“妾陋质无才，是令公拔擢、恩宠而有今日。前日触怒令公，远赴松州，心中凄苦，一路艰险，难以细说。妾又见大唐连日对西敌用兵，将士们戍守雪山峻岭，每日与风刀霜剑为伴，妾触景生情……”

“啰唆！”韦皋听到这里，像是扬威得逞似的，微微一笑，“我气早已消了，才高如洪度，何必唯唯诺诺如此。刚刚不过是吓吓你。府中烦闷，你来了，我开心。”

薛涛看韦皋在耍自己，把脸偏向一边，喃喃道：“令公检点。”

韦皋没理会她，对着一个仆人招招手，取来一卷文书，说："我已命令成都府，除了你的乐籍。今日起你便脱贱入良了。"

"令公……"一怔、一愠，紧接着一惊，薛涛不知道说什么好。

韦皋坐正，拿起另一卷文书："这一卷是为你新置办宅院、田亩的文契。地址反复命他们选，定在浣花溪锦浦里。一会儿有人会送你过去。文契你收好。"说罢，他亲自卷好文契，放入一竹筒中，伸出手递给薛涛。

大惊之后是大喜。薛涛本想着跋扈、恣横的韦皋定会把自己管束起来，不曾想过会被放出籍。自己本就是官宦人家出身的女儿，误入贱籍，遇上韦皋，以为从此做了高官显宦的笼中黄莺，如今却飞出深院，重获自由。薛涛文采敏捷，早已酝酿了一篇美文，要对韦皋表示感谢。

韦皋抬起手，止住她说道："孤零零的女儿家，哪里飞得出这成都城呢？"脸上竟是一副怜悯的表情。薛涛攥着竹筒，喜色全消，默然失语。

二

薛涛，字洪度，出身长安的清白世家，本不是营妓。父亲薛勋到蜀地游宦，把一家老小也带在身边。天下的才子才女，大多早慧。八九岁的薛涛，已有"作诗"的异能。据说，父亲有一天在院子里闲坐，指着井边的梧桐，吟诵一联诗："庭除一古桐，耸干入云中。"吟罢，便要薛涛续诗。天才哪里需要思索？他的话音刚落，一个稚嫩的声音便说道：“枝迎南北鸟，叶送往来风。”薛郧听完，脸色一沉。不错，高梧大树，四方鸟儿都来栖息。可小小年纪，为什么要说这些鸟儿南来北往、漂泊无依呢？古人常说诗谶，怕的就是诗句意有所指——今日种种，明日便要成真。薛郧似乎感受到了将来女儿的无常命运，不禁神色凄然。

这个故事出现在很晚的记载中，有些“事后诸葛亮”的味道，借一首能够“借句发挥”的诗，将薛涛流落风尘之事编排成命中注定的坎坷。世上哪里有那么多的结局可以预知？纵有此事，作为父亲的薛郧一定先为薛涛的天才感到高兴。唐朝的士人家族，鼓励女孩儿接受教育、学习经典和诗赋，有女儿如此，父亲自然欣慰。

比起女儿未定的前程，天意对薛郧的安排更为残酷。薛郧约在壮年时，便染病而亡。顶梁柱倒了，可能又没有亲戚的帮衬，一家大小便流落蜀中。母亲没有改嫁，独自将薛涛抚养到了及笄之年。可是再往后，薛涛还要嫁人。帝制时代，贫家女性没有太多的经济来源，要强求单身母亲带着薛涛做别的什么营生，确为苛责。又或许，母亲想继续抚养薛涛，但薛涛的才貌已经为成都府的有司所知。不知道是因为走投无路，还是被人威逼利诱，十五六岁的薛涛被送入成都府的乐营。乐营，乃是管理军中陪妓或地方官妓的机构，入营则入乐籍。与教坊里的专业人士不同，成为营妓是弃良入贱，这大多是给罪人妻女的惩罚，当然，也有不少贵家女儿无依无靠，跌堕到此。尽管有吃有穿，还有乐将负责训练、管理，但一入营中，就要听当官的差遣，迎来送往、陪酒侍宴，做席间供人寻欢的百灵鸟。有时还要被地方长官随意支配，送入哪一个大腹便便的官员的宅院。妓与伎，在彼时严格的制度下，都是失去自由、供人取乐的“玩具”而已。

薛涛既是不幸的，又是幸运的。不幸在于，侍奉再高贵的官，成为再高贵的官妓，也只会被时人看作男权的依附、幕府中的女宾，仍然被踩在风尘之中；幸运在于，她遇上了剑南西川最高贵的人，也是能给她带来全新生机的人——韦皋。

三

“城南韦杜，去天尺五。”[①]韦皋出身于京兆韦氏，大唐一等一的望族。这个男人从生到死，身上萦绕着种种奇异的传说。据说韦皋刚刚满月时，家里请来群僧布施祈福。僧人中有一个其貌不扬的胡僧，不顾仪式，径自登堂，望着襁褓中面色红润的婴儿，说道：“别来无恙！”韦父不解，问道：“大师，孩子才刚满月，怎么就别来无恙了？”胡僧说：“此儿是诸葛武侯的后身，将来必重返蜀中，恩泽百姓。”韦家从此把大师的一番话牢牢记在心里，特意把武侯作为韦皋的小名——不过，这应该又是一个先果后因的传说，韦氏家族虽然庞大，但韦皋的父亲韦贲只是一个蓝田县尉，对于儿子能否主政一方一定是心存疑问的。

韦皋以门荫入仕，比起韦家进士入仕的人，起点确实是低了一些。其他堂兄弟在朝廷任美官已久，韦皋本人三十好几了，却只有游

---

① 出自《全唐诗·卷八百七十六·杜甫引俚语》。

历于各地节镇、充当入幕之宾的份儿。职务比较稳定，但升职前景没有那么乐观。那时，他已经是宰相张延赏的女婿，张家上下都觉得韦皋清高、不会做人，只有张家夫人苗氏，认定韦皋今后贵不可言。

苗氏看中韦皋，是因为其人刚直、文武双全。是金子总会发光的。唐德宗建中四年（783 年）十月，泾原兵变爆发，唐德宗出逃奉天，朱泚自立为帝。一时间，天下动荡，藩镇中的野心家又打起了割据的算盘。韦皋的上司，凤翔陇右节度使张镒被叛将李楚琳杀死，韦皋当时留守陇右，并不在张镒身边。韦皋临危不乱，把握局势，扫清身边的叛徒，而后与朱泚周旋，争取与唐军联系的时间。韦皋很快稳住了陇右的局势，为唐朝争取到稳定的后方，而后接受唐德宗的任命，出任奉义军节度使——一个月之间，韦皋就从节度使的跟班，变成了节度使。次年七月，乱事平息，韦皋青云直上，成了唐德宗的近臣。贞元元年（785 年），唐德宗交给韦皋一个重要的任务——镇守西川。

有意思的是，韦皋此去，正是要接张延赏的班。一路上韦皋改名换姓，并不令张延赏察觉来者何人。张延赏听到密报，说韦皋的队伍正在赶来。他轻蔑地一笑，说："断不可能是我那个女婿。我那个女婿怕是死在哪个阴沟里了！"只有苗夫人相信，来成都的必是韦皋。果然，张延赏登城一看，高头大马上身穿紫袍的，正是"借尸还魂"的韦皋，张延赏又羞又愧，交接了印信，赶紧离开。

别看韦皋有一股子跋扈、强横的英雄气，年轻时他漫游江夏，曾经爱上过一个小丫鬟玉箫。韦皋青春风流，玉箫豆蔻年华，他一度想把她带走，却出于种种原因，只好将玉箫留在本地，自己留诗一首，去闯前程：

> 黄雀衔来已数春，别时留解赠佳人。
> 长江不见鱼书至，为遣相思梦入秦。
>
> ——《忆玉箫》

多年之后，韦皋重新入蜀，居然与玉箫的旧主相见，才知道玉箫久等韦皋不到，已经绝食而死。韦皋想起往事，感伤不已，因此在蜀中大兴佛教，为玉箫祈冥福。

韦皋如何对营中的薛涛一见倾心，已不可详知。《文献通考》上仅说韦皋置酒，令薛涛赋诗。韦皋与薛涛相逢之年月确定，与薛涛的生年确定息息相关，综合各说，结合薛涛几首诗的题目，笔者采薛涛出生于唐德宗建中二年（781 年）之说。由是，薛涛被送入乐营，则在贞元十二年（796 年）。

自镇蜀以来，韦皋内政整肃，百姓安宁；对外征南诏，拒吐蕃，收复失地，修备边防，雄踞一方，威名煊赫。皇帝信赖他，百姓拥护他，西川奉之为守护神。为奖励韦皋十二年来的兢兢业业和功勋卓著，皇帝于贞元十二年（796 年）二月，正式加封韦皋为同中书门下平章事，冠以使相的头衔。春风得意，韦皋的人生登上高峰。

不妨大胆猜想，在贞元十二年（796 年）的某个春日，新任使相浩荡的仪仗从郊外归来，众人鲜衣怒马，四围旌旗猎猎。韦皋早已命人找来了官妓，令她们在摩诃池的水榭等候。众人只看得见如云的旗帜，听得到威严的鼓角，交头接耳，感叹着旌节的雄壮。不久，就看见一队红衣卫士，带领着一群穿着绫衫的人走向设于正中的帏帐，两旁婢女打开青瓷炉的盖子，点燃沉香炭。薛涛在官妓之中，看着这一场游宴如仪式一般推进，一板一眼，都卡着节奏。炉爇升腾，韦皋穿着一身锦袍，系着红抹额，优雅地坐进帐中。韦皋已过知命之年，可虬龙样的胡须、凌厉的双眼依旧不变。威仪之下，一众大小官员无不慑服，恭敬献拜。乐师早已命人奏乐，大家端起酒杯，祝贺词、行酒令，好不快活。

酒过三巡，韦皋命人不要奏大曲，奏些教坊时兴的曲子，不一会儿，《清平调》乐声响起，韦皋打着节拍，从容地说："我听闻，最近一位名姝，刚过二八年华，才貌已经倾城倾国。""相公说得是！相公说的是这成都府中新入营的营妓薛涛！"座中有人赶紧应和，"百闻不如一见，请薛娘子到前来。"一旁的人赶忙给乐师传韦皋的令，让人把薛涛叫到席前。

面对着一众男子打量的目光，薛涛有些不舒服，也有些紧张。听说，韦皋凶神恶煞、杀伐果断，已经把当年看不起自己的张家奴仆悉数杀死、扔入蜀江，可等自己慢慢抬起头，看见的韦皋，只是一个温和的父辈。

"小薛娘子，城武素好诗赋，今日有幸见薛娘子一面，敢请薛娘子赋诗一首？"薛涛观察韦皋，韦皋也在看着这位身着绣襦、纱裙曳地的少女，笑意温柔。

"韦……相公……小女才识浅薄，不知要以何为赋。"韦皋正思索间，一对水凫从远处苇丛中飞起，激起的水花洒向一池新荷，碧盘上溅满水珠。韦皋指指飞入云间的鸟儿，薛涛双手攥在胸前，略一思索，沉吟道：

双栖绿池上，朝去暮飞还。
更忆将雏日，同心莲叶间。

——《池上双凫》

“更忆将雏日，同心莲叶间。”全诗清新自然，如同天成，换在座别人，只觉得这是一句颇为精巧的比附，但韦皋此时想起往日同玉箫的情愫，无论彼时韦皋是否知晓天人两隔之事，藏得深深的相思，却被轻轻地翻了出来。

众人不敢喊好，因为韦皋此时正出神。“相公？”薛涛率先把韦皋拉回现实。“好！”韦皋眨了眨眼，让人向薛涛赐酒，缓解尴尬，“好！刚刚被薛娘子才华折服，去品味诗文，故而出神良久。来人哪，给薛娘子在近前设席，同我们一起行令、赋诗！”左右听闻，不禁面面相觑，二人才刚见面，薛涛就有了这样的待遇，莫不是韦皋中意薛涛？乐舞又起，众人不敢多猜，继续喝酒、行令。

四

韦皋对薛涛寄以何种情意，今日难考。扑朔迷离之下，欣赏和关注是不变的。成都城很快传闻，薛涛已经从营妓成为韦皋的“宾客”，接受使相府中最好的供养，每日参与韦皋参加的一流的宴会。有一日，薛涛被单独请进了西川节度使府的后宅。宅中花团锦簇，草木扶疏，俨然神仙之境。薛涛站在回廊上，远远地看见韦皋正在逗弄一只美丽的鸟儿。再走近些，那原来是一只绿孔雀。韦皋英姿飒爽，披着一件紫衫，拿着吃食，逗弄孔雀。而孔雀仪态雍容，自顾踱步。天气晴好，孔雀的鳞羽被映得辉煌灿烂，叱咤风云的韦皋却是一脸的温柔。

韦皋抬起头，向薛涛招招手。等薛涛走近，韦皋站了起来，整整背上的衫子，说道："南诏遣使入贡，专程叫一位使臣把这只孔雀送来。我受之惶恐。"

"相公今岁收复巂州，青溪道彻底打通，今后南诏能岁岁入贡大唐。南诏感激相公德政，送此佳鸟。"薛涛倒也不拘礼，径自蹲下，看着高傲的孔雀，摇曳着葳蕤的凤尾。

日光又斜一寸，韦皋看看孔雀，又看看薛涛。一则羽翼璀璨，一则玉容金钏，分外和谐。韦皋笑了，说道："孔雀不识人意，我身边倒有花儿解语。"

薛涛望着孔雀，突然想到什么，转过身去，对着韦皋一拜，说道："相公可否将孔雀养于使宅之中？"

"这是必然的，此处地居南国，贸然送到长安，我怕——"

"此处地居南国，宅后又可引摩诃池水，孔雀更自由些。"薛涛双眉一低。

"哈哈哈！想不到，薛娘子爱怜生物，考虑如此周全。就依你所说，在这使宅开池，供养孔雀。"韦皋站了起来，继续去逗着孔雀，孔雀似乎也通人语，晃了晃翅膀，珠子似的双眼眼神一亮。"不过，孔雀东南飞，它最好不要飞出这使宅的苑墙。"韦皋幽幽地说，眼神凌厉而深邃。

不久，薛涛再入使宅，一方小小的池塘已经开凿出来。池塘边是韦皋搜罗来的南国奇花异草，怪石环绕、郁郁葱葱。孔雀还在那里，不过，它窝进了一个刚刚合适的笼子。它不用再担心林间的天敌，生活在一方刚刚好、刚刚安全的角落。就是这样的“安全”，让薛涛隐隐感受到了几分可怜。

韦皋过于欣赏薛涛了，欣赏到想把薛涛推荐为自己的“秘书”。宅中笑传，韦皋要推荐薛涛为“校书郎”，甚至都叫起了“女校书”的诨名。不过，欣赏到了极致，就是容不得忤逆了。四五年过去，二十年岁上的薛涛早已熟谙世情，自由地在府中衙前出入。成都话事人面前最红的女子，势必和各种杂事裹搅在一处。渐渐地，一些“噪声”就飘到了韦皋耳朵里。有人说她收受贿赂，插手政务；有人说她出言不逊，与人交恶。具体如何，实难考证。但是某一刻，薛涛直接触怒了韦皋。狂怒之下，韦皋直接把薛涛“送”到了松州。不，是罚到了松州。松州是今日四川松潘一带，属于唐朝与吐蕃对抗的最前沿。这里高山环绕，草甸连绵，属于典型的苦寒之地。与成都的高楼、市井、车马相比，这里只有部落、营帐和牛羊。山歌呕哑，羌曲粗犷，薛涛不仅要受一番路途颠簸，还要适应这里艰苦的生活。二十岁的花儿，被一个掌握大权的男人随意“丢”在这里，绝不能说是要她体验生活，用心良苦，只能说是展现权力、支配生命的无聊行为。

你当然也不能要求二十岁的薛涛在高原雪域拼命抗争，要花儿一样的自己“殉葬”一般凋谢，用这种后人的“大节”去审视她，就有些残酷了。薛涛选择向韦皋低头，她写诗给韦皋，据实讲述自己在边地的苦楚，胆战心惊，字字着泪。她写了一组情深文美、构思精巧的《十离诗》，分别以“犬离主”“笔离手”“马离厩”“鹦鹉离笼”“燕离巢”“珠离掌”“鱼离池”“竹离亭”“镜离台”“鹰离鞲”为题。一直以来，诗的缘起、真伪都有争议，但《犬离主》一首，曾经为韦庄选入《又玄集》，当是确有其事无疑。而从《犬离主》一诗中，大概也能寻到一些薛涛被罚的蛛丝马迹：

驯扰朱门四五年，毛香足净主人怜。
无端咬着亲情客，不得红丝毯上眠。

——《十离诗·犬离主》

薛涛身为营妓，为韦皋所宠，只是四五年的光景。任凭薛涛天香国色、才高八斗，“毛香足净”也不过是下贱者供“赏玩”的标签，由人点评、寄人篱下，这也由不得薛涛。一旦与周边人生龃龉，惹得府主不悦，就要受其冷落、被其责罚。薛涛似乎是在向韦皋“乞怜”。然而这样的诗一连十首，所有的冷遇都源于无关紧要的小过。明是自责，实是鞭挞韦皋恣意行宠、翻手为云的凉薄。

诗到韦皋手中，以韦皋的才智，大概还是能品味背后深意的。气也消了，事也了了，便将红粉佳人从边地召回，也就有了开头的事。

五

薛涛被罚归来后，基本算是重获自由。但往后余生，曾为“营妓”之名是无论如何也脱不掉了。薛涛大概也不明白，为何韦皋突然放自己出籍。不过，自己一边仍能出入使府，同韦皋谈天宴饮，一边可以定居在浣花溪畔，享受安逸的生活。

薛涛能诗赋，更善书法。宋人曾经收藏有薛涛的几幅作品，行书笔法颇有王羲之的意趣。写诗文要纸，写书法则懂纸。薛涛名声越来越大，来访求墨的人也络绎不绝，纸成了薛涛生活中的刚需。薛涛是蜀中第一流的女子，第一流的女子，那就要全方位引领潮流——哪怕是一张纸。

蜀中本就有名纸名笺，但薛涛喜欢作绝句、写小字，用偌大的笺纸，失了“小家碧玉”的风采。薛涛想要私人定制的小笺，最好还是自己喜欢的红色。为了获得这样的纸，薛涛找来工匠，缩小尺寸，调制成赏心悦目的红色。据说此笺一出，深得薛涛之心，她便以此笺写作。其诗文一旦传出，众人追捧，爱屋及乌，这格调高雅的小笺，也成为一时的时尚——世人名之曰：薛涛笺。

薛涛笺彼时如何制成，如何模样，并没有更详细的说明。可薛涛身后，人们在想象才女风情之时，也对红笺有着无限的向往。从宋以后，人们都尝试说明薛涛笺的具体模样，有人认为，薛涛笺不只有红色，而是五彩兼备。到了明代，宋应星著《天工开物》，说薛涛笺以木芙蓉花染色，才得那一种风雅怡人的红。人们听到这个说法很是兴奋，从中国到大洋彼岸的美国，都有人仿制薛涛笺。不过，本体与仿品，本就千差万别，有人干脆抛开事实上的薛涛笺，将薛涛笺入诗、入文、入曲。从此那些爱创作的美人，无一不才比薛涛，赋诗薛笺！

万里桥边，琵琶门下，一代才女安居蜀中，享受着赞美和追捧。门边的菖蒲花开得如此繁茂，与人同荣。她的伯乐韦皋，于贞元十七年（801 年）大败吐蕃，重挫吐蕃东侵的气焰，俘虏了吐蕃重臣论莽热。如此大功，令德宗大喜过望，进封韦皋检校司徒兼中书令，甚至给予了他人臣最高级的爵位——南康郡王。如果说，此时韦皋是蜀中的太阳，薛涛就是吸收能量又独自发光的新星。人人都喜欢薛涛的才华，数年来，酒宴上如果没有薛洪度，仿佛就没有了才情和乐趣。

某次酒宴，大家玩起了酒令，主题是“千字文”。规则很简单，说出千字文中带有鸟兽鱼虫字或意的句子。席上有一位黎州刺史，肚子里没有什么墨水。刺史想了一会儿，哦，带“虞”（鱼）字！那就“有虞陶唐”。众人觉得好笑，虞舜怎么变成了鱼？但只是憋笑而已，不说话、不罚酒。轮到薛涛，薛涛说：“佐时阿衡。”这是说宰相的句子，和鸟兽鱼虫更是不相干，便问薛涛，是何道理。

薛涛笑了笑，说：“‘衡’字还有一条小鱼儿夹在中间，黎州使君‘有虞陶唐’，一个‘鱼’字都没有，你们不还让他过？”得才女这么一开解，满座大笑，黎州刺史不解其故，一脸茫然。如果韦皋也在此席，必会喜笑颜开。必须笑啊，自己二十年的努力换蜀中大治，为什么不能开开心心地喝喝酒呢？韦皋的功绩，已和嘉陵江边刚落成的大佛一样，将久久地立在那里。

贞元二十一年（805 年）正月，一封急递打破了成都的新年气氛：唐德宗驾崩。举国哀恸之际，韦皋正在使府中冷静地对局势进行分析。太子李诵如今虽继承大位，可他重病在身，难以主政，大事全由韦执谊、王叔文等人处理。镇蜀多年的韦皋，野心有一点萌动，他派出密使刘辟，试探几人的口风。刘辟赶到长安吊丧，暗里却问道："能否让韦皋主持剑南三川的大镇，坐拥整个西南？"

这是当西南天子，怎么能允许呢？韦皋镇蜀已经二十一年，树大根深，王叔文等巴不得时机一到，就把韦皋请出成都。王叔文痛斥了刘辟一番，刘辟受到冷遇，回到西川。韦皋知道这个执政的团体内部意见不一，既然如此，不如好好利用政局交接之际，做一番大事。很快，韦皋同反对王叔文的宦官、大臣们取得联系，向朝廷上表，请求太子监国。拥护朝廷的节度使们，看南康郡王是这个态度，也纷纷表达对太子的支持。皇帝重病，太子监国，只要太子一使劲儿，那个皇位不就到手了吗？

八月四日，皇帝禅让，太子李纯继位，是为唐宪宗。韦皋正等待着唐宪宗的封赏，生命却戛然而止。八月十七日，秋风初起，韦皋在使府猝死。西川的太阳陨落了。

六

从朝廷到巴蜀，大家都对韦皋之死毫无准备。韦皋虽过六十，但身体康健，并没有什么危在旦夕的征兆。可蜀中的大权空虚一日，就有贪婪的眼睛窥伺一日。人们还在为韦皋的葬礼忙乱时，刘辟打起了割据西川的主意。

刘辟是韦皋生前的心腹，曾经被派去长安，打探王叔文一党的虚实。进士出身的刘辟在枭雄身边待得久了，读书人的心志，变成了取而代之的野心。他捷足先登，争取到了一部分党羽的支持，便自立为节度留后。彼时，唐宪宗刚刚接班，中央还有很多摊子要收拾，便默认了刘辟的自立行为，授予他节度副使、知节度使事的职务。这不过是安抚他的权宜之计，哪想刘辟为人膨胀，以为皇帝允许自己执掌西川大权是屈服于自己了。

刘辟得寸进尺，上表求掌握剑南三川的大权。彼时，太上皇顺宗驾崩，宪宗心情好不到哪里去，当然是驳回了他的妄想。妄想不成，刘辟自己单干。他发动人马，将剑南东川节度使李康所在的梓州围了起来。这可把年轻的皇帝彻底惹笑了："我本来就想收拾不听话的藩镇，先拿你开刀吧！"

皇帝和大臣以为，四川天府之国易守难攻，需要大兵压境。唯独老臣杜黄裳觉得刘辟就是个被权力弄魔障了的书生，只要安排精兵强将，兵贵神速地前去讨伐，顷刻之间便可成功。将领人选就是神策军使高崇文。

高崇文星夜奔驰，开赴蜀中。他治军颇为严厉，军备也着实严整。一个不好的消息传来，刘辟攻陷了梓州，抓住了节度使李康。不过，刘辟的好日子也基本到头了。自二月起，朝廷大军就势如破竹般拿下剑州，接着干脆挥师东下，开赴梓州。刘辟打算收手，可开弓没有回头箭，只能与高崇文对峙下去。

对峙持续到夏天，刘辟修建鹿头关，阻挡高崇文的攻势。可高崇文的部队兵强马壮，又以逸待劳，连连把刘辟打得落花流水。当然，蜀中地势易守难攻，双方暂时还处于拉锯战状态。到了九月，一位将军会师迟到，惧于高崇文法令森严，干脆建立奇功，拿下了鹿头关。这一来，成都大门洞开，官军长驱直入，追上了逃亡的刘辟。刚进城时，高崇文的军队在城中街道驻扎，对百姓秋毫无犯，颇得民心。

高崇文身着戎装，走进西川节度使府，却看见韦皋的一干僚佐，穿着白衣，口衔土块，下跪请罪。高崇文一一释放，且好言相劝，还给他们准备好了推荐的表章，奉上差旅费，请他们到各地就职。唯独把校书郎段文昌留了下来，在他眼里，段文昌将贵不可言。

高崇文进府后，便问薛涛在哪里。可左搜右找，都没见薛涛的影子。只看见池苑里有一只受惊的孔雀，正狐疑地打量着自己。问刘辟身边的近侍，才知道刘辟威逼薛涛做自己的宠姬，薛涛不从，已经被刘辟罚往松州去了。高崇文可以等，朝廷目前的规划，便是让他出任剑南西川节度使，主持军政，方便善后。时近岁暮，天气转寒，薛涛回到了成都。高崇文这日与僚佐欢聚一堂，薛涛得归成都，心中也非常高兴，便在府中一同畅饮。席间酒过三巡，高崇文出了个酒令，点名要薛涛来答。

“薛娘子，”高崇文喝得微醺，语气仍旧豪迈，“老夫是个粗人，喜行酒令。今日我们行令，如何？”

薛涛笑了笑，多年迎来送往，这酒令有什么不会，便举杯说道：“高司空，您但出令无妨，妾虽不才，输则认罚。”

高崇文粗中有细，慢悠悠地说道：“今日老夫要行一个‘一字令’。规矩是，字在先，要象后文的形，还得同后文的韵。”

“请司空出令。”

高崇文摇头晃脑，背后的幞头脚也跟着一摇一摆：“口，有似没梁斗。”

薛涛和众僚纷纷拍手，连赞好令。薛涛心想，高崇文果然是令中行家，物件虽俗，但意思到位，颇为风趣。薛涛沉吟之间，高崇文自得地笑了起来，等着看薛涛出丑。

“川，有似……三条椽。”此令一出众人议论纷纷。高崇文放下酒杯，好奇地问：“薛娘子，怕是你输了。这川，第一笔是弯的，怎么能拿来架梁造屋？！”

薛涛一笑，不疾不徐地说：“司空为蜀中节度使，还用个没提梁的木斗。我一个地方妇人，柱上三条椽，弯一条，又如何？”

满座听完，无不称妙。高崇文也感受到了薛涛的机敏，为之解颐，连自罚数杯。不一会儿，有耳尖的人听到门外有细碎雪花的纷泊声，推门一看，果然是大雪漫天。众人惊奇，南中蜀国，也能见这般瑞雪。有的人借着酒兴，开始赋诗。高崇文满面红光，提着酒壶走到门前，环顾左右说：“各位，你们都是文人。我高崇文本是行伍出身，作诗比不上你们。但我也灵机一动，有诗一首。”众人好奇地围拢，听高崇文赋诗。

“咳咳，你们听好。崇文崇武不崇文，提戈出塞号将军。那个骨儿射落雁，白毛空里落纷纷。”诗句虽质朴，但拟雪为落雁之毛，则是独具匠心的才思。品到此处，人人和着酒意，无不称好。大家又开始嬉闹喧哗起来。就在这时，薛涛走近高崇文身侧，俯身一拜，高崇文疑惑："这是为何？"扶住薛涛。

薛涛抬起头，对高崇文说："如果没有司空相助，妾身怕已经死在松州了。司空于洪度有再造之恩，洪度感激不尽。"高崇文身为老将，久经战阵，却没有见识过这个场面，有些愕然。

"这里有诗一首，想献给司空，望司空善待蜀中百姓，教蜀中繁盛如昔。"

高崇文接过红笺，上有诗曰：

惊看天地白荒荒，瞥见青山旧夕阳。
始信大威能照映，由来日月借生光。

——《贼平后上高相公》

高崇文没有说什么，收好诗笺，敬了薛涛一杯，又望向那纷纷扬扬的瑞雪，借着醉意，没入庆功的人群中。

不久，高崇文请辞西川节度使之位，北上守边。去时高崇文搜刮走了满城的金银珠宝，带走了满城的能工巧匠。成都人惊了：这还是那个军纪严明的高崇文吗？俨然一个匪徒。

七

高崇文扔下空荡荡的成都走了，朝廷迅速作出反应，赶紧派出精明强干、为人廉洁的官员接手成都。那一日，众人在升仙桥迎接新任节度使。薛涛登城远眺，亦能看到盛大的仪仗逶迤而来，人数和礼乐都是宰相的规模，比韦皋当年的仪仗还要豪华。前方，成都府勉强从高崇文搜刮后的残存中，找到一队乐伎，载歌载舞。身着红绿官服的从官们渐渐出现了，他们后面是一匹高壮的大马，上面有一位身材高大的紫衣男士——这便是新任剑南西川节度使、同中书门下平章事武元衡。

武元衡是武则天的堂曾孙，家世显赫，人也长得标致。更令人嫉妒的是，标致的人儿还能写一手好诗文——这个不是吹，建中四年（783 年），二十六岁的武元衡进士及第，便摘得了状元的桂冠。入仕二十四年，武元衡顺风顺水，颇受德宗皇帝赏识，年纪轻轻就当上了御史中丞。目前，他是今上李纯身边的要员，专掌财政，颇有手腕。

刚一到任，武元衡迅速命人掌握各色文书，了解成都乃至西川的军政形势。当然，他的工作重心是缓解成都面临的巨大经济压力，与民休息，恢复生产。这些在极具政治智慧的武元衡面前，不过一挥手的事。事情理顺，武元衡便有时间同幕僚宴饮，享受蜀中的盛景。这时，薛涛出现在了武元衡的面前。

薛涛的名声响彻大江南北，武元衡在长安早有听闻。可百闻不如一见，仍青春靓丽的薛涛，霓裳绣襦，姿仪翩翩地出现时，还是让这位大唐的美男子惊叹不已。在薛涛眼中，这位年过半百的美男子，绫袍玉带，气度非凡，骨相还存着当年的光景——只是，他为何有一些腼腆？

宾主落座，薛涛也坐在一旁。时不时地，武元衡会借着行酒的机会转头瞥一眼薛涛，又把头悄悄转到一边。这哪里是一个执掌西川的府主，倒好像是见到绰约仙子的书生了。酒喝得到位，武元衡突然开口，说道：“诸公，某年过半百，蒙陛下不弃，遣来蜀中，安抚百姓。不要看今日蜀中粗得治理，当日武某在嘉陵道上，可是战战兢兢、愁肠百转啊，某有诗云：悠悠风旆绕山川，山驿空蒙雨似烟。路半嘉陵头已白，蜀门西上更青天。”

众人也不知怎么接，只好尴尬地附和一下。府主说的这话，实在有些让人摸不着头脑。到底是说自己干得好呢，还是要大家同情他，理解他的难处呢？只有薛涛举起金杯，笑道：“武相国，洪度只见蜀中儿女，无不欢迎武相国的德政。武相国一到，蜀中如沐春风，万事变得井井有条。要说是蜀道难，可蜀中山川锦绣，并不是愁人的青天。”这话似乎说到了武元衡的心里去，武元衡连连点头。

“洪度有一首续诗，献给武相国：蜀门西更上青天，强为公歌蜀国弦。卓氏长卿称士女，锦江玉垒献山川。”

说罢，薛涛离席，到武元衡的席前奉酒祝贺，僚佐们看武元衡面有喜色，也跟着举杯。武元衡端着酒杯，口中反复咂摸着诗，又抬眼去看薛涛。他实在找不出什么别的词汇，如果真的有，那么就是“惊为天人”吧。

某日，武元衡将薛涛召入使宅，薛涛只见武元衡、裴度、柳公绰、段文昌等人坐在一处，对着那只孔雀评头论足。孔雀见得多了，韦皋、刘辟、高崇文，现在又来个武元衡。孔雀不大理会这些文人，一会儿啄啄稻粒，一会儿饮饮泉水，在花木间摇曳着尾羽，经历过局促和惊吓，此时的孔雀越发雍容优雅。薛涛走上回廊，孔雀似乎认出了故友，双翅一张，飞上枝头，和薛涛打起招呼。薛涛抬手去逗孔雀，孔雀左右晃动着小脑袋，远远地，武元衡把手一背，吟哦说："荀令昔居此，故巢留越禽。动摇金翠尾，飞舞碧梧阴。上客彻瑶瑟，美人伤蕙心。会因南国使，得放海云深。"

"问相国安。"

"薛娘子还要行此礼吗？"一旁的裴度笑道。

"裴郎中不要戏谑，薛娘子知礼，是对武某的敬重。"武元衡也回礼，又俯下身子，在裴度耳边耳语两句，众人便散了，留武、薛二人独自说话。

"薛娘子，当日韦公在时，一定把这鸟儿管教得很好吧。"

韦皋？这个名字早已刻上了碑铭，在这个院子里，很久没人提过了。如今武元衡提起，薛涛似乎想起孔雀初至的那日，大概比今日更晴好一些。那时的韦皋，是和武元衡相仿的年纪，独自站立庭中，看着孔雀炫耀光彩。

"薛娘子？"武元衡一问，把薛涛拉回现实。

"相国，当日韦公在时，这鸟儿才从南诏送来，颇为警觉。"薛涛微微一笑，继续说，"相国，当日是洪度建议韦令公，凿开这一方小池，种植花木，给孔雀栖身之地。"

"薛娘子体爱生灵，有心了，"武元衡就廊坐下，示意薛涛同坐，"只可惜孔雀还困在这个狭窄世界里，韦公却不能再来了。"

"唉。"薛涛深深地叹了一口气，韦皋去世至今，不过三年多，三年中蜀中动荡，刘辟、高崇文，来了又走。二十一年的蜀中安宁，于今日而言，竟如隔世。恩主的事迹和名字，似乎也烟消云散了。自己和孔雀，成了身不由己的旁观者，最后要学会从容地接受这些变故。

薛涛双眼微湿，武元衡也感受到薛涛的酸楚，从腰间解下手巾，递给薛涛。

“失态了，请相国恕罪。”

“薛娘子，今日叫你来，不纯为感伤。武某深赏薛娘子之才，希望薛娘子能留在使宅，入武某幕下。”

“入幕？相国，我只是一介女子。”

“不，”武元衡无意识地要去拉薛涛的手，但又缩了回去，“您是蜀中的天人，如一阵春风，开释武某惴惴不安之心。武某已经上表，请求任命薛娘子为校书郎。不久，中书就有回音了。”

说罢，武元衡把奏表的草稿递给薛涛，薛涛分明见上面写着“自辟蜀女薛涛为校书郎”之语。当年韦皋的玩笑，今天在武元衡这里竟然成真，薛涛又兴奋，又惶恐，一时不知说什么好。她侧过身，对着武元衡，双手一叉，如幕僚般深深一拜。

这时，那只孔雀振动翅膀，飞上了更高的枝丫。

八

“濯锦江边两岸花，春风吹浪正淘沙。”[①]如果说薛涛曾经把一阵春风送进过韦皋和武元衡的心，那么元稹的春风，就吹开了薛涛的心扉。

春日融融，和煦的东风拂过涪江，吹得春柳着绿，春草如茵。

---

① 出自唐刘禹锡的《浪淘沙·其五》。

草色映青袍，身着青袍的年轻人骑着一匹连钱宝骏，意气风发地走在梓州的通衢上。年轻人初来官场，地方上不少规矩浑然不知，他摆着御史的架子——尽管是御史中品位较低的监察御史，也还是有代天子巡视的威风。只不过这么一摆谱，地头蛇们又将如何想？年轻的御史管不得这些。十五岁明经及第，二十六岁制举中选，刚当官就是皇帝近臣，平步青云的大才子，此时正义感爆棚，不在乎那些规矩，相反，他正想明察秋毫、一展抱负。这便是巡使东川的新任监察御史元稹。

可元稹不是那种单纯走道德路线的君子，他是个多情风流的男子。元稹爱才，更爱才女，他早听说蜀中有一名绝世才女，口才绝佳，诗才一流。他不只是欣赏，已经达到“求之不得”的喜欢。为此，他在京时就把女校书的大名挂在了嘴边，在家里不敢想，就在同事面前思来想去，整日里闷闷不乐。本以为出使东川，西川的才女便近在咫尺，没想到，成日里“满眼文书堆案边，眼昏偷得暂时眠”①的元稹快要因为如山的公务困得晕厥过去。想见薛涛，似乎更不可能了。今日万幸有假，元稹收到东川节度使严司空邀请，前往其府中做客。

这一日，严司空亲自迎接元稹，笑吟吟地把元稹牵入后堂。然而，后堂不见那些同僚和无趣的歌舞，倒有一架山水屏风陈设正中，边上站着两个侍婢。元稹思量着屏风背后藏着什么，轻缓地走入后堂，两个侍婢把屏风移去，一段袅娜如云的身姿出现在元稹眼前。

---

① 出自唐元稹《使东川·望喜驿》。

“你是？”元稹一惊。只听眼前绣扇掩面、眉画纤长的女子缓缓吟诵道：“二月杨花轻复微，春风摇荡惹人衣。他家本是无情物，一晌南飞又北飞。”

“你是……娘子是……”元稹呆呆地看着她把扇子移开，在惊喜中已失了分寸，一时都快找不到坐处了。“不错，元才子，我命人从西川请来薛洪度娘子，为元才子陪宴。二位先请，老夫还有公事。”严司空得意地走出堂中，留下一对才子佳人，话那些数不尽的短长。

这就是盛传千古的“元稹薛涛姻缘”。之所以是“盛传”，因为这则出自《云溪友议》的“八卦”，距离薛涛、元稹的时代已经多年。其中那些元稹早已仰慕薛涛，薛涛被请来夜夜为元稹作陪，舍不得分离的桥段，读来老套、香艳、破绽百出。元稹的历官、东川道节度使的人选，都和正史对不上。千百年来，人们对这段感情，从元、薛年龄，所处城市等多个角度提出质疑，争吵不断，已成公案。那么，这段情感就子虚乌有了吗？未必。

在学术界有一种声音，把薛涛的年龄和孔雀的生存寿命联系到了一起。薛涛唯一模糊的是她的生年，如果能确定孔雀进入蜀中的时间，大概就可以确认薛涛出生的时间——在人们题咏这只“网红”孔雀的诗文中，有薛涛建议“开孔雀池”的蛛丝马迹，所以孔雀出现时，薛涛也已出现了。综合南诏与唐的关系、韦皋个人的生平，人们认为，孔雀入韦皋之幕，不会早于贞元十二年（796 年），若按此倒推，薛涛便出生于建中二年（781 年）左右。这样一来，薛涛就比元稹小上几岁。而对照薛涛元和年间的诗文自称，正是二十七八岁的光景。

那么二人到底是友情还是爱情呢？有人认为，元稹与韦丛关系极佳，韦丛去世多年，元稹还作诗痛悼，是有情有义之人。元和四年（809年），元稹入川，韦丛尚在，怎么可能与薛涛传情？然而，韦丛去世未久，元稹先是纳妾，又是娶了河东裴氏的女子，这一娶，还遭到千载后陈寅恪先生的批评。拿元稹与韦丛的关系，讨论元稹与薛涛的关系，是不大相干的，只能说明元稹三心二意，不能说明元稹没有动心。综上种种，有理由相信，二人的情感不是空穴来风。当然，更有力的证据，还是元稹和薛涛那些暧昧的、情意饱满的诗歌。

他们的相处一定是很愉快的，愉快到元稹不久后离开川蜀，还会给薛涛寄去诗篇。一首寄赠诗，对薛涛的优点进行了全方位概括。我想，元稹对薛涛的爱是够厚重的。纷纷辞客，包括元稹在内都停笔；个个公卿，包括将来的元稹在内，都想一睹芳容。元稹想象着重逢，都不奢望再看到薛涛的模样，只要能看到万里桥边、琵琶门下的菖蒲花怒放，就足慰平生。

而薛涛对元稹有更多的寄语和表白。薛涛不仅能感受到元稹的爱意，还能感受到元稹的人——至少是这段时间里表现出来的、作为诗人的元稹。薛涛是这样回诗的：

诗篇调态人皆有，细腻风光我独知。
月夜咏花怜暗澹，雨朝题柳为欹垂。
长教碧玉藏深处，总向红笺写自随。
老大不能收拾得，与君开似好男儿。

——《寄旧诗与元微之》

虽然题为“旧诗”，可诗中充满新意。“细腻风光我独知”，薛涛作诗遣怀，颇有些绮丽温柔的风格。那这说的是不是在东川坠入情网的元稹？是不是他在绮丽温柔之余的款款真情（也许是泛滥的）？那些看似飘风过眼、随意为之的作品，在薛涛这里，就是值得写上红笺的真心话。可是知道这些似乎没有什么用。薛涛明白，时间太可怕了，短短数年能带走韦皋的二十一年，还不能带走元稹的几天吗？将来的事，将来再说吧。

话虽这样说，但就在元稹离开后的第一个春天，薛涛还是把自己的愁思献给了元稹。少年郎摔了人生的第一个跟头，他一封不合适的弹劾，直接把自己弹出了洛阳，弹到了江陵。“闺阁不知戎马事，月高还上望夫楼。”据说，元稹把自己当成了梁鸿[①]。薛涛孤身一人，有什么理由不把他当作“夫”来守望？一颗多情的心，是不能用时间去期待的。元和四年，同元稹的这一阵巫山云雨，也被别处的春风给送走了。

风花日将老，佳期犹渺渺。
不结同心人，空结同心草。

——《春望词四首》之三

我无法给你讲一个比《云溪友议》所载还要生动的故事。历史造就也带走了我们会热情咀嚼的细节，值得回味的情愫也只靠几首诗留下残迹。我们希望爱是永恒的，但不可否认的是，有的人和事，

① 成语“举案齐眉”中的人物。

往往无疾而终。薛涛碍于时空，限于身份，没有同元稹成为眷侣，日后一人显贵，一人名重，花开两朵，各表一枝。

成双成对，会让年华老去；独立天涯，常常成为传奇。从那以后，薛涛成了大唐的绝代风华，超绝世外，不可方物。

九

比起这种火花式的离别，朝夕相处的情谊的结束更让人感伤。元和八年，武元衡终于被召回长安，在皇帝走向老成之时，他将与皇帝通力合作，以宰相之身，平定藩镇，实现中兴。武元衡骑上高头大马，他如云簇拥着来，随云潇洒地去。“谁言千里自今昔”，两个年龄悬殊的男女，完全是真挚的老友，如今正体面地分别。比起韦皋的喜怒无常，元稹的朝秦暮楚，体面太多了。

武元衡离开不久，其故属卢士玫也要返回长安。僚佐当中，还属于那个时代的人越来越少，薛涛还是会想起这个体面的老友，如果没有他，就没有名满天下的“女校书”了吧。“信陵公子如相问，长向夷门感旧恩。”她要感什么恩？我想，可能是从武元衡这里，得到了前所未有的尊重。

薛涛的青春开始加速流逝，她熟悉的时光和人物，逝去的速度超乎想象。元和十年冬天，一个噩耗从长安传来，宰相武元衡早朝遇刺，死状惨烈。薛涛十分错愕，几乎是在茫然中，参加了那几天的所有宴会。池水和山石，并不因人事变迁而消亡，反而在天寒地冻中，万古不变。在不止其流的摩诃池，薛涛见到了同样悲伤的萧祜，他本是武元衡的部下。二人在武元衡曾经玩赏的风景里，分享同一份伤心，伤心到流水都染上哀伤：“凄凉逝水颓波远，唯有碑泉咽不流。”

此后，薛涛的时间进入了快车道。青春将逝，人生迈向中年与暮年。那些府主、僚佐来来去去，薛涛的诗篇送送迎迎，仿佛整个蜀中，薛涛才是比权力更永恒的存在。

不知不觉，韦皋的纪功碑石苔渐生，韦皋时代的“遗物”，除了薛涛，就是没有人会去驱赶的那只孔雀了。二十多年前，孔雀光辉灿烂，蓝绿耀眼；二十年过去，孔雀疲态渐生，少人来看。有的人甚至觉得它吵。只有女校书来的时候，肯多看它几眼，它似乎也通人性，会在老友面前映着阳光，摇曳雀羽。

薛涛今日还来看孔雀，不过不是闲逛，是听说新任的府主，专门要同自己见面——三十年了，哪个府主不愿意同自己见面呢？薛涛在廊下躬身，对着那孔雀，开始喃喃自语。背后传来一个苍老却熟悉的男声：“可怜孔雀初得时，美人为尔别开池。[①]薛娘子，这孔雀，都比人有光彩啊。”

“是啊。”薛涛转身一看，来者身穿紫袍，腰佩金鱼，大概就是府主了，薛涛没有多想，躬身要拜。此人忽然上前把她扶住，二人四目相对，薛涛颇觉讶异——这不是段文昌吗？“段相国，这是第二次到蜀中来了。”

“第一次来，女校书还是风华绝代，今日，怎么蹲在这里，显老了？”

---

① 出自唐王建《伤韦令孔雀词》。

“段相国也不看看自己脸上的皱纹，比韦令公都老得多啊。”

二人开怀大笑，浑不觉韦皋已是三十年前人，那时的段文昌，还是韦皋手下意气风发的校书郎。今日身份一换，青春却不可再来了。一下午，二人不聊正事，只谈往事。同一个院落里，时光忽然倒流，瞬间回到了武元衡将女儿嫁给段文昌的那天，那时薛涛青春无限，除了武元衡的女儿，她是最耀眼的那一个。她可不愿意听那些酸腐的歪诗，径直写诗两首，祝贺一对金童玉女的结合。直至清末，专属那一夜的诗句，也属于成都的每一对新人：因令朗月当庭燎，不使珠帘下玉钩。段文昌和薛涛，从下午聊到半夜，聊得二人都有些醉了，还在反复呢喃着三十年来知闻的那些名字。

薛涛扶着醉意，依稀听见段文昌在说：“前不久，镇守武昌的元相国，他突然走了。”

“哦。”

薛涛还是在意的。元稹被贬、召还、受宠、拜相，她都知道。她也知道元稹娶了裴氏女，攀上了李逢吉和宦官，而后扶摇直上。这些她不在意，她只有为这个少年长大成熟，把名字刻进史册而高兴。包括春风一夜和温情款款，散了就散了。但人一定是会动心三次的，他来，他走，他永远消失。他永远消失之后，只剩下心动的遗迹和想象。《云溪友议》里这样描写二人的结局：元稹到了浙东做观察使，本想把薛涛接过来，但爱上了更加年轻、美艳的刘采春。这样的男士，不值得薛涛动心、痴等。

过了几天，段文昌去武担寺游玩，邀请薛涛一起。薛涛因病请辞。此时的她首如飞蓬，心灰意懒，哪里还有什么追逐东风的闲情？

尾声

大和六年（832年），兵部尚书李德裕在长安收到一封来信，信里是薛涛和孔雀的死讯。他长叹一声：数年前，这个蕙质兰心的女子，与自己一同坐在节度使府中，谈天论地，赋诗说史，身边还有孔雀徐行。如今回到长安，李德裕身处党争的惊涛骇浪之中，四顾茫茫。他便给老友刘禹锡寄去一封信，专门感伤此事。

刘禹锡把自己的和诗抄送白居易，诗如是写：

> 玉儿已逐金镮葬，翠羽先随秋草萎。
> 唯见芙蓉含晓露，数行红泪滴清池。
>
> ——《和西川李尚书伤孔雀及薛涛之什》

白居易收到诗，心惊泪下，何止是薛涛啊，元稹、李绛、崔群他们都已相继离世。平生相识深者益寡，将来如何，真是难料。西川少了一只孔雀，大唐少了一位薛涛。这不是薛涛的离场，是一代人风华的消亡。

李贺

大唐少年的奇幻漂流

引子

大和五年（831 年）的冬天，杜牧正在家中“熬夜”。夜里听到有人敲门正急，大呼有书信给杜参军。杜牧心下觉得奇怪：“这个点了，谁送急递过来？一定有要紧的事！”赶紧让人准备灯烛，展信阅读。原来是集贤学士沈述师的来信，字迹笔走龙蛇，洋溢着醉后的潇洒气概，信中这样说道：“元和年间，我和已故老友李贺，交情特好，朝夕相处，同吃同住。他谢世前，曾把平生写下的诗歌四编千余首，都托付给了我。如今人去经年，我又辗转多地为官，一直以为那些文字已经不慎遗失了。今天酒后清醒，睡也睡不着，我翻箱倒柜地整理故纸，忽然发现李贺那一千首遗诗。睹物思人，当年我们相识、相处、相谈、相交的那些春夏秋冬，严寒酷暑，寺观楼阁，仍历历在目。想到这里，心里就难过。李贺没有亲戚后人我可以去探访的，想起他的时候，就只好吟咏他的诗歌。杜先生啊！您和我交情不错，您能帮我写一篇《李贺集序》吗？我希望您给世人讲讲这些事的来龙去脉，让我的思友之心，略感宽慰吧。”

杜牧拿着信，犹豫良久，觉得这篇序文极不好写。李贺的诗名，生前身后已经尽人皆知，自己自然叹服不已。但李贺年长自己十余岁，李贺去世时，自己只是个小孩儿，哪里能近距离地感受李贺的生平风采，对他的诗文内容产生最真切的共鸣呢？相比之下，沈述师才是李贺的故交，他何苦舍近求远，要自己作序呢？不如明天亲到沈述师家，回绝此事。

“李贺才高八斗，世人皆知，前无古人，来者不敢乱写！”

“…………”

杜牧想了想沈述师无语的样子，心里更是觉得奇怪：“你沈述师也是会作诗的，又是李贺的挚友。找我来，我给你写了你不满意，怎么办？”转天又到沈述师家中，极力推辞。这一次，沈述师急了，抓着杜牧就说：“你这样，就是看不起我！”沈述师话锋一转，“不过，我可以给你讲讲李贺的往事。”

一

沈述师只记得，李贺辞世时二十七岁，却不大记得是虚岁二十七，还是足岁二十七。不管怎样，最晚贞元七年（791 年），李贺已经呱呱坠地，给父亲李晋肃、母亲郑氏带来嘹亮的哭声了。父亲自代宗朝起，就在各地漂泊为小官，居无定所。不过，此时的天子唐德宗已经从建中朝的混乱中走出来，战火没有过去频繁，在河南昌谷，李家人保全性命，安然生活还是可以期待的事情。李贺生时李晋肃已近晚年，也终于在陕县为一地的父母官。最晚在贞元九年（793 年），李晋肃还在陕县为官。有人说，李贺早年的生涯朝不保夕、忍饥挨饿，这是不准确的。一方面，李贺能作诗文，除去个人天资不说，能阅读到大量书籍是必要条件。那么，李贺家纵使不是巨贵、大富之家，也至少是三餐能供、读书有保障的。另一方面，李晋肃所在之县陕县系属望县，在唐代，县令品级已达六品，虽不能算是高官，但也勉强站在中级官员的行列。还是那句话，纵非显贵，也不至于沦落。

李贺过了一段县令公子的无忧时光，七岁时，他的神童之名已经为人所知。他不仅早慧，而且勤奋，人们夸他“能苦吟疾书”[①]。就在李贺七岁这年，将来和李贺交情甚深的韩愈、皇甫湜等前辈，已经步入政坛，展露文采。《唐摭言》说，李贺当年已经见到了韩愈、皇甫湜，并大笔一挥，写下《高轩过》之奇文，拜谒二位才子——然而，这与诗中记录的情形完全不符，他七岁能诗是不假，但也没有到神乎其神的地步。

李晋肃任职陕县，家安在邻近的福昌县昌谷乡。今日说起，似乎是专于农业、平平无奇之乡，但是在唐代，此地丘峦原野相间，小山葱郁，流水潺潺，竹林茂密，风景优美。更重要的是，因其位于从长安去往洛阳的官道之上，至元和年间，此地还建有粮仓、设置市镇，将东南来的大量粮食货物转运到长安去。此地山环水绕，又处要冲，吸引了不少显贵和文士驻足吟咏，皇家也不例外——隋唐在此建有行宫连昌宫。连昌宫周边，还有大面积的园林，这些都是李贺生活和游历的地方。从他客游四海和回乡闲居的诗文中，可知昌谷生活的田园风光：

---

① 出自唐李商隐《李贺小传》。

土甑封茶叶，山杯锁竹根。

不知船上月，谁棹满溪云。

——《始为奉礼忆昌谷山居》节选

在家的日子里，李贺还会到山涧边钓鱼：

溪汀眠鹭梦征鸿，轻涟不语细游溶。

层岫回岑复叠龙，苦篁对客吟歌筒。

——《溪晚凉》节选

到幽谷中徒步：

长峦谷口倚嵇家，白昼千峰老翠华。

自履藤鞋收石蜜，手牵苔絮长莼花。

——《南园十三首（其十一）》

据说，其家之北，当有竹林；其家之南，当有园林。有热心李贺故事的家乡父老认为，连昌宫的遗迹边有一片竹林，此地也被称作“南园”，在其间平旷的土地上，应当是李贺生息、成长的屋舍。但苏门四学士之一的张耒早已探访过李贺的故宅，那是一处朴素的山舍。在山环水绕、幽静宜人的昌谷，李贺自小与自然亲密接触，在天地间自由生长。与都市中人不同，山居的那些日子里，望着朝霞暮云、旭日皓月，对着故殿荒庙，李贺的想象如奔马般恣意驰骋，也在潜意识中陶铸其不羁、瑰丽的诗风。日后，这里能走出一位身心豁达、胸怀凌云之志的天才，也就不足为奇了。张耒游过此地，也不无感叹地说道：独爱诗篇超物象，只应山水与精神。

在这段居家读书的少年时日里，李贺常常会骑着毛驴，挎上一个破锦囊，带着父亲从四川带回的小仆（巴童），早出晚归，搜索枯肠，吟咏诗句。流连山水之间，李贺每每忘情。李贺身体不是很好，十六七岁上，头发已经斑白。“终军未乘传，颜子鬓先老！”还没有到弱冠年纪，风华正茂的李贺在昼夜思索中，竟显老态。母亲郑氏看到儿子在作诗上这样下功夫，不禁叹道：“是儿要当呕出心乃已尔。”

生命不止，歌诗不止。

二

不远的长安，大唐天子的生命即将走到终点。贞元二十一年（805年），李贺十六岁，当他在昌谷的山居守岁、庆祝新年时，唐德宗李适却因为太子李诵的缺席而感伤不已。李诵于去年秋末突然中风，口不能言；尽管对舒王李谊有所偏爱，但李适心里对这个强健、稳重的太子，一直寄予厚望，不想老来遇此大祸，心中难免抑郁。至新春佳节，更是触景生情，悲不自胜，当着王公大臣的面泣涕涟涟。二十余日后，德宗崩逝，有诏皇太子继位。然而此时，皇太子仍然缠绵病榻。有的臣僚议论，认为皇太子身体日薄西山，天下的正统应当归于舒王李谊。

李诵虽然身患重病，但还没有病到失去意识的地步；朝中也有大臣力保李诵登基为帝。很快，李诵就强拖病体，出现在大家的面前。李诵于二十六日登基，但很快又回到了病榻上，身体一日不如一日。本来，李诵做太子时，身边有王叔文、王伾等心腹，二王对朝政常发表自己的看法，还积极结交韦执谊、刘禹锡、柳宗元等名士，希望将来李诵登基，能有一番经国济世的大作为。李诵登基后，确实也给王叔文、王伾以执掌权柄的机会，刘禹锡、柳宗元等也进入机要。然而，一方面李诵气息奄奄，朝不保夕；另一方面，二王、刘、柳如同暴发户一般立足朝堂，又大刀阔斧施展政治抱负，很快就被推向了整个朝廷的对立面。

当年三月，宦官和大臣要求赶紧立太子，于是广陵王李淳，便改名为纯，入主东宫。事实上，这也符合在皇帝病重时稳定朝局的需要，但对于二王大刀阔斧、自成一派的改革行动，无疑是个警告。尽管如此，二王还是想继续推行他们的政策，他们自信地依赖于宰相韦执谊，认为还有一展宏图的机会。很快，二王和朝廷内外各方面势力都产生了裂痕，在与剑南西川节度使韦皋决裂后，形势急转直下。

韦皋和王叔文交往，本来是为了求剑南东川等地的节钺。遭拒后，韦皋无意再和王叔文接触，他迅速把目光投到了皇太子身上。七月，利益相关者宦官俱文珍等人，借着韦皋等节度使上表建议太子监国的时机，以李诵之名下诏，要皇太子主持国事。八月，这些人又一手操办李诵因病退位的大戏——此时李诵早已口不能言，遇到大事只能点头了——李纯登基称帝，是为唐宪宗。而此时，二王、刘、柳等人，如秋风扫落叶一般，被赶出了长安，王叔文于次年被杀。李诵于次年正月去世，当年改元元和。

元和元年（806 年），长安风云初定。据考，在这年，李贺创作了很多江南题材的诗歌。这些诗歌温婉动人，笔调细腻，有人怀疑李贺莫不是在这时亲临江南。然而，这一年江南一带瘟疫流行，各大都市都在设道场祈求瘟疫好转，李贺本就体弱多病，此时远游，恐怕不妥。其实，这一系列关于江南的诗歌创作，都是李贺在平日积累的基础上，放飞想象，挥洒情感所作。

就在这一年，年轻的诗人收获了一段婚姻。李贺的资料太少太少，诗歌也散毁严重，以至于我们只能从他所用的典故和诗的主题中，推测他的生活事迹。当然，这些事迹，历代人多有考证，已成共识。诗人曾作《咏怀二首》，描述青春烂漫的爱情：

长卿怀茂陵，绿草垂石井。
弹琴看文君，春风吹鬓影。

——《咏怀二首·长卿怀茂陵》

诗人以司马相如自比，视妻子为绝代佳人卓文君。虽然不能再窥见其风采，但诗人的情感是真挚的。后来诗人举进士受挫，从长安返回昌谷，离开长安，心中悲泣，想到家中的妻子，不由叹息：

入乡试万里，无印自堪悲。

卿卿忍相问，镜中双泪姿。

——《出城》节选

尽管情深意厚，但妻子大概也身体不佳。“犬书曾去洛，鹤病悔游秦”，在李贺四处奔走、寻求前程时，妻子可能就因病亡故了。多年以后，李贺再写《后园凿井歌》，以悼念亡妻：

井上辘轳床上转。水声繁，弦声浅。情若何，荀奉倩。

城头日，长向城头住。一日作千年，不须流下去。

这首诗看着难解，其实是在说，两人的时光能悠缓安稳地度过，这是李贺的真情表白，希望爱情永驻。这首诗用了一个隐晦的典故：荀奉倩。这是说，魏朝荀灿的妻子早亡，二人平日夫妻情深，荀灿悲痛不已，竟也跟着下世。

但此时，李贺双亲俱在，家中又有妻室，读书之余，时常到洛阳游历，生活还是比较惬意的。在东都，他带着诗文去见了已小有名气的韩愈。

韩愈早已听说过李贺的大名，可据说一开始，韩愈还在午睡，不愿见客，让人打发李贺离开。仆从说门外是李贺求见，已经带来了诗文。韩愈心想，这个李贺颇有些幼年苦学的名声，如今态度如此恳切，不看也不好。韩愈勉强打开诗卷，可一看便被李贺的才华折服，赶紧让人请他进来。据说诗卷中第一首便是《雁门太守行》：

黑云压城城欲摧，甲光向日金鳞开。
角声满天秋色里，塞上燕脂凝夜紫。
半卷红旗临易水，霜重鼓寒声不起。
报君黄金台上意，提携玉龙为君死。

彼时李贺未曾到过雁门，但他的想象和文采，竟将边地将士苦战奇袭的雄姿陈于眼前。用韵、立意、描绘，无一不动人。韩愈读罢，赶紧让人把李贺请进来，与之交谈甚欢。自此，韩愈于李贺，亦师亦友，终身未断往来。

元和天子、宪宗皇帝李纯，正是而立之年，英姿勃发。他颇想如太宗、玄宗那样，有一番作为，实现唐朝的中兴，这是代宗、德宗的夙愿。而要实现中兴，最大的阻碍便是藩镇。藩镇不好对付，乃祖乃父也是颇费一番苦心，才积攒了本钱，驯服了部分藩镇，但仍留下成德、魏博等刺头。宪宗经历过德宗初年朱泚等人的变乱，也见识过贞元年间这些军阀的飞扬跋扈。他没有急于一时，而是有选择、有步骤地展开削藩事业。

永贞元年（805 年），韦皋暴死，其心腹刘辟向朝廷求节钺，希望成为新的节度使。宪宗考虑到自己刚刚登基，情况还不太明朗，便暂时接受刘辟自立之举，任其为节度副使。作为一个无知文人，刘辟天真地认为这是朝廷在示弱，他继续韦皋的方针，公然要求成为剑南道节度使，割据蜀中。韦皋是功冠当朝、治蜀多年的老臣，可你刘辟是个什么东西呢？朝廷断然拒绝。刘辟见状，当即出兵攻打剑南东川，还取得了暂时的胜利。朝廷不是吃素的，何况休养生息了二十年，朝廷暂时制伏不了河北，还收拾不了刘辟吗？元和元年（806年）正月，宪宗命高崇文、严砺等南讨刘辟。

除了攻下过梓州（剑南东川节度使所在地），刘辟连连战败，高严高歌猛进，这一路上，除开蜀中地势所限，基本没有什么难打的仗。九月二十一日，高崇文攻克成都，收复蜀中。刘辟慌不择路，打算西逃吐蕃，被唐兵追上，送到长安，诛灭九族。

剑南道有剑阁天险，又有蜀中富庶，自玄宗入蜀以来，有野心作乱割据者比比皆是，有时朝廷也无可奈何。但今时今日，朝廷扫荡刘辟如风卷残云，轻轻松松就杀了此贼，着实让那些拥兵自重的老军头吃了一惊。朝廷的天威，看来不是假的。当然，刘辟本人实力不足，只是个无知幕僚。但接下来平定李锜，就更显朝廷的刚猛决断。李锜，其实是李唐王朝自家人，他是李渊祖父李虎的后代，乃父李国贞一度节度河中，不幸死于军乱。李锜便凭着门荫，逐步当上高官。德宗朝，李锜任浙西观察使、盐铁转运使。安史之乱后，朝廷财政吃紧，颇倚仗东南等地的盐铁税收，而东南等地又是出产、转运粮食的重镇。李锜有些聚敛搜刮的本事，在此为官，受到朝廷的倚仗。年深日久，李锜甚至开始养士募兵，在东南各州安排心腹做镇将，监视朝廷委派的刺史。李锜的野心引起朝廷的警惕，朝廷便免去了他的盐铁职位，转任镇海节度使，这大大触动了李锜的“奶酪”，他开始摩拳擦掌，打算和朝廷好好“谈谈”。元和元年末，刘辟兵败伏诛，李锜身在东南，图谋割据，成为朝廷当前的心腹大患。宰相李吉甫认为，李锜必反，宪宗诏其入朝，试探他的态度，李锜称病不来。朝廷召开御前会议，大家认为，李锜动兵只是时间问题，朝廷应该早做准备。

元和二年（807年）十月，李锜起兵，要求安插在常、苏、杭、湖、睦五州的心腹，杀掉刺史响应自己。但这些刺史个个都明白李锜的野心，纷纷下手，杀掉李锜的心腹，脱离其控制。同时，宪宗安排淮南节度使王锷率领周边军镇的军队围攻李锜，李锜区区私兵，哪里是朝廷的对手？他的外甥和心腹看大势已去，纷纷打起了小算盘。外甥裴行立掉转船头，投靠官军，后来平步青云；而李锜的心腹张子良，也按兵不动，转回帐中。元和二年十一月，李锜兵败，被送往长安处死。短短两年间，唐宪宗西平蜀、东克吴，屡战屡胜，朝廷声威大震。这些胜利也算是敲山震虎，让河北藩镇明白，朝廷不是好惹的。而在大家看来，唐朝中兴之日不远。

在这样的胜利气氛中，李贺创作了《白门前》一诗。据说，李贺本是沿用乐府旧题《上之回》，但《上之回》说的是天子亲自出师凯旋，而诗文写的是将士远征的内容，不甚切题，就改为《白门前》。① 为何是《白门前》呢？三国时骁勇反复的吕布，不就是被曹操围困下邳，最后斩杀于白门楼吗？这也正和时局相契。

白门前，大楼喜。

悬虹云，挞龙尾。

剑匣破，舞蛟龙。

---

① 有的版本诗名作《上之回》。

蚩尤死，鼓龙蓬。

天齐庆，雷堕地。

无惊飞，海千里。

“白门前，大楼喜。”收到捷报，人人欣喜，以至于高高的城楼都跟着笑逐颜开。城楼哪里会高兴，分明是人带着一双喜悦的眼睛，看什么都神采飞扬了。“天齐庆，雷堕地。无惊飞，海千里。”人人欢欣鼓舞，喊声如雷，四海没有军报，太平无事。李贺的描写并不生涩，但是绝对奇幻。可因为时事如此，所以这些奇幻并不空虚造作，而是字字在理。

三

国家大幸，诗人有诗。但诗人自己家中，却遭遇不幸。元和二年（807 年），李贺的父亲李晋肃去世，家里失去了为官的依靠，生活紧张起来。唐代，为官之家可免租税劳役，李晋肃一走，这些压力陡然而至。大约在此时，李贺送别好友韦仁实，大概这位老兄也是入京考试的。他喝了几杯酒，想到近来的生活境况，说道：

我在山上舍，一亩蒿硗田。

夜雨叫租吏，春声暗交关。

——《送韦仁实兄弟入关》节选

李贺明白，待父丧一过，自己也得去应举求官、供职谋生，但目前还得守在昌谷山居，韦仁实兄弟明日就要去长安了，可自己什么时候才能不因税吏的大呼小叫而焦虑呢？暂时似乎无解。

元和四年（809年），父丧将满，李贺离开昌谷，去洛阳游历。当然，洛阳并不是很远。这一年，韩愈请调洛阳，正在此供职，而韩愈的好门生皇甫湜也来到洛阳与韩愈交游。韩愈已与李贺相识，而皇甫湜可能只知其名。正巧，三人都在洛阳，韩愈便带上皇甫湜，去拜访李贺。

不知为何《唐摭言》把这个故事放在李贺七岁的时候，可李贺七岁时，这些人压根聚不到一起。这场聚会，应当是发生在元和四年的。聚会中，可能是皇甫湜想试一试李贺的诗才，便要李贺以聚会为内容，赋诗一首。李贺文思泉涌，援笔立就《高轩过》一篇：

华裾织翠青如葱，金环压辔摇玲珑。
马蹄隐耳声隆隆，入门下马气如虹。
云是东京才子，文章巨公。
二十八宿罗心胸，九精耿耿贯当中。
殿前作赋声摩空，笔补造化天无功。
庞眉书客感秋蓬，谁知死草生华风。
我今垂翅附冥鸿，他日不羞蛇作龙。

皇甫湜为人狂狷，文章也做得一流，但我相信，当他看到李贺的诗文，内心也是赞叹不已的。一场聚会写得如风云相见、龙虎碰面。自己面前这个二十岁的年轻人是何等的气势磅礴！仿佛自己也被他说得星宿在胸、笔补苍天了。李贺也并不是“转文”，仍是以一个后生的姿态向二公请教，希望得到提携。“庞眉书客”说的正是李贺自己。李贺不仅诗奇，长得也奇，据说他的眉毛是相连的，指甲也比一般人长不少。皇甫湜感叹：这样的人生在此时，我怎么能不和他认识、交往呢？二人自此也交情颇笃。

转年，李贺服丧期满，韩愈力劝李贺赴长安参加进士举，不过，还要先去洛阳参加选拔。唐制，应举之人秋末参加府州的乡贡选，考中则于冬天去往长安。河南府的考试，对于李贺来说当然不在话下。春天，二十一岁的李贺写下《浩歌》，心中满怀对未来的憧憬：看见秋眉换新绿，二十男儿那刺促。

男儿满心壮志，将前途寄托在自己的努力争取之上。但事与愿违。当年冬天，李贺入长安准备考试，有韩愈等人的推荐，少年志在必得。他未曾想到的是，名声不仅招来了赞许，还引来了流言。京中有嫉妒其才华的人说，李贺的父亲名“晋肃”，晋与进士之进同音，李贺不懂避讳，贸然参加进士考试，于父大不敬。这样的流言越传越凶，连皇甫湜都听说了，他赶忙联系韩愈，认为再这样传下去，对李贺考进士非常不利。韩愈大笔一挥，写下《讳辩》一文，同那些别有用心者对质，文章言辞激烈地写道：

> 父名“晋肃”，子不得举进士；若父名“仁”，子不得为人乎……唯宦官宫妾，乃不敢言“谕”及“机”。

尽管韩愈认为他们的说法荒诞不经，但没办法，流言已经传到了考官的耳朵里，这对李贺的考试是相当不利的。李贺大概在长安听说了此事，心灰意冷，便告别科场。有人说这些流言是元稹捏造的，元稹求见李贺不成，怀恨在心。这完全是对元稹的污蔑了。李贺一路东行，非常难过，他写下《开愁歌》，文中直言内心苦闷：

我当二十不得意，一心愁谢如枯兰。

李贺回到家乡，看着破败的家，想着凶险的人世，心中苦闷不已，本打算春风得意而归，现在只能独立寒风之中了。父亲虽然不在，可身边还有当年父亲带来的家仆巴童。巴童一路跟着自己，了解自己的才华，也清楚自己的苦涩。他信笔涂鸦，给巴童写了一首诗，感谢他的陪伴：

虫响灯光薄，
宵寒药气浓。
君怜垂翅客，
辛苦尚相从。

——《昌谷读书示巴童》

李贺自小体弱多病，赖巴童一路照顾。今天狼狈至此，仍有巴童陪伴，可谓相交至深。巴童想来是懂李贺的心思，但不会诗，只能言语上宽慰李贺。李贺将其言改写成诗，文字简明，情谊深切：

巨鼻宜山褐，

庞眉入苦吟。

非君唱乐府，

谁识怨秋深？

——《巴童答》

巨鼻庞眉，是最亲切的人对李贺奇相的感受。如今李贺失意，但肉眼可见的才华，一定有为人赏识的那天。

四

举进士不成，但出路还是有的。李贺父亲官至六品，按唐制有做荫子的机会。更何况，李贺是唐朝的远支宗室，算得上王孙，要通过推荐、考试获得门荫，应当是手到擒来。甚至有人劝他，可以直接上书皇帝，以宗室的身份，求帝王开恩，赐下官职。李贺不过二十岁出头，尽管受人中伤，也非完全丧气，他仍然挺着胸脯、昂着头，期待着凭自己的本事，出人头地。

我有迷魂招不得，雄鸡一声天下白。

少年心事当拏云，谁念幽寒坐呜呃。

——《致酒行》节选

在他的心里，像主父偃、马周这样困顿半生的壮士，最后都能被赏识，获得大用的机会，目前自己暂困黑暗、游走不前，但总有光明等着自己。二十岁的人，就要有二十岁的胆气。想到这里，李贺站起身，揣着一身奇思妙想，大步向前走去，绝不浪费青春。

元和六年（811 年）的初夏，李贺被授奉礼郎之职，官位极卑，但总归是一份工作。

在崇义坊，李贺有一个气质颇为相投的邻居，巧的是，这个邻居不仅姓李，也是李唐的子孙，早年在长安犯了事，便到北方谋生，李贺叫他“朔客”，我们不如叫他老李。老李也喜欢作诗，但诗名不响。有一天，老李典了不要的衣服、买了酒，来找李贺畅饮。老李喝得高兴，对李贺说：“李长吉，你写七言写得不错，五言，不行！你写五言，就是胡闹，比陶渊明、谢灵运差远了！”

李贺听了这话，借着酒兴，指着老李家善吹觱篥的家仆，要求写一首五言诗。

老李一听，这敢情好，赶紧让人取来纸笔。李贺酒酣耳热，又成一篇名作：

今夕岁华落，令人惜平生。
心事如波涛，中坐时时惊。
朔客骑白马，剑弝悬兰缨。
俊健如生猱，肯拾蓬中萤。

——《申胡子觱篥歌》节选

“朔客骑白马，剑弝悬兰缨。”老李听到这里，似乎想起了纵马燕云、仗剑天涯的日子，连连击节称好。老李的家仆申胡子也就着李贺的诗歌吹奏起来，旁边的人扯着嗓子，跟着醉唱。老李请出家中的歌姬花娘，让花娘给大家助助场面。满座宾客，那一日无不尽兴，就连李贺也忍不住，让花娘多唱几曲，好叫老李高兴高兴——今儿可是老李的生日。

李贺和老李，在失意的城市里，难得有这种得意的日子。但在得意的时候，李贺目之所及，也是老李挂冠归隐、英雄迟暮的样子，用一腔快意浇胸中惆怅，老李和小李，是可以相通的。

可大部分日子，就没有这样惬意了。有一天，他在崇义坊的家中经历了一场长安秋雨，昏沉冥暗的天光云色，像极了自己的前程与心境，他不由大哭一场。李贺毕竟是个年轻人，心里的苦和身上的疲惫，都会流淌到文字里。相比有家庭重担的中年人来讲，李贺在梦里看到的家，还是老母在堂、小弟奉养的和乐场面。相比之下，自己在崇义坊的家，只是几间房子而已。为官三年，除了按常领工资外，李贺看不到什么起色，勉强拖着孱弱的身子，继续在长安做事。相比起蒸蒸日上、欲收山河的中兴气象来说，李贺所从事的排班、赞礼之事，不仅乏味，而且微不足道。奉礼郎从九品上，官卑位轻。忙于无聊的祭祀活动，仰人鼻息，对于一个自由的灵魂来说，实在是过于折磨了。李贺在长安，能感受到的大多是枯燥和消沉，自己二十年的学问见识，似乎还不如祭祀排位时礼唱声嘹亮与否重要。

李贺向好友陈商送去一首长诗，诗中第一句便如雷震耳：

长安有男儿，二十心已朽。

楞伽堆案前，楚辞系肘后。

人生有穷拙，日暮聊饮酒。

只今道已塞，何必须白首？

——《赠陈商》

李贺到底是李贺，胸中所有的牢骚，都似乎要比别人多上一千一万倍，对现实的失望，往往也到达极致。李贺经常把自己比作一把古剑，经历历史的沉淀，却不曾有过一试锋芒的机会。但说到底，李贺还是渴求这样的机会，在二十岁大喊自己心如死灰的人，第二天到底还是要收拾行囊，继续出发的。

元和八年（813年），李贺身体不适，回家休息。他有幸在长安交到了杨又新、李汉这样的朋友，挨个儿写诗作别。有趣的是，这些朋友后来的际遇，大多在李贺之上。李贺回乡养病，心情稍有舒缓，但从这一年开始，李贺的身体着实一年不如一年。李贺送别小弟南下投靠亲友，回忆起三年长安之旅，开始做辞官的打算。一旦辞官，自己又得觅个下家，心绪颇为焦虑。他到洛阳去，又碰上了老朋友皇甫湜，发现皇甫湜和自己差不多地背时倒灶，不久还要到外地做小官。落魄才子，失意官僚，聚在一起，互相可怜。不久，李贺一番踌躇，还是告别了皇甫湜，西返长安，他下定决心，回去就辞职。

衰兰送客咸阳道，天若有情天亦老。

携盘独出月荒凉，渭城已远波声小。

——《金铜仙人辞汉歌》节选

五

元和九年（814 年）初，李贺辞职，迅速离开长安。他好像一个唐代“北漂”，在长安跌跌撞撞了快五年，付出一片热情，终究无果而终。“天若有情天亦老”，李贺的情感依旧是充沛的，只是对于这颗敏感的心来说，现实的冬天过于漫长了。回归昌谷，李贺盘算时事，打算继续谋个机会。前一年，支持削藩的武元衡成为宰相，国家又要积极对河北藩镇用兵，在周围也有一批由朝廷控制的强藩，他们作为削藩前线，也在广招人才。李贺想了想，干脆北上寻找机会。他决定到潞州落脚，这里是昭义节度使郗士美的本营。而老友张彻，刚好也去了郗士美的幕下。投奔此处，多半能寻到差事。

李贺带着一腔热情和想象上路，双眼所见和心中所想大都以绣口吐为长诗。有的是在调笑心气不老的忘年交，有的是在暗讽沉迷宴饮的大臣。种种迹象表明，李贺对于潞州的旅行和工作充满信心。刚到潞州，他与同为新人的张彻，通宵聚会、饮酒作诗。他说，自己是一个在长安待久了的颓废青年，但来到潞州的酒宴上，还是很有一番意气想要挥洒的。一夜欢聚每每到东方既白之时才散场。

此马非凡马，房星本是星。

向前敲瘦骨，犹自带铜声。

——《马诗二十三首》其四

李贺在潞州等了快一年，仍然只是寄人篱下、办理文书，哪有人来敲敲李贺的身子，让他抖搂抖搂不凡的才华呢？在潞州，闲散的李贺每每依托梦境，挥洒自己的想象力，而后炼成诗歌。古人评价李贺，说李贺诗写到这里，已经进入云谲波诡的神鬼境界。可李贺哪里是云谲波诡，分明把自己的一片赤忱架在云上，而后热情地俯瞰世间，每一篇都像是穿越暗夜，终究要走向黎明。所以他一登顶，就会看到“变更千年如走马”的世事，而不拘泥在诽谤、中伤和坎坷里。

这一年，吴元济反叛朝廷的声势越来越大，成德王承宗、淄青李师道，也开始加入他的阵营，甚至把战火烧到了东都洛阳外，挑衅地焚毁了仓库积粮，扬长而去。更令人震惊的是，他们在长安公然行凶，杀害了主战的宰相武元衡，重伤大臣裴度。不仅如此，从洛阳到长安，这些跋扈的节度使，还制造了一系列恐怖活动。唐宪宗震怒，继续扩大出兵规模，讨伐吴元济、王承宗、李师道——可惜当年出兵未果。

局势动荡如此，如果李贺能等，可能仍有机会。但李贺的身体已经等不起了。元和十一年（816年）秋天，李贺离开潞州，返回昌谷。他或许意识到自己时日无多，便在此时抓紧整理自己的旧作。在病中，李贺仍然觉得还有机会：“男儿屈穷心不穷，枯荣不等嗔天公。”

男儿当然不必等待天公安排命运，男儿才二十多岁，有的是无限的可能——可是天公会安排生命，也会在你踌躇满志、神采飞扬的时候，无情地按下休止符。当年年末，李贺去世，身边只有老母陪伴。

他去世前，非常担心自己的作品不能流传，郑重托付给好友沈述师，他生怕自己这一死，只有鬼才会知晓他的心事了。

尾声

在李商隐那里，李贺的死亡有一个更为传奇的版本：李贺垂死时看到一个仙人拿着自己不懂的文字来召唤自己。李贺赶紧起身叩头，说母亲老病，求求仙人放过自己，让自己再多陪母亲几年。仙人微笑但冷漠地说："天上建成白玉楼，缺一篇优质文案，你这一去，就是享受生活的，不用受人间的痛苦了！"

俗人饭后闲谈，都羡慕李贺登仙，但要二十七岁的年轻人弃世而去，他还没有习惯割断这瑰丽奇幻的万丈红尘，更不忍心抛下老母一人茕茕孑立。仙境鬼域太冷，临别时，唯有人间最温存。

杜牧听完沈述师的叙说，思索片刻，还是提笔为序。尽管他也拿不准，到底怎样描述这个年轻人才准确。在他的脑海里，李贺一拿起笔，世界都变得云谲波诡、流光溢彩：

> 贺，唐皇诸孙，字长吉。元和中，韩吏部亦颇道其歌诗。云烟绵联，不足为其态也；水之迢迢，不足为其情也；春之盎盎，不足为其和也；秋之明洁，不足为其格也；风樯阵马，不

足为其勇也；瓦棺篆鼎，不足为其古也；时花美女，不足为其色也；荒国陊殿，梗莽丘垄，不足为其怨恨悲愁也；鲸呿鳌掷，牛鬼蛇神，不足为其虚荒诞幻也。盖《骚》之苗裔，理虽不及，辞或过之。《骚》有感怨刺怼，言及君臣理乱，时有以激发人意。乃贺所为，得无有是？贺能探寻前事，所以深叹恨古今未尝经道者，如《金铜仙人辞汉歌》、补梁庾肩吾《宫体谣》。求取情状，离绝远去笔墨畦径间，亦殊不能知之。贺生二十七年死矣！世皆曰："使贺且未死，少加以理，奴仆命《骚》可也。"贺死后凡十有五年，京兆杜牧为其叙。①

① 出自唐杜牧《李贺集序》。

温庭筠

总有人命中注定要流浪

引子

“你给我滚！”

“滚就滚！你这狼心狗肺的家伙！”

“你骂谁狼心狗肺？你这个不肖的后生，孟浪的蠢辈，吃我的，用我的，好啊，还逛起了——”只见一个中年男子，全不顾仪态，朝着一个年轻后生挥舞竹鞭，边打边骂，“我让你逛青楼！让你败家！”

“你！什么名相之后，钟鼎之家，我揍不死你这生事的蠢材！”男子又狠狠笞责了这个后生几下，后生轻轻一躲，男子往前扑了个空，打了个趔趄，多亏身边家奴搀着，才没有摔倒。趁着这个空当，年轻人赶紧拉着自己的仆人，溜了。

气急败坏的中年人是河阴盐铁院的副长官姚勖，而和他对垒的后生，是宰相温彦博的裔孙温岐。这不是他常用的名字，他更为人知的名字是——温庭筠。

一

姚勖打他不是手闲，而是因为温庭筠把他给的钱都拿去鬼混了。温庭筠早年丧父，像个野孩子一样四处为家。姚勖是温庭筠的姐夫，本来很欣赏温庭筠的才华，将他接到江淮，好生供养。这时两人交恶，温庭筠自然没有好果子吃。除了揍，恨铁不成钢的姚勖还把温庭筠的这些行径传到了长安。还没有见温庭筠的面，长安人人都知道，温庭筠行为不检、举止放荡。温庭筠大概在长安吃了几次闭门羹后，才意识到是姐夫在背后“捣鬼”。他面见宰相裴休，可怜巴巴地说：“我当时在淮南游历，不知怎么，就把人得罪了，落得一身坏名声。请明公明察。”

明察的结果，就是开成二年（837 年），温庭筠科举落榜。温庭筠天性风流，倒也不是不明事理，长安那么大，还是收敛收敛。为了转转运，他干脆把名字从温岐改成温庭筠。老天很快就给了改了名字的温庭筠一个机会。

那时，在位的文宗立爱子李永为太子，对这个小朋友充满了期望，在人生的起跑线，就要为他提供最好的教育。小朋友身边已经有一批当朝名士，还缺几个舞文弄墨、能诗擅赋的人。不知道是哪一位公卿举荐，正在长安逗留的温庭筠被邀请进了东宫，陪太子学诗。陪伴储君，是莫大的荣耀。如果这个小孩长命百岁，可能又是一位英武的君主，温庭筠也就不会为前程发愁。然而，宫廷的阴谋超乎温庭筠的认知。东宫储君是众人眼红和嫉妒的对象。很快，人们开始诽谤他，说他早上不起、晚上不睡，为人怠慢、天资平庸。文宗总是听杨妃在枕边吹风，久而久之，竟然对这个太子产生了厌恶。文宗下令，把这个小朋友送进少阳院“看管”起来，让他反思反思。侍候的宦官和杨妃在一条战线上，随时在琢磨着针对太子的阴谋。

温庭筠以为事情到此已经结束了，便离开东宫，潜心准备当年的科举考试。开成四年（839 年），温庭筠运气不错，在解试名额紧张的京兆府，一举夺得第二。京兆府堪称进士的摇篮，如此高的名次，中个进士岂不是易如反掌？众人如是想，温庭筠自己也这么想。但老天给他一颗糖，就要给他一棒槌。

唐文宗一开始送太子去“反省”，只是觉得太子年幼，教育教育就好的。哪里知道宝贝儿子一送进去，就阴阳两隔。亲骨肉横死，文宗悲伤不已。唐文宗本就是窝囊皇帝，受尽了气，现在连家人都保护不了，心中越发抑郁。不久，长久的愤怒爆发了。

那日宫中为庆贺陈王李成美做了太子，特意举行宴会，还请来了不少杂耍艺人。文宗坐在御床上，看着满堂珍馐奇技，怎么也高兴不起来。此时，一个在高杆上玩杂耍的小朋友吸引了文宗的注意，小朋友在高杆之上如履平地，他的父亲却担心不已，围着杆角转圈圈，生怕孩子有什么闪失。文宗见状，悲从中来，叹息道：“我富有四海，贵为天子，却连一个孩子都保护不了！”宴罢，文宗难得痛下杀手，把诋毁过太子的人，统统送去见太子了。

太子身边的人，成了唐文宗重点打击的对象，也许这些人还会有生命危险，太子的旧人都很紧张。温庭筠侍从太子，也算是其中一员。可温庭筠心想，你自己听信谗言，酿成大错，怎么能归罪于这些无辜的属下呢？事已至此，多想无用，小命要紧。温庭筠考中进士之后，人人瞩目。他想，要是皇帝问起自己的履历，可就麻烦了。况且，自己早有“轻薄”的名声，要有人想借题发挥，他温庭筠有十个脑袋也不够砍。长安的春天明明生机勃勃，但温庭筠只看到一片杀机。他赶紧打报告，说自己身体不适，不参加考试了。

开成五年（840 年），唐文宗愤愤而终。京兆府进士热门人选温庭筠因病未能参加考试，他眼睁睁看着朋友苗绅、袁郊进士高中。温庭筠心里酸酸的，他特意给苗绅送了一首诗：

几年辛苦与君同，得丧悲欢尽是空。
犹喜故人先折桂，自怜羁客尚飘蓬。
三春月照千山道，十日花开一夜风。
知有杏园无路入，马前惆怅满枝红。

——《春日将欲东归寄新及第苗绅先辈》

故人中举成名，自己飘零无着，不是自己无能，是猜不透主宰命运的天意和人心。温庭筠有些失望，他打算收拾行装，到江南去找找机会。路上，他看到了李永的新坟。一梦两断，温庭筠看着坟上如茵的春草，摇摇头，挥手别过。

二

人生也不是没有舒心坦荡的日子，接下来的六年里，国家太平无事，温庭筠一边寻找着工作和出人头地的机会，一边在祖国各地游山玩水。尽管自称太原并州人，可那是祖先温大雅、温彦博等人的起家之地，父辈们却是在东南立身的。东南吴中是温庭筠成长的地方，也是他的旧乡。二十岁出头离家，走过了蜀中、陇右、关洛的山山水水，最令他魂牵梦萦的，还是吴越的水榭、宫苑和温柔的吴女。回东南吧，那里有家有田，可以安抚安抚在长安受惊的灵魂。

从长安出发，一路东行，至洛阳而南折，又由汴梁之间向扬州而去。

他听说，写“粒粒皆辛苦”的李绅正在扬州做节度使。温庭筠打算到他那里碰碰运气。刚到扬州，温庭筠就写了一封情感真挚的信，信中大谈李绅的好，为了表示亲近，温庭筠翻出了多年前和李绅见面的旧事——尽管李绅应当不太记得那个来访的小朋友了。信入使府，如石沉大海，杳无音讯。温庭筠不想再等，干脆返乡。

池塘白鹭翩翩飞起，柳下荷花随风摇摆，江南的生活是如此安逸，可以吹散长安的喧嚣，抚慰那颗敏感又受伤的心灵。难得的轻松时光过后，温庭筠还喜获一子。生活似乎翻开了新的一页，温庭筠也重新振作了精神，决定北返长安。温家产业不少，在长安郊外，还有一座庄园。既可住，又可耕，生活是有着落的。等抵达长安，已经是会昌三年（843 年）的夏末。

新的旅程开启，温庭筠决定观望一段时间。用这些时间了解时事，结交朋友，对于将来一定大有帮助。温庭筠的别墅在鄠县，不是特别豪华，但风景清幽、田园淡雅。驸马都尉杜悰的别墅也在附近，二人偶有往来。“泮水思芹味，琅琊得稻租。”如果你去拜访温庭筠，他大概是在溪边挖野菜，在小土丘上看人耕作，生活节奏很慢。

慢节奏的郊居生活掩盖不了鱼跃龙门的心。会昌一朝，君主贤明，大臣忠良，朝廷上下气象一新，国势颇有起色。温庭筠觉得，这种时候正应报效国家。然而，此时李德裕当政，自己的姐夫姚勖又是李德裕的好朋友。温庭筠那些绯闻，宰相早已知道了吧。哪里敢去参加什么科举考试？就自己这个品行，一定会被首先刷掉。温庭筠只好蛰伏起来。当皇帝游猎的车驾路过鄠县时，他只能待在别墅里想象明君的风采，与机会擦肩而过。

唐武宗虽然英明，但酷爱长生之术，不久因服食丹药太多，一命呜呼。长期装疯的皇叔李忱即位，改元大中。一朝天子一朝臣，科举考试又张罗了起来。温庭筠此时并不在长安，他到潭州去拜访裴休了。二人都是佛教爱好者，早在十多年前，就因名僧宗密结缘。裴休在湖南颇有政绩，前途一片光明，今后升官入朝，也许能拉温庭筠一把。正与老友游宴时，温庭筠接到朝廷组织科举的消息，非常振奋。赶忙告别老朋友，转身就往长安赶。昔年的京兆第二，今天要扬眉吐气了！

唐人在科举时，喜欢投谒、行卷，写一篇天花乱坠的文章，附上曾经的作品，投送朝中显贵，希望当朝有识之士在科举中多多提携。温庭筠深谙这一社会规则，回长安第一件事，就是向主持考试的礼部侍郎封敖投信。封敖早已知道温庭筠的文名，温庭筠心想，这还不是锦上添花的事情吗？没想到，封敖选拔了不少当时的名士，可名士之中，偏偏就没有温庭筠。

温庭筠没有灰心，大中四年（850年），又是一次科举，而这一次的负责人，正是老友裴休。遗憾的是，看似天时地利人和，榜上却没有温庭筠的大名。温庭筠有些失望，几年以后，他给裴休写信，信中对此颇为疑惑不解："既而哲匠司文，至公当柄。犹困龙门之浪，不逢莺谷之春。”

温庭筠感到疑惑，但仍然坚持考试。大中七年（853年）春，温庭筠又迎来一次考试机会，他从前一年就开始用心准备。他先是给裴休、封敖、杜牧等人写信、献文章，希望这些新老朋友、文坛前辈多多帮衬自己。杜牧是文坛领袖，辞藻大家，自不必说；而老朋友裴休，本人文采奕世，前次执掌选举，如今官拜宰相，更是能左右局势的人。温庭筠接连上书两封，一封希望能获得裴休的再度举荐，另一封则大吐这些年来的苦水："直视孤危，横相陵阻，绝飞驰之路，塞饮啄之涂。射血有冤，叫天无路……"叫天无路，那就继续叫吧。天门不开，也并不是有人作梗，多少还是和温庭筠自己的行迹有关。

三

长安是有记忆的，温庭筠不仅有一身文名，还有一屁股“臭名”。本朝宰相令狐绹说温庭筠“有才无行”，不适合做官。而朝廷高官多半也认为温庭筠生活作风不检点、名声太臭。温庭筠虽然知道要和谁搞好关系，但是放浪的灵魂和自傲的才华，却怎么也藏不住。他和裴度的次子裴诚、令狐绹的公子令狐滈关系确实不错。然而，这种确实不错的关系，多半是在平康坊的酒肆、歌场中“培养”出来的。特别是裴诚，大家公子，酷爱音乐、填词，与温庭筠“臭味相投”。二人每每以填出一首好词，得歌伎舞女传唱为乐。

那一日，倾倒江南的周德华来到长安，引起了公子王孙的注意。

其母刘采春，名噪一时，而周德华又能弹一手胜过刘采春的好琵琶。裴、温还有周，一起参加宴会。裴諴酒过三巡，在席上当即作《新添声杨柳枝》两首，手舞足蹈，好不欢喜：

思量大是恶姻缘，只得相看不相怜。
愿作琵琶槽那畔，得他长抱在胸前。

独房莲子没人看，偷折莲时命也拌。
若有所由来借问，但道偷莲是下官。

两首诗写得非常俗气，裴諴觊觎周德华的才色，只想做她怀中抱着的琵琶。为了得周德华一时回顾，甚至为官的体面也可以不要了。同是浪子，温庭筠觉得这可过于庸俗。他听完，当即摆摆手，红着脸，打着拍子，又作了两首。

一尺深红蒙曲尘，天生旧物不如新。
合欢桃核终堪恨，里许元来别有人。

井底点灯深烛伊，共郎长行莫围棋。
玲珑骰子安红豆，入骨相思知不知。

旧日的红裙如今已经沾惹了黄尘，是啊，衣不如新，人不如故，我肯定是没有那新人艳丽了。那桃核一分两半，看似紧紧依偎，但谁知道你的心里面，是不是早已有了别人。我要深深嘱咐你：我虽然不能和你同去，但心一直追着你。一片相思，深情如何？就是那安进骰子里的红豆，颗颗入骨，粒粒情深。温庭筠的词，意象精美，个个双关，情意深长。温词一出，满座士人歌女，都为其精巧的构思倾倒，连裴諴也举起杯子，大呼："我不如，我不如温十六。"

一阵喧哗中，温庭筠和裴諴都把目光转向了静抱琵琶的周德华，似乎在等她的评判。但德华只是笑了笑，拒绝唱二人的词。只说这词太艳丽、浮躁，有失裴郎中和温进士的体面。裴、温一时尴尬，才觉失礼。

大中年间，温庭筠常在长安，与宰相令狐绹的儿子令狐滈关系密切。一开始，令狐绹对这个才华横溢的年轻人印象还不错，但这个年轻人接二连三地嘴碎，让令狐绹很是不高兴。第一次是在令狐绹自己的酒宴上，四座都是宾客，只看见温庭筠晃晃悠悠地站起来，指着身为宰相的令狐绹说道："自从元老登庸后，天下诸胡悉带铃。"[①] 宾客和令狐绹的脸色，霎时全青了。

令狐绹在唐史上，虽然不是什么功绩显赫的宰相，但也是有才学的。李商隐后来常常过府，令狐绹也帮了他不少忙。可温庭筠偏偏要到处说令狐绹学识不够。令狐绹曾让他替自己填首小词，温庭筠转头就把替宰相代笔的事情广为宣传。宣传也就算了，他偏偏要说，令狐绹才华有限，不配当宰相，他憨头憨脑地坐在那个中书堂里，

---

① 出自唐温庭筠《戏令狐相》，讽刺令狐绹只要是姓"令狐"的就都来者不拒，尽力帮忙。当时有一个姓胡的人，听说与宰相同姓有好处，便在自己姓前加个"令"字，以"令胡"去冒充宰相令狐绹的本家人。

仿佛一个不识字的将军！

有些时候，温庭筠直接当着令狐绹的面说阴阳怪气的话。某一次，宣宗出了一个“金步摇”的上联，要求对下联。令狐绹当时没有什么好主意，回到家就让温庭筠献对。温庭筠当即就说：“玉条脱！”令狐绹回奏宣宗，宣宗觉得此对很妙，给了不少赏赐。令狐绹特意请教温庭筠背后的典故，温庭筠张嘴就说：“这是《华阳真经》的典故，不是什么冷僻学问，您工作忙是忙，也不要忘了读书啊。”听到这里，令狐绹气冲脑门，要不是顾及读书人的体面，兴许早就发作了。

不知为何，温庭筠居然“浪”到了科举场上。大中九年（855年），年过不惑的温庭筠参加制举。制举求才，本就不拘一格，温庭筠如按部就班地考，大概没有什么问题。然而，温庭筠居然替别人考——也不知是不是替令狐绹代写上了瘾。温庭筠本来就擅长写赋，遇上这次考试，更是手到擒来。一篇考试中的赋，有八个韵脚，他每叉一次手，就结一次韵脚，一连八次，文不加点，呼吸可就。一时间，考场里的人都仰仗温庭筠代写。后来京兆尹之子柳翰参加考试，干脆让温庭筠来替自己写文。

此种异能，确是天才，但在科场上，着实不是什么值得鼓励的行为。这一年，还有一次科举，沈询担任主考官，早已听说他不守规矩的事，特意安排他到自己跟前考试，以防“替考”。温庭筠写完试卷，不太坐得住，要求如厕。沈询心想，去厕所，总不会有什么代考的机会。等温庭筠回到考场，沈询无心一问：“这次又给多少人代笔了？”“也就几个吧。”温庭筠说得得意，沈询听着就来气。

温庭筠的失意和失望，同步达到了一个高峰。他后来听说，宣宗曾经向令狐绹询问过他的情况，令狐绹坚持向宣宗报告温庭筠有才无行。

后来，温庭筠不仅多了一个“温八叉”的诨名，长安城里还流传着一则奇谈：温庭筠出门游玩，在某地遇上一个打扮贵气的人，那人很礼貌地向温庭筠问候。温庭筠不以为然，问道：“您是一州的长史、司马？”那人摇摇头。

“您是参军？还是一县的县尉、主簿？”那人还是摇摇头。

据说，温庭筠就不再理会那人，那人看温庭筠一脸不屑，也只是微笑不语。温庭筠可不知道，此人就是微服私访的唐宣宗。

温庭筠的狂狷，令人哭笑不得。你说他有个性吧，但这个时候，温庭筠已过不惑之年；你说他不知道规矩吧，他也是长安名利场的“老人”，在“浪荡”二字上吃亏不少。天性难违，有人就是喜欢百分之九十九地忍，然后功亏一篑地“浪”。

四

温庭筠怎么也想不到，不是进士出身的自己，也有了一次“做官”的机会。大中十年（856年），权贵子弟科举舞弊之事败露，宣宗震怒，对涉事人等作出处理，“轻薄”的温庭筠也在此列。负责起草诏令的中书舍人裴坦想了很久，这个温庭筠，没有官职，怎么处理呢？贬谪？流放？不是太合适。

这时，身旁经验丰富的老书吏看出了裴坦的纠结，说：“您看，温庭筠是举子，在世人眼中，多少州县官儿都比不上一个进士。如今陛下的意思，是断了他想考进士的路，作为惩罚。所以，无官而被贬官，也是重惩啊。”裴坦恍然大悟，大笔一挥，将温庭筠贬为随县县尉。

“尔既德行无取，文章何以补焉”，温庭筠接到诏书，心情沮丧。但这也是自己捅出的娄子，只好收拾东西，灰溜溜离开长安。

对长安，温庭筠情深意厚。这里的烟花柳巷、才子佳人，早已是他生活的一部分。十一岁的鱼玄机早慧，他常与这个小女孩儿交流写诗的心得；他甚至和渤海国的王子也有不浅的交情。如今被贬天涯，心情跌落谷底。在旅途漂泊时，他想起同样无依无靠的李商隐，便寄去一首小诗，分享同一种哀愁：

一水悠悠隔渭城，渭城风物近柴荆。

寒蛩乍响催机杼，旅雁初来忆弟兄。

自为林泉牵晓梦，不关砧杵报秋声。

子虚何处堪消渴，试向文园问长卿。

——《秋日旅舍寄义山李侍御》

踏着驿道上的斜阳余晖，听着马铃的清响，温庭筠咎由自取，被迫来到南国。

老天爷经常打温庭筠一棒槌，又给他一颗糖吃。温庭筠流落湖北为县尉，而与他有旧知的大臣徐商，正在不远处的襄州担任山南东道节度使。温庭筠挂着县尉之职前往投奔，徐商爱其才华，辟为幕下巡官。

“襄阳好风日”①，温庭筠惊喜地发现，自己的弟弟温庭皓在襄阳，许多能诗能文的才子也在襄阳。故交段成式罢官后，也到了襄阳闲居。府主徐商欣赏自己的才华，又有好酒好肉好差事招待着，温庭筠心头的阴霾一扫而空，心思又扑到了“浪”字上。

山南东道是扼守关中平原南大门的重镇，又以襄阳为治所，从古至今，城市繁盛，文物众多，哪怕是重视文治的节度使，都会经常举行与武有关的盛事，温庭筠也参加过打球赛马的盛会：

> 齐马驰千驷，卢姬逞十三。
> 玳筵方喜睐，金勒自遂遭。
>
> ——《和周繇广阳公宴嘲段成式诗》节选

温庭筠不是来吃白饭的，使府交代的工作，该办还是要办。他也能从酒宴之中抽身，来到田间地头，看百姓耕作。百姓苦啊，可他们日夜辛苦，也无法丰衣足食，因为大部分收成，都要变成租税。这些，温庭筠都看在眼里，不过他除了写诗记录，什么也做不了。

在襄阳，也有不少迎来送往的时候。宦海浮沉，同事们也不知道下一刻将身在何处。一旦有人要走，便设宴一醉。温庭筠文才世人皆知，酒宴上，人们都期待着他有什么绮丽的大作。不过，他似

---

① 出自唐王维《汉江临泛》。

乎收回了那股子浪劲，情真意切地为友人送行：

荒戍落黄叶，浩然离故关。
高风汉阳渡，初日郢门山。
江上几人在，天涯孤棹还。
何当重相见？樽酒慰离颜。

——《送人东游》

他在这里，还收获了一段爱情。他特别喜欢一位名叫柔卿的歌女，可以说是爱得炽烈。他有一个疯狂的想法，就是要写一篇赋向她表白。这篇赋很是俗艳，但如果是孟浪狂狷的温庭筠写，并不违和。他想有变形的法术，最好是变成一双锦鞋，与柔卿姑娘永相随。老友段成式知道此赋，嘲笑他老不正经：知君欲作闲情赋，应愿将身作锦鞋。情感已经上了头，外界说什么，温庭筠不在乎，天性使然，他总是明知故犯，不曾真正在乎过。一篇艳赋便横空出世：

阑里花春，云边月新。耀粲织女之束足，燕婉嫦娥之结璘。碧繶缃钩，尾凤头。鞵称雅舞，履号远游。若乃金莲东昏之潘妃，宝屧临川之江姬。匍匐非寿陵之步，妖蛊实苎萝之施。罗袜红蕖之艳，丰趺皓锦之奇。凌波微步瞥陈王，既蹀躞而容与；花尘香迹逢石氏，倏窈窕而呈姿。擎箱回津，惊萧郎之始见；李文明练，恨汉后之未持。重为系曰：瑶池仙子董双成，夜明帘额悬曲琼。将上云而垂手，顾转盼而遗情。愿绸缪于芳趾，附周旋于绮楹。莫悲更衣床前弃，侧听东晞佩玉声。

——《锦鞋赋》

好一个“愿绸缪于芳趾，附周旋于绮楹”，不知柔卿姑娘见了，是否感受得到这种卑微而疯狂的情意。这个故事的结局是不错的，最后柔卿解除贱籍，嫁给温庭筠。而段成式特意嘱咐温庭筠，要好好给柔卿姑娘打扮打扮，不能委屈了这襄阳佳丽。

五

人间事，聚少别离多。在襄阳五年之后，徐商被征入朝中，不再任节度使，温庭筠只好另谋出路。几年的闲适生活，让温庭筠过去的一肚子不平有些消散，他开始重新给朝中大员写信，希望有得到重用的机会。宰相白敏中、夏侯孜，都收到过他的消息，但是都没有回复。老相识萧邺正在荆州当节度使，离襄阳不远，他把温庭筠招到了荆州担任从事。四处求职，温庭筠把能想的路子都想过了，甚至给老对头令狐绹写信，希望令狐绹能可怜可怜自己，信中把目前的惨状说得很重——生活难继，生命有限：

《戴经》称女子十年，留于外族；稽氏则男儿八岁，保在故人，藐是流离，自然飘荡，叫非独鹤，欲近商陵，啸类断猿，况邻巴峡。光阴讵几，天道如何。

——《上令狐相公启》节选

再情真意切的信，只要是来自温庭筠，令狐绹怕是看都不想看。

不久，萧邺改任西川节度使，离开荆州，而温庭筠没有跟随，继续在江淮一带寻找机会。八年宦旅，囊中羞涩，他想起自己少年时在扬州投奔姚勖，便打算到当地的盐铁院看看，有无自己的故识，以期接济。

温庭筠能写一手艳词，文质兼美，朗朗上口，在当时的民间颇为流行。特别是烟花女子，每每传唱不歇。为了养活自己，温庭筠的一部分文章诗词，的确是“市场化”销售的。扬州是数一数二的繁华剧邑，娱乐歌舞业更是发达。温庭筠在这里有不少求诗求词的“客户”，写得多了，就得上门去收“货款”。

某次，温庭筠去扬州的盐铁院收一笔稿费。但不知为何，醉醺醺的温庭筠在大街上犯了宵禁，还与巡街的虞候发生了争执。虞候把温庭筠好一顿揍，揍得他鼻青脸肿，牙都给打断了。温庭筠哪里受得了这委屈，转头就到驻扬州的淮南节度使府告状。在任淮南节度使，正是令狐绹。

令狐绹一看，哎呀，这不是和儿子一起赌博饮酒、口出狂言的温庭筠吗？怎么成这个德行了？于是问道：“飞卿，知道故人在镇，为什么不来拜访？”

温庭筠心中对令狐绹有怨，令狐绹当宰相时，温庭筠从他那里没得到过半点好处，反而碰一鼻子灰。但在人檐下，还要人家为自己伸张正义，自是不能明说，只好支支吾吾：“我，这——请节度使明察吧！”

令狐绹把虞候传来审问，虞候也不怯场，把他所见的温庭筠在扬州吃喝嫖赌之事一一奉告，令狐绹知道温庭筠理亏，看着他这灰头土脸的模样，又好气又好笑。如今的温庭筠，年过半百，被人痛扁，哪里还有当年“有弦即弹，有孔便吹”的潇洒气度？心头颇觉痛快，干脆把两人都放了。

求助不成，无端受辱，温庭筠心灰意冷地离开扬州。前脚刚走，后脚就听说，令狐绹把自己的故事添油加醋，传到京城去了。京城里正议论纷纷。温庭筠非常难受，他给在京的名流写信，为自己的名誉辩解。五十多岁的人，一肚子的委屈。人们大概也相信，年纪会消磨掉他的浪荡气吧。

不过，老天再次给温庭筠发糖——咸通四年（863 年），老恩主徐商拜相，努力在长安为温庭筠说好话，舆论渐息，温庭筠也有机会回长安供职。搏浪十年，冷暖自知，等回到长安时，温庭筠早已是朋辈散尽，故交零落。昔日，他与李商隐、段成式并称“三十六”，今时只有温庭筠在世。

六

温庭筠回到长安后，大家对他的“浪”事也就既往不咎。在徐商的帮助下，温庭筠到国子监任职，弄潮半生，算是靠岸了。徐商罢相之后，温庭筠依旧在国子监工作，生活还算稳定。

然而，“稳定”二字，并没有写在温庭筠的人生字典里；弄潮搏浪，才是他的天职。咸通七年（866 年），他已官拜国子助教，负责定期主持国子监学生的考试。彼时，国子监还有举行解试的资格，解试通过，就可以参加进士考试。但国子监学生的父母中藏龙卧虎，不少人想在这些考试上动动手脚。十月六日，考试放榜，温庭筠和同事大概是在名次评定上起了冲突。爱才之心，让温庭筠热血沸腾，他干脆把这些学生的文章公之于众，要求大家一起评评理，榜文写得情真意切：

> 右前件进士所纳诗篇等，识略精微，堪裨教化。声词激切，曲备风谣。标题命篇，时所难著。灯烛之下，雄词卓然。诚宜榜示众人，不敢独专华藻。并仰榜出，以明无私。仍请申堂，并榜礼部。咸通七年十月六日，试官温庭筠榜。
>
> ——《榜国子监》

“诚宜榜示众人，不敢独专华藻。”他丝毫不掩饰自己对才子的欣赏，他正挥舞着这些诗作，在公众面前高呼：“这都是大唐的未来，快来看看吧。”那么多年，声名狼藉的他忍受着被埋没的委屈。也许是不想让别人也受委屈吧，他奋不顾身地去拉这些孩子一把，希望他们有光明的未来。他是否在想：如果有人在过去肯拉自己一把，自己就从“士行尘杂”的泥泞中得救了？

此事一出，公议哗然，哪里有学官把诗文公之于众的，若将来谁没被录取，天下人岂不是要议论纷纷吗？宰相杨收大怒，把温庭筠现在过去的种种劣迹向朝廷汇报。朝廷决定，温庭筠这官儿别做了，去方城当县尉吧。

尾声

故友死尽，家业凋零。任有委屈在心里翻腾，温庭筠也只能收拾行装，孤身上路。他走到长安城南，即将告别长安时，身后站满了仰慕者，他突然一喜。认识与不认识，都站到一处，为这个身在风口浪尖的老人送行。他们也曾经被汪洋恣意的才华打动，不计较那些不羁放纵，羡慕有人命中注定风流。

温庭筠想浪吗？也许不。只是宿命里的东西，越与之抗衡，它越发作，越无可救药。有人看出了这一点，写了首小诗，送给温庭筠：

何事明时泣玉频，长安不见杏园春。
凤凰诏下虽沾命，鹦鹉才高却累身。
且尽绿醽销积恨，莫辞黄绶拂行尘。
方城若比长沙路，犹隔千山与万津。

——纪唐夫《送温庭筠尉方城》

“鹦鹉才高却累身”，文学史上，温庭筠开创了一个属于词的时代。他笔下佳人的风情万种、闺阁的风花雪月，令人深信，“浪漫”二字已深深刻入他的骨髓，在他的血液中流淌。有人注定就要为自己的才华买单，他们控制不住，只能被“超凡”的命运拖拽前行。

这一次，温庭筠消失在了所有记载里。

李昂

莫生帝王家

引子

子夜，大明宫思政殿，灯火犹明。君臣二人，无言对坐，殿中只剩灯花落进承盘的声音。

翰林学士周墀率先发言，再不开口，就只能尴尬离开了。

君主没有接周墀的话，低着眉，摆弄着手中的玉如意，缓缓开口：“周学士，不知道在你眼里，朕是什么样的天子？”

这个问题让周墀措手不及，他感觉这是道“送命题”。眼睛骨碌转了一下，动了动胡须，说：“臣惶恐！这不是臣一个江南微贱之人可以妄言的。天下人都说，陛下贤明如尧舜，是一等一的圣君。”

君主一抬头，周墀只见威严的脸上浮出一丝苦笑——是君主的自嘲。太瘦了，天威就快从这张虚弱的脸上消失，但还是让周墀有些冒汗。

“学士，朕是说，比起周赧王、汉献帝，朕如何？”

周赧王、汉献帝，那都是被诸侯摆弄的末世君主，陛下怎么以此自比？周墀有些摸不着头脑，赶紧离席跪下，劝慰道：“陛下德行深厚，为政英明。别说周成王、周康王，就连汉文帝、汉景帝都没办法和您比！您怎么还要去和周赧王、汉献帝比较？完全不是一路人。”

“不是吗？我觉得我还不如他们呢。”君主强打着精神，从御榻上撑了起来，两足垂地，身子前倾。周墀惶骇地看了一眼，赶紧又低下头去。“他们只是被诸侯、藩镇摆弄。我呢？我从坐在这里的第一天起，就被那些家奴挟持。”君主嘶声低吼着，他尽可能压抑着狂怒，宫殿里随处都是“家奴”，贵为天子，并不安全。

君主立马泄了气，往后一靠，两行泪从瘦削的颧骨上扑簌簌落下。他闭着眼睛，不断重复：“我不如他们，我不如他们，我不如他们……”

一

故事得从宝历二年（826年）的冬天说起。那时，大唐的国祚如风中的烛火，忽明忽暗、莫能预测。宪宗皇帝耗尽毕生心血，勉强拉扯起的“中兴架子”就快被穆宗和今上李湛败光了。这对父子，一个恣意娱乐，中风早逝；一个无所畏惧，沉迷嬉戏。再这么下去，列祖列宗非得气得从山陵里爬出来不可。

幸好苍天有数，把李湛“收”了回去。十二月初八，李湛出门打夜狐，闹到后半夜才回宫。趁着高兴，召集了平日的贴身侍卫，一起喝几杯。酒过三巡，身感燥热，李湛打算换身衣服继续。就在这个时候，平日受尽小皇帝折磨的侍卫闯进后室，彪形大汉轻轻抬手，就把小皇帝送去见老爹了。

李湛惨死深宫，朝廷一时无主。策划弑君的宦官刘克明认定，自己要是拥立了新皇帝、得到朝臣的支持，就是将来朝廷的主人了。宪宗神圣威武，百姓思之久矣，刘克明赶紧安排人去把宪宗之子绛王李悟找来。李悟是个没脑子的，兴冲冲就进了宫。第二天一早，宰相带着百官来宫中参加朝会，才知道小皇帝过世了。在大家面面相觑之时，刘克明拿着起草好的遗诏，拉出李悟，对大臣们疯狂暗示。众人还在恍惚中，老相裴度早已看穿一切。刘克明急于得到裴度支持，裴度却平静地说："我老了，你们说了算就是。"

刘克明欣喜若狂，以为这就是得到了"认可"。他美滋滋地回到内侍省，与党羽分享胜利果实。还没等高兴劲儿过去，裴度就联合枢密使王守澄，迅速出击，把他们一网打尽，送去和小皇帝"团聚"。

大唐的未来，又一次到了宦官手里。在王守澄看来，不会对自己产生威胁的君主就是好君主。如此老实巴交的人，哪里找呢？他略一沉思，想到了小皇帝的弟弟，江王李涵。

在大家的印象中，这个性格恬淡、喜欢读书的皇子，没有引起过父亲穆宗的太多关注。父兄沉迷声色犬马，他沉迷经史子集。如果一切如故，他或许只会在史书中留下短短数行字，挣一个"爱好文史"的清名罢了。含元殿的御座光彩万丈，隐隐可见血光与阴谋，他不敢想，甚至不曾仰视端详。可他是穆宗之子、敬宗之弟，身上到底绑定了大唐的天命。

王守澄想到这里，已有了答案。明哲保身的李涵，不就是理想中的优质"傀儡"吗？王守澄找来翰林学士韦处厚，说："江王要登基，怎么做合适？"韦处厚心领神会，把王守澄要争取的势力都梳理了一遍，将李涵的上位之路铺垫得妥妥帖帖。

十八年默默无闻，一朝被推到了历史的台前。十二月初十，李涵在紫宸殿会见百官，得到大臣支持，于十二日在宣政殿即位，改名李昂——国势日衰的大唐，有机会昂扬向上吗？

二

李昂当上天子后，并没有对前朝的问题进行暴风骤雨般的清算，就连那个昏头昏脑的皇叔李悟，也得到了体面的安葬。改头换面的李昂，首要关心的是“如何做一个好皇帝”，他决定要做先祖唐太宗那样的明君！

太宗那些抽象的英明神武不好学，但俭朴勤政总是能学的。太子太傅赵宗儒是德宗时的宰相，论辈分是李昂的曾祖辈。这个老人家给李昂的重要人生经验就是：向尧舜学习，做个勤俭节约的好君王。这话李昂肯定记心里了，终其一生，节俭贯穿始终。唐代皇帝的生日，通常也作为节日。李昂生于十月十日，自即位起，这一天就是庆成节。李昂疯狂削减这一天的花销，本来天下百姓可以吃点儿肉、喝点儿酒，但李昂下诏，吃点儿素就行了！其他的宴请、聚会、祝寿，能不办就不办。

李昂非常崇尚节俭的行为。皇姑祖母汉阳公主李畅尚在人世，平日里只用铁簪，还喜欢用铁簪在墙上算账，勤俭持家，闻名长安。李昂趁着老太太进宫，赶紧向老太太请教节俭心得。老太太说：“从德宗朝我嫁出去，就没做过新衣服了。陛下可知上有所好，下必效焉？您要是不鼓励穿好的用好的，那就全民节俭了。”李昂觉得非常有道理，赶紧拿“穿好的”这事儿开刀。驸马都尉韦处仁用上等丝绸——罗——扎幞头，李昂就很严肃地对他说：“这么浮夸干什么？脱掉！”后来，李昂看到自己的女儿延安公主衣着违规，直接把女儿和女婿“请”出家宴，还罚了女婿窦澣两个月俸禄。某年冬天，左拾遗夏侯孜来见李昂，李昂发现他的绿袍非常粗糙，站在殿中很是醒目。这莫不是节俭的同道中人？李昂赶紧问："衣服啥布做的呀？"夏侯孜说："这个呀！这个是产自广西的粗布，这个季节穿可以御寒哩！"等夏侯孜离开，李昂赶紧和宰相说自己的见闻，一个劲儿地夸夏侯孜。宰相说："这个人的确不错，为人非常节俭。"李昂便向夏侯孜学习，也做了一件粗布袍子。李昂没有想到，"节俭"之下，粗布被贵胄们追捧，老百姓又买不起了。

李昂亲自教导百姓，就算是把嗓子喊哑了，也未必能令行禁止，干脆让有关部门制定相应的规则，希望大家遵守。然而，国家衰弱、君主失势，区区几件衣服的自律，约束不了跋扈的藩镇和专权的宦官，也省不出一个新的大唐盛世。

当时，明眼的人已经看出了李昂的色厉内荏。在位的末年，李昂高兴地和大臣说："你看看，这件衣服，我都洗了三次了，还接着穿呢！"百官赶紧大夸李昂节俭，唯独柳公权没有拍他的马屁。李昂便问柳公权有什么见解。柳公权幽幽地说："天子四海为家，普天之下，都可以是陛下的吃穿用度。您要做的是任用贤良，罢黜小人，听取百官的意见，然后向着天下大治、百姓富裕的方向奋斗。怎么能天天夸自己穿洗过的衣服呢？这对国事有什么实质的帮助吗？"

李昂想做一个好皇帝，他想亲力亲为地，学着所有的典范、按照所有的教导，疯狂而认真地做一个好皇帝。大家都说，皇帝要善于用人，他便从制度开始梳理，对用人的标准、选拔的方式提出自己的要求。他希望身边都是才能卓越、敢想敢做的人。他要求选任要职时，一定要根据才能功绩，不能搞论资排辈；他希望品级不够，但政绩突出的人能够得到升迁，要对他们破格提拔。李昂对于才子，真的是一往情深，他明白，只有身边聚集了大量的才子，才能实现心中的大唐盛世。

当年，玄宗皇帝重视刺史、县令的人选，李昂也照着先祖的样子，亲自掌握这些官员的选拔。他不仅给新选的县令举行御前宴会，还在接见刺史人选的时候，对他们提出要求。新任衢州刺史张贾来向李昂告别，李昂知道他喜欢赌博，便问他可有此事。张贾说："小赌怡情！"李昂说："上行下效，小赌怡情难道就不妨碍政务了吗？"张贾到任，说什么也不敢再赌。

李昂是太宗皇帝的铁粉，为了充分效仿太宗，干脆找来魏徵的后代魏谟做谏官。劝谏可能是魏徵家的传统手艺，魏谟成为谏官后，确实是忠心耿耿、认真进谏。每次只要魏谟说话，李昂都高兴得不行，赶紧夸魏谟家风好、说得对。某次，李昂问魏谟："你还有没有魏徵的旧物保存？"魏谟说："还有一块笏板。"李昂追星追到了骨子里，赶紧说："我思念魏徵，看到魏徵留下的笏板，就会想起他的言行。"说完，又把殷切的目光投向了魏谟，希望魏谟多多劝谏。似乎你姓魏，我姓李，只要一拍即合，贞观之治就在路上了。

三

为了成为明君，李昂忘我地学习，在有限的闲暇时间尽可能地读书。他从小在宫中长大，心思绵密而敏感，一读书便会沉浸其中：读到昏君奸臣，他要为之感伤；读到明君贤臣，他要为之高兴。他常常说，作为人主，怎能不甲夜治国、乙夜读书呢？真是一个自律的男孩。

人主读书多，身边自然就会聚集一群文士。李昂好古，喜欢读生涩难懂的典籍，就经常和同样好古、懂经典的郑覃和王起切磋。郑覃拜相、王起任兵部尚书，与他们的才华密不可分。郑覃同时还主持国子监的日常工作，宰相任大学校长，历史上都罕见。

李昂爱诗，而且喜欢写诗，虽然只保存下来区区六首，但史册上留下了“清冷”“高古”的评价，从吉光片羽中来看，还是名副其实的。写诗，就会论诗。某次，他和郑覃又谈起诗歌，老派的郑覃直接说道：“只有《诗经》这样关心国事、爱护民生的诗歌，才算得上诗歌！古往今来，写诗的君主，大多亡国了，我劝您不要在这个上面费功夫。”李昂有点无奈。然而他也有舒心的时候，郑覃那儿得不到认可的诗，李宗闵统统夸好，夸一句，还要拜一句。李昂看着他的滑稽样，大笑着说：“得了得了，给郑老头看见了，又得批评你。”

李昂对诗的热爱不止于作品，他还希望把喜欢的诗人都找到身边，让他们做自己的顾问。宰相杨嗣复、李珏当场反对，一个说：“现在人作诗，谁比得上刘禹锡？刘禹锡只是太子宾客，难道连太子宾客都当不上的人还要当翰林学士吗？”另一个说：“诗人嘛，穷酸得很，写文章可以，来朝廷做事，不是他们的专长。您眼前就有很多文学大师，可以和他们探讨呀！不必再新招一批大师了！”纵使李昂再怎么想实现这个“创作者激励计划”，也只能作罢，接受宰相的意见。

自己读书不太过瘾，最好是和人一起讨论，互相切磋。这个讨论的对象就是大书法家柳公权。柳公权出身河东柳氏，这是当朝名门，很早就以文采和书法扬名。就算是爱玩的穆宗，也对柳公权的书法有所耳闻，特意把他招到宫中做翰林学士，在皇帝身边待命。公权之兄公绰，职位显要，觉得弟弟凭书法爆红，实在是有辱家风，申请让弟弟去别处干点儿正事。李昂上位后想起这个博学多识的书法家，再次把他招到翰林院，做书诏学士——还可以写写诏书，这总算正事了吧！

柳公权饱学，李昂爱听。某次，柳公权讲得兴起，李昂谈得入神，直到夜半三更，连殿中的蜡烛都快燃尽了。宫女不便去取，只好把烛泪搓进纸条里，照亮二人的夜话。柳公权还经常陪李昂散步。一次，李昂忽然想起，边关将士的春衣历来拖延，今年总算按时发放了，是件难得的美政。他要柳公权现场作诗，吹捧吹捧。没想到，柳公权走出三步，张口就来一首绝句。李昂非常高兴，也回"吹"说："曹子建才高八斗，都要七步成诗；你三步成诗，了不起！"除了看书写诗、吹捧聊天，李昂的文艺生活，还有偶尔的小炫耀。

李昂读的书，真的不少，除了儒家经典，还有文史小说。李昂在延英殿和宰相谈完公事，突然问了一句："《诗经》说：'呦呦鹿鸣，食野之苹。'苹是什么呀？"宰相们面面相觑，没有答案。其中，李珏是翰林学士，才华出众，站出来说："微臣看《尔雅》的记载，苹是藾萧。"

李昂得意地摇摇头，嘴角一挑，说："不不！朕读《毛诗》的注疏，里面说苹这种草啊，叶圆花白，在郊野里成丛成丛地生长。恐怕不是藾萧吧！"

“难为”了宰相，李昂心里定是暗暗高兴。大概那一日“真相大白”，身负治国重任的皇帝和宰相，都发出了快活的笑声吧。诗文才学，可以说是李昂“平淡日子里的亮光”，支撑着他的皇帝生涯，却不能支撑他治理好一个国家。

四

李昂没有意识到，模仿和读书，并不是当好皇帝的全部。那些琐碎的邯郸学步，摆平不了藩镇，弥合不了内斗，更不能消灭宦官。宦官是一个让李昂头疼的问题。他已经感受到，御座后面有一群魅影，监视和控制着自己。宫廷之中，宦官擅权的气氛令人窒息。

平心而论，宦官作为皇帝的家臣，每日陪伴皇帝，伺候其生活起居，自然也是最了解皇帝、最贴近皇帝的人。如果主上英明能干、大权在握，把事情交给这些身边人去办，倒也不是什么大问题。但是，一旦局势变化，君主陷入困境，君主出于对大臣的不信任或为难，把权力交给他们时，他们极易侵夺这份权力，最终控制君主。安史之乱以来，肃宗信任李辅国，代宗信任鱼朝恩、程元振，德宗信任霍仙鸣、窦文场，宦官的势力越来越大，已到了威胁皇帝、执掌生杀的地步。宪宗的死和李昂的立，都和宦官关系密切，就连本朝的党争，也少不了王守澄等大宦官的身影。

李昂从即位之初起，就很想清除宦官的势力。在他看来，这些带着官职、身受封爵的“残缺”男士，不过是自己的家奴，怎么能把自己全家玩弄于股掌之上？宦官必须铲除！铲除了宦官，才有广阔天地，才大有可为。可宦官势力的养成，已经持续了近一个世纪，他们手中还控制着左右神策军，那既是皇帝的卫队，也是皇帝的软肋，处理不好，自己哪一天“暴崩”也说不定。

要想除掉宦官，就得有帮手。宦官跋扈多年，朝臣中不少人与之勾勾搭搭、暧昧不清，真要动手，没人敢出头。最绝望的是，就算是那些打算步入仕途、有一番作为的年轻人，都不敢真的冒险，加入与宦官对立的阵营。大和二年（828 年）三月，李昂下诏进行一次制举考试，主题是“贤良方正、直言极谏”。结果，大多数人的文章都不痛不痒、中规中矩，让人无奈。只有一个长庆年间的进士刘蕡，发表了一番一针见血、深入骨髓的言论，他在对策中对宦官专权问题进行了十分明确的抨击，直言敬宗和李昂本人的命运，都是为宦官所操弄。这篇文章考官看过、李昂本人看过，就李昂来说，手持文卷的激动心情是可以想见的。李昂情绪激动，但没有被情绪冲昏头脑。自己在皇位上屁股都没坐热，如果对刘蕡大加赞赏，恐怕哪天也会在进卧室时“暴毙”。李昂不甘，但也就是不甘而已。刘蕡说的话再好，也没有进一步的机会。不久，考试放榜，其他考生全部录取，刘蕡黯然落第。

李昂当时可能觉得，自己是先自保罢了，留得青山在，不怕没柴烧，他不知道自己的懦弱。不久，李昂找到了志同道合之士——翰林学士宋申锡。宋申锡文采出众，最难得的是，他是靠自己的努力和才华，一步一步位至显要。他在成为李昂的秘书顾问时，仗义执言。根据李昂的观察，宋申锡是一个可靠、沉稳的人。李昂悄悄找来宋申锡，就宦官问题和他进行了一番深谈。谈话非常愉快，宋申锡也就成了李昂的心腹。大和四年（830 年）七月，宋申锡拜相，一切都在计划之中。

可宋申锡沉稳，宋申锡的朋友们不沉稳。宋申锡推荐吏部侍郎王璠出任京兆尹，打算让他也加入本小组。这个王璠，人品一直有问题，听说李昂要扫除宦官，赶紧给宦官之友郑注报信。郑注“忠心耿耿”，马上通知拥立李昂的宦官王守澄。二人心生一计，打算利用李昂，除掉宋申锡。

大和五年（831 年）二月，王守澄上报，漳王李凑和宋申锡暗中勾搭，打算在李昂百年之后扶李凑上位。这完全是凭空捏造，但本就是天降皇位的李昂非常敏感，听信了王守澄的鬼话，当即要王守澄查个清楚。王守澄本来想就此机会杀了宋申锡，但有明理的人阻止王守澄。王是多年的老宦官了，也知道做事要守个体面，决定找个时间，把宰相们聚到一起，“合情合理”地除掉宋申锡。

某个假日，全体宰相接到消息，要进宫谈话。等到了中书省门，偏偏把宋申锡排除在外。宋申锡自知大难临头，但无可奈何，只有眼巴巴望着延英殿，转身离开。几位宰相也知道事情不妙，等看到王守澄的污蔑信，几人不置可否，也只能抿抿嘴，说：“先查明再说！”

“查明”是肯定会“查明”的，那宦官的神策军狱可比刑部、御史台还凶猛。大臣们觉得此事不妥，应当交给御史台审问才符合制度，但疑神疑鬼的李昂哪里相信什么御史台，赶紧让宦官等人猛火快审。这件事，王守澄心里最有数，要搞猛了，事情暴露，李昂肯定翻脸狂怒，死对头们会让自己不得好死，手段也就放缓了些。李昂则是在大臣们的好说歹说下，才平息了对宋申锡的怒气。李昂冷静一想，自己对宋申锡有天大的知遇之恩，宋申锡也不是那种忘恩负义的人哪！王守澄等人便借坡下驴，草草结案。多亏了朝中大臣苦苦劝说，李昂稍稍醒悟，宋申锡、李湊才保住一命。

宋申锡命是保住了，宰相必然是没得当。大和五年（831 年）三月初五，宋申锡被贬为开州司马，两年后病死。初出茅庐的李昂和宦官的首轮对抗，就此失败。

五

头脑发热、用人多疑、软弱混乱，李昂一次又一次犯着书生的幼稚病。没错，他是很努力，但努力对于当皇帝来说，可能是非常不值一提的品质。仿佛溺水的人在海里蹬腿，只会精疲力竭，沉入海底。

李昂并没有花太多的时间反思，他甚至有些奇怪，自己学得有模有样，怎么就没有太宗、玄宗的效果呢？博学的李昂认为，自己还是要有一番大作为不可。尽管失利，但仍要坚持“消灭宦官”的初心，这样才能成为“有所作为”的明君圣主。他认为需要一帮奇人，来协助自己。就在此时，郑注和李训走入了李昂的视野。

郑注本是一个姓鱼的江湖郎中，长相丑陋、工于心计，靠一手医术游走于长安的权门贵戚之间。王守澄不是他的仇人，甚至可以说是他的贵人。如果没有王守澄，郑注不会走入李昂的视野。李昂本来知道郑注臭名在外的，对之不屑一顾。但大和八年（834 年），李昂突然中风，多亏郑注才捡回一条命。这一次，小丑烂人变成了救命恩人，李昂开始对郑注另眼相看。得到皇帝的垂青，郑注算是改了运。他开始逐步洗刷自己的臭名。郑注知道，文臣们的笔可厉害了，不如主动和他们来往，减轻点儿舆论压力。正巧，前宰相李逢吉想要东山再起，侄儿李仲言说郑注现在正是红人，找他必有门路。他主动向叔叔请缨，去会一会郑注。李郑二人，一见如故。李逢吉趁势送去珠宝，为自己运作。这一运作，让郑注带着新兄弟李仲言到了长安，拜见王守澄。借着王守澄的东风，不久前还是流放赦还的李仲言，竟然做了李昂的近臣。

李仲言长得高大威猛，李昂见了眼前一亮，心想郑注还有这样相貌堂堂的朋友，一定是奇人，便赶紧将他留在身边。更妙的是，李仲言能说会道，一本《周易》被他讲得天花乱坠，李昂感觉很是投缘，某次，还把随身的犀角如意赐下，以示恩宠。

恩宠，不是随手赠物而已。李昂觉得，这人气度不凡，能为自己所用。他打算任命他为谏官。议论一出，宰相李德裕坚决反对。李昂早就对李德裕不耐烦了，他和李宗闵的党争，正让自己头疼呢，还要提什么意见？老宰相王涯看出李德裕碰了李昂的逆鳞，站在一边，并不说话。等李昂怒气冲冲地征求王涯意见时，王涯无视李德裕的阻拦，对李昂说：“可以。”

不久，李仲言改名李训，在朝廷之上闪亮登场。

李训和郑注尝到了投机的甜头，也卖力地为李昂服务。两位老江湖刚一出马，困扰李昂多年的党争问题，就顺利得到了解决。这让李昂很是惊喜。然而，李训和郑注没有那么和睦。李德裕、李宗闵滚蛋后，李训开始打郑注的主意，郑注注意到后，决定溜出长安，观望保命。大和九年（835 年）九月，被暂时利用完毕的郑注出守凤翔，任节度使。

没了郑注，长安就是李训一个人的舞台。李昂视李训为人生导师，还任命他为宰相。此时长安有四位宰相：李训、舒元舆、王涯、贾餗。王涯是个老不倒翁，对于李昂，他只是听命而已。贾餗、舒元舆则是李昂最坚定的拥护者。他们都团结到了李训的领导之下，依李昂的号令行事。

执政近九年，李昂第一次拥有那么恭顺的队伍。李宗闵、李德裕这两个党争头目已经被赶出去了，没有人会在朝廷上吵吵嚷嚷，无视李昂的天威。他非常高兴，甚至有些自得：拥有李训这样的人才，何愁皇权不展，宦官不灭呢？

李昂一直记得，爷爷宪宗皇帝是被宦官所害的，不少人活到了本朝，依然作威作福。别看表面上其乐融融，李昂心里早就有了名单，等待动手的时机。李训明白皇帝的心思，这个借着宦官发迹的宰相，迅速掉转船头，彻底来到宦官的对立面。

李训变脸是宦官们没有想到的。这个富于权谋、热衷铤而走险的男人，建议皇帝立马把屠刀对准王守澄。王守澄在宫中经营多年，树敌也不少，右领军将军仇士良与王守澄有旧怨，是一个不错的利用对象。李训建议李昂提拔仇士良，一起对付王守澄。作为老江湖，李训没有激怒王守澄。他早就谋划好，假意为王守澄扫清政敌，把一批宦官贬杀。而后，二人将王守澄架空，夺去了王守澄的兵权。过了十三天，李昂给无权无势的王守澄送去一瓶毒酒，亲手断送了这个“造王者”的性命。

王守澄死后，与宪宗之死有关的宦官纷纷败亡。不久，杀害宪宗的元凶——山南东道监军使陈弘志，被一道诏书赐死于返京的路上。李昂感觉到一种难得的痛快，他咂摸着胜利的滋味，对李训更是赞赏不已。这么敢想敢做、手段高明的人，哪里找呢？

宦官早就是唐朝的心结。人们看到皇帝和李训联手，干脆果断地消灭蛀虫，也逐渐加入了这支队伍。遗憾的是，这支队伍里仍然有不少投机分子。当年出卖宋申锡的王璠，竟然觍着老脸，要为李训卖命。队伍壮大起来了，大家开始盘算，如何才能一劳永逸地除掉宦官。

之后的计划，就有些天马行空了。李昂打算将他们一网打尽，最好立刻消灭。李训和郑注认为，可以在王守澄的葬礼上，要求宦官悉数到场，然后一一解决。李昂首肯，只不过，他只关注到了外部的敌人，没有关注到内部的矛盾——李训和郑注，早就因权势不均而关系紧张。

李训绕开郑注，又策划了一个更加大胆的方案——在长安就地诛杀宦官。这个方案不仅不需要郑注的参与，还可以自己包圆所有的功劳。李训要求死党郭行余和王璠在各自的藩镇招兵买马，同时，让左金吾卫大将军韩约指挥军士，同自己里应外合，铲除宦官。李昂饱读历史，却看不明白李训独走会带来的风险。他并没有帝王缜密的判断力，只有一颗到处乱撞、死马当活马医的心。他管不了那么多了，胜利就在眼前，不能轻易放过。很快，原计划取消，执行新的计划。

这一次，李昂与人生的高光时刻，只隔着一场政变了。

六

大和九年十一月二十一日，这是平常得不能再平常的一个朝会，李昂在紫宸殿坐定，百官按照各自的班次站好。左金吾卫大将军韩约负责整肃殿庭，奏报“平安”。可今天的例行公事，并没有关于殿宇安全的消息，而是一个莫名其妙的祥瑞。只听韩约支支吾吾地说：“陛下，左金吾卫衙门后院的石榴树上，昨晚天降祥瑞，叶满甘露。我已经托监门的宦官向陛下报告了。”

说完，便行起了舞蹈之礼，有模有样地叩头庆贺。李训、舒元舆立马带着百官行礼，建议皇帝亲自去接受“祥瑞”。接受祥瑞，乃是吉礼，不适合在紫宸殿举行，应当移步含元殿献礼。但兹事体大，宰相得亲自去检查一下。于是，李昂先到含元殿等候，李训先去观察是否确有其事。

甘露当然是没有的；左金吾卫院中，只有帘幕后的刀光剑影，一干死士正严阵以待。李训检查自然是去看大家有没有做好准备。尽管时间拖得长了些，宦官们并不在意，只把这当作是无聊日子里的一个插曲。

李训带着一个“惊人”的消息回来了，他告诉李昂，叶上只是露水，不是甘露，不能着急行礼，不然就不好看了！李昂也很“震惊”，假意说：“哎呀！这样啊！左右神策军中尉，你们快去检查一下！”

直到此时，左右神策军中尉仇士良、鱼弘志都不觉得有诈，便率领宦官再去检查“甘露”。

李训赶紧找来死党郭行余、王璠，要他们立刻行动。王璠哪里见过这个阵仗，双腿直哆嗦。然而等二人集结军队，李训才发现反而是王璠真有人马，郭行余就是个光杆司令。

仇士良刚踏进左金吾院的门，就遇上了韩约。在殿里，韩约已经支支吾吾，心有不安。看到气势逼人的仇士良，韩约越发紧张，满脸涨红、汗如雨下。仇士良随口问道："怎么了？"不巧的是，一阵风吹来，幕帘鼓起，后面那些手持刀剑的死士悉数暴露。更有人早已抽刀出鞘，阵阵杀气翻腾而来。仇士良带着宦官们转身就跑，左金吾院守门的人更加手足无措，仇士良大喝一声，他们就丢开门，让宦官们扬长而去。

仇士良本以为韩约要杀李昂，赶紧狂奔上殿，报告皇帝。李训见势不妙，向殿外的金吾卫将士们大喊："上殿保卫皇帝的，重重有赏！"

皇帝身边的宦官看情况不对，赶紧抬起软舆，让李昂上舆。李昂正在恍惚之间，人已经被架上了轿。唐宋宦官，多孔武有力，打开含元殿门已经来不及了，干脆冲破后窗，夺窗而去，向着宣政殿的方向狂奔。李训赶紧追上，抓住轿子声嘶力竭地喊道："我还没有说完！陛下等等！"

计划一变，李昂早已乱了神。他只懂按图索骥，哪里遇到过这样的阵仗？金吾卫的兵马、京兆府的人马、御史台的护卫，统统冲上含元殿和宦官们厮杀。但说老实话，这里的宦官，大多数是些小喽啰、替死鬼。混乱之际，李训依然抓着皇帝的软舆。李昂急了，居然转过头来痛斥李训无礼。一旁的宦官郗志荣对着李训胸上狠狠打了一拳，把他打翻在地。宦官们拥着李昂进了宣政门，赶紧关实了门，看好李昂。

百官都傻眼了，从来没见过这种状况，只有跑路。李训换上绿袍，骑上快马，一路狂奔，边跑边喊：“为什么要把我贬出去！”人们看到李训“被贬”，不知道出了什么事，但也不加阻拦。其他几个宰相回到办公室，哆哆嗦嗦地看着彼此，王涯、贾餗不知道李训的密谋，还对参与其中的舒元舆说：“怎么回事？我们在这儿等陛下的召唤吧！”中书门下省的官员也很好奇，纷纷来问，三人疯狂摇头，请他们各自好自为之。

仇士良虚惊一场，回到了后庭。仇士良原本只是宦官团伙内的一个小头目，没有李昂、李训和郑注，他不可能当上宦官头子。他无论如何想不通，这些人到底和自己有什么仇、什么怨呢？但一看到李昂，他就知道这个皇帝就是主谋。就是这个主子，处心积虑地屠杀自己和同事们。仇士良怒不可遏，和一众宦官一起痛斥李昂。李昂是个才子，平时只懂说理，如今这种场合，命都在别人手里，更是半句话都不敢回嘴。

仇士良平复好心情，就带着禁军，出紫宸殿反扑，一路上逢人就杀。王涯还被蒙在鼓里，正打算吃午饭，一个小吏狼狈地跑过来说：“有人在宫内，手持白刃，见人就杀！”舒元舆早就跑了，王涯和贾餗也扔下午饭，赶紧跑路。仇士良命令手下，先关大明宫门，再关皇城门，搜捕贼党。可这不是搜捕贼党，这是另一场报复性的屠杀。前前后后，官吏士卒，有关无关者一千余人被杀，宫中血流成河，大臣们的办公地点也被扫荡一空。接着，神策军一千多名剽悍的将士冲出皇城，追捕宰相。

舒元舆被人活捉；王涯年迈，没走几步就给逮住了；李训倒是跑得远，早已溜出长安。王涯挨不住打，只得说自己想和李训谋反，他看不惯郑注，便把谋反意图说成是拥立郑注登基。

拥立一个江湖郎中做大唐皇帝？但凡是有智商的成年人，都知道这是鬼话。然而，宦官们只要一个能定罪的口供罢了，说过什么并不要紧。宦官们率领着铁骑，正在长安恣意搜捕。京城的地痞流氓看到这个乱象，也开始杀人抢劫、无恶不作。一时间，从皇城到街市，长安变成了修罗场。

次日一早，抱头鼠窜的百官颤颤巍巍地入宫常朝。左等右等，终于等到大明宫建福门开，入内就看见禁军手持兵刃、怒目圆睁，“夹道欢迎”。宰相已经被捕了，百官连引导的人都没有。一阵混乱中，同样哆哆嗦嗦的李昂一脸煞白，形容憔悴地登上紫宸殿，假模假式地问仇士良：“宰相呢？”

仇士良恶声恶气地说：“王涯等人谋反，已经被捕。”

李昂接过王涯的供词，红着眼睛，抬起头，让左仆射令狐楚、右仆射郑覃前来辨认。二人不敢有异议，只得连连称是。这一切，都是在仇士良的监视下进行的。不久，李训被人捉住，押解路上，李训不愿受到折辱，主动要求一死。再不久，贾餗等人或自首、或被擒。仅仅三天后，几人就跟着李训沾满血污的头颅，一起游街示众。更为羞辱的是，他们被带到了太庙，当作叛乱的罪犯，接受“神灵”的处罚。固然，这些人用心不良、动机不纯，可天地良心，他们并不是大唐的罪犯。

几人在西市独柳树下被腰斩，夷灭全族。百姓其实并不理解宦官们在做什么，他们甚至觉得出了一口恶气。因为被杀的老宰相王涯，在盘剥百姓上，颇有一番“建树”。不久后，郑注也被杀死在凤翔，头颅和李训、王涯等人的一起，高悬在兴安门上。这分明是仇士良在警告天下：这就是与宦官对抗的下场!

一场轰轰烈烈的闹剧，最终以惨剧收场，也以“甘露之变”的名字，被定格在史册里。现在，别说是宰相，仇士良都不把李昂放在眼里。李昂不仅葬送了李训等人的性命，也基本摧毁了自己的帝王生涯。仇士良遇见新宰相郑覃、李石，就要拿李训、郑注的事情来斥责两人。两人也不是吃素的，当即回道：“你们说李训、郑注作乱，也不知道当初是谁把他们请进宫来的！”

仇士良无言以对，宰相稍微捡回了一点尊严。

作为收拾残局的人，李石有勇也有谋。大难之后，中书省政事堂空空如也。湖南江西两地的观察使觉得不妥，送上衣粮，请宰相置办点家具，找几个贴身保镖。这样宰相还有什么脸面？事态稍微恢复后，李石就拒绝了两地的好意。不久，李石建议李昂不要对甘露之变的牵连者追究太过。

不久，一个嚣张的宦官回城，扬言要杀光长安城里的读书人。他气势汹汹地赶到，城里百姓以为是敌军，抱头鼠窜。官员们也是保命要紧，有人连衣服都来不及穿，甩开腿就溜了。当时，郑覃、李石正在办公，小吏们扔下宰相就要跑。郑覃劝李石也去避难，李石觉得，越是这种时候，越要临危不乱，真有问题，又怎么可能走得掉？郑覃和李石决定稳住阵脚，继续办公。多亏了他们遇事不慌，局面并没有恶化。

就在一片乌烟瘴气之中，泄了气的李昂避开血腥萦绕的含元殿，转移到宣政殿接受元旦的朝贺。在这个憋屈的元旦，李昂改元开成，从此再也不提诛杀宦官的事。不到三十岁的人，一夜之间竟形销骨立，老了许多。站在一旁凶神恶煞的人，不是护卫大将，而是大权在握、睥睨朝臣的宦官仇士良。

李昂想不到的是，天威，有一天能低到尘埃里，仰一个宦官的鼻息。这在史书里没教过，也是太宗皇帝、玄宗皇帝没经历过的。李昂更想不到，天威的重建，不是靠自己，而是靠自己怀疑的藩镇。昭义节度使刘从谏的表章送到长安，严厉斥责了宦官滥杀大臣的行为。斥责自然无法消除宦官，但刘从谏清君侧的警告着实让仇士良惊出了一身冷汗。

李昂在外藩的保护下，稍稍捡回了一点面子，但他往日的雄图大略，却消散无踪了。

七

甘露之变后，李昂的人生和唐朝的气运到达低谷。人们再怎么厌恶李训和郑注，也为他们“大事不成”而深感惋惜，更可怜那些卷入其中，无辜送命的朝士庶人。但连李昂都不敢多说一句，何况群臣呢？大家干脆闭嘴，明哲保身。

仇士良的气并没有消。有一天深夜，仇士良找来翰林学士崔慎由入密殿议事。殿宇四周拉下帘幕，闲杂人等也早已屏退，崔慎由觉得事情不对头，正疑惑间，仇士良开口了：“学士，陛下身体不好，自即位以来，政令废弛。郭太皇太后对此忧心忡忡，有废立之意。今日老奴受命，打算行伊尹霍光之事，劳您起草诏书。”

崔慎由一听不对，皇帝得罪了宦官，难道自己还要支持宦官无端废帝吗？崔慎由坚定地说："陛下并未失德，四海感戴皇恩。和中尉密谋做这样的事，我崔慎由全家有几个脑袋够砍？"

仇士良主要是为了发泄甘露之变以来的怒火，倒也不是真要废黜李昂。他沉默良久，把崔慎由带到一个偏殿之中。殿门打开，崔慎由一看，李昂垂头丧气地坐在里面。仇士良阴着脸走进去，痛骂李昂软弱无能、昏庸误国。那个曾经文质彬彬、意气风发的君主，如今像蔫了一样，低着头，任由仇士良数落。

不久，在甘露之变后收拾局面的宰相李石，也给宦官们盯上了。他们试图刺杀李石，李石有幸逃过一劫。李石明白，再待下去，自己迟早做第二个李训。干脆辞职，远离长安。

随着宦官势力的炽盛，好不容易压下去的党争又反弹了。李宗闵和李德裕的人再一次在朝廷相互指责、争执不休。朝外的藩镇依旧跋扈，朝内的大臣依旧分裂，解决不了宦官，就不可能解决这些问题。李昂明白，他们是相互依存、互利共生的，自己既然没有一网打尽的文韬武略，干脆像亲王那样，老老实实、本本分分听政理事，当个好好先生、平庸君主，再也不提什么"太宗""玄宗"之事了。退朝时，李昂只会瞪着双眼，对着空气，翕动着嘴唇，喃喃自语。

他只说一句话："我要杀了他们。"

但怎么可能不提呢，只不过是志大才疏、无力回天。开成元年（836年）春天，李昂带上几个亲随，从大明宫来到禁苑。李昂乘着轻便的御辇，自那个血腥的秋日，他已经很久没有自由出入过了，这条御道，蔓草迭生，鸟雀啾啾，仿佛对他的到来极不适应。他走下车辇，登上高台，目光所及皆是盎然春色。越是生机满地，越是心如死灰，巨大的落差带来的不仅是阴影，更是毁灭，对本就不那么坚强、本就没有什么底气的“雄心”的毁灭。李昂背对亲随，临风落泪。他幽幽地吟道：“辇路生秋草，上林花满枝。凭高何限意，无复侍臣知。”

自此之后，李昂的状态越来越消沉，处理完政事，总是和酒杯为伴。有大臣劝他少喝一些，保重身体。李昂笑笑，说：“天下事都这样了，我喝一杯又怎么，逃避可耻但有用啊。”

他不希望自己连借酒浇愁的“自由”都给夺去了——毕竟，酒精还能掩盖含元殿散不去的血腥。哪怕身边有再多的歌舞、再精彩的杂剧，也不能驱散李昂心头的梦魇。人们注意到，皇帝年轻的脸上，竟不复有半点光泽，他只是呆呆地看着眼前的一切，仿佛这里的热闹与自己无关，甚至还有点吵。

他有些歇斯底里了。他找来宰相，问：“朕最近和你们谈起天下大事，就愁，特别愁。”

李石宽慰他：“治国理政，急不得，慢慢来。”

“朕读那么多书，学那么多故人，朕不想做个庸君！”

“那陛下，得学着书上教的，先学会用人啊。”

“朕难道不会用人吗？你们几位才识德行出众，为人表率，朕用你们当宰相。可李训真的是奇才，朕也用他做宰相，朕不会用人吗？你们几位，有李训这么胆大敢为吗？”

李昂有些不高兴，提起李训，他总要一番摇头，低眉叹气。李石等人不是第一次听到这样的话了，他们也只能沉默而已。

李昂越来越敏感，但他终究是个温柔敦厚的老实人。这在唐代的宫廷里，太少太少了。这样的人，怎么会和杀伐果断、英明神武挂钩呢？在自我消沉中，李昂赦免了宋申锡的“罪过”。

渐渐地，李昂甚至连自己的骨肉都保不住了。本来，李昂想好好抚养皇兄敬宗之子李普。他是真心对这个小孩儿好。但老天总喜欢捉弄李昂，李普没等成年就死了。无奈，李昂只能立亲儿子李永为太子。虽然不是很看得上儿子李永，但好好培养，未来可期。李永年纪小，喜欢玩，一些如睡懒觉、好玩耍的事情渐渐传到了李昂耳朵里。李昂有些不满，但他不是狠毒的人，到底没有像列祖列宗那样，对骨肉下手。

可李昂的愤怒，又一次被人利用了。李昂宠幸杨贤妃，杨贤妃想让自己的儿子做储君。李昂虽然没有废李永，但身边的宦官和杨贤妃早已勾勾搭搭、沆瀣一气。某日，噩耗传来，闭门反思中的李永暴病身亡，李昂痛失爱子，心中痛苦不已。种种迹象表明，李永死于非命。

次年，精神接近崩溃的李昂参加宴会，观赏杂技。有一个杂技需要小孩儿爬上高杆起舞，小孩儿的父亲在杆下团团转，生怕孩子出什么“表演事故”。李昂看着这个卑微的父亲，他尚能保护自己的儿子，自己贵为天子，等来的却只有太子的噩耗。李昂彻底爆发了，他咬牙切齿地喊道：“我拥有天下，却不能保全一个儿子！”

老实本分了一生的李昂，第一次下诏杖杀太子身边的宫人，以此泄愤。而他刚即位的时候，阅读医书，看到人的五脏六腑在背后都有对应的反应区，还特意要求笞、杖之刑不能下死手，要怜恤罪人。李昂情绪爆发后，深感后悔，告诫自己仅此一次，下不为例。不过，他的人生即将走向终点，再没有下次了。

开成四年（839 年）年底，李昂身心崩溃，中风复发。他没有挺过开成五年（840 年）的元旦，便一命呜呼。

没有人理会他的死，宦官和朝臣正为谁当皇帝争执不休。等到李昂的弟弟李炎角逐胜出时，大家才想起李昂的丧事没有办。

这个文质彬彬、风度翩翩的皇帝的尸体，都快在思政殿里摆到发臭了。

尾声

开成年间某一日，李昂来到麟德殿游玩。驾至东庭，李昂看到这里挂起了一轴巨幅画卷——《开元东封图》。这幅画他再熟悉不过，这是开元十三年（725 年）李隆基登上泰山之巅，向四海宣告盛世到来时的定格。他看着玄宗皇帝的英姿，看着“文臣头上进贤冠，良将腰中大羽箭”。他让人把画取来，好看得更真切些。玄宗皇帝、张说、张九龄、宋璟、裴耀卿……他用白玉如意摩挲着这些圣主名臣的面目和轮廓，想象着开元君臣励精图治的一切细节。

“玄宗皇帝，我的先祖，你能告诉我，我有哪里没有做到吗？”画卷无言，只看着李昂难得飞扬的神采又暗淡了下去。他暗淡地转过身，朝向身边的一个画家。一个皇帝，对着一个画家说：“如果他们中有一人做我的臣子，那我可以再现大唐盛世！”

画家只看着李昂又转过身去，一声接一声叹息。

李昂不想再去什么麟德殿了，他让亲随找来好酒，坐上步辇，回宫自我麻痹。他明白，醉梦里没有宦官、藩镇、朋党，有盛世、名臣和一个温柔、好学的君王。

罗隐

黑暗年代的光彩

引子

船没靠岸时，你便能看见那座高阁矗立云间，冷峻地面对着往来宾客，江水悠悠，几百年来，冲刷掉了太多的风流。“嗐，我又算得了什么呢？”一个长相平平，乃至有些丑陋的男子，于船头眺望多时。十二年了，不能说山河无恙，但天地也未曾老去几分。这江、这山、这楼、这岸，都不曾被日月消耗半点，自己的丑模样，倒是被“雕琢”得越来越深了。

船舷重重地撞了岸，还没站稳，他便被船家“赶”下了船。也不知道是因为长相还是别的原因，船家就没给过他好脸色，尽管老老实实地付了钱，船家依旧骂骂咧咧的。查验入城，天色渐晚，十二年前自己算好了良辰吉日，打算由此上京，一举夺魁，谯楼上的鼓声是那般雄壮；十二年后，自己重返南昌，却是在前途未卜之中，去长沙谋生计，阵阵暮鼓，听得心寒。他找了一处楼院相连的邸店歇下，叫了些酒菜，款待风尘仆仆的自己。不一会儿，前堂音乐奏响，借着酒意，他跟着曲子摇头晃脑，击节吟唱起来。

忽然，一阵歌声飞进了他的耳朵。曲调婉转、歌喉清越，与一路上的山歌村吟绝不相同——甚至还有些耳熟。他站起身，推开屋门，走到前堂，悄悄在柱后观望，只觉得这歌伎也甚是面熟。这歌伎不单能歌，还善舞，一旁的乐工拍子一变，她就伴着节拍和韵律，手应足和，博得满堂彩。男子记忆里，也有这样一段舞姿，跟着音乐曼妙翩跹。他循着记忆的痕迹，还不等那旋律终章，就走近歌伎，直到看清歌伎的模样——“云英！你还是年轻的云英啊！”

男子大声喊出她的名字，如一道响雷，激起了记忆的尘埃，满堂的眼光，都移到了他的身上来。

“这长得雷公样的人是谁？敢擅闯明府的宴席！”有人想要制止他。

云英从舞乐中抽出身来，转过头，望着眼前相貌“惊人”的鲁莽男子，也是一脸的讶异。

“罗昭谏？”

云英见他不答，又悄声问道：“罗隐秀才？”

“是罗隐？是那个作《谗书》的罗昭谏才子？”周围人听到这个名字，开始叽叽喳喳起来。

“就是他吧！我听说他总是落第，都流落到这里来了！”

“是因为……相貌不佳吧。”

……

“云英，十二年了。你倒是没什么变化。”罗隐上下打量着云英，岁月似乎忘记了她，在她那里，十二年就是昨日罢了。

“秀才又沧桑了些。”

“云英，我此番……”

云英抿着嘴，也打量打量罗隐，隔一晌的工夫，细声地说：“秀才，还是白身吗？”

罗隐摆摆手，只是不答。他扫视了一圈旁人，看着大家复杂的表情，轻佻地吟道：

钟陵醉别十余春，重见云英掌上身。
我未成名卿未嫁，可能俱是不如人。

——《赠妓云英》

罗隐没有再理会身后的宾客是何种神情、云英此时是羞惭还是恼恨，毕竟，南昌只是他的一站，他这一程为的就是再次“成名”。罗隐追求“成名”的故事，就从这里讲起好了。

一

大部分人不熟悉罗隐，但绝对听说过他的名句：“今朝有酒今朝醉，明日愁来明日愁。”如此看来，他也算是那种“熟悉的陌生人”吧！那么，还是得讲讲他的“简历”。罗隐字昭谏，但据说，他早年名横。如果现存的族谱不假，按照他兄弟罗权的字辈看，这个曾用名还是可靠的。他是杭州新城县人，家在戴家湾，这个村落至今还能找到。二十岁左右，他就用罗隐的名字出没江湖了。从那时起，罗隐最大的心愿就是扬名四海、执掌大权，头等大事也就成了考科举。当然，那个时候他料不到，自己会有个“十举不第”的名声，在后代传扬。

罗隐不是出身于极其卑微的家庭，从曾祖父起，家里就是地方上的仕宦人家。按照唐人的标准，与那些世代为大官的门第比，称为“孤寒”——寒，不是说财富，是说家族传统。但是与一般人家比，因为地处江南，也算有些产业的，至少供他读书、求取功名，问题不大。况且，罗隐的夫人沈氏是吴兴沈氏的后人，算是当地名门。有人说，罗隐愤世嫉俗是因为出身卑微、穷困潦倒，那可能是误会了。在这样的门户里，努力读书、实现自我价值、光大门楣，成了小青年罗隐进一步的追求。

像很多诗人一样，罗隐从小就展现出过人的才华。这也不是吹嘘，在他自己和其他诗人的笔下，罗隐就是一个读书又多又杂、志向与周边小伙伴不同的人。多年后，罗隐给别人写求职信，还要拿这一点来说道说道。新城县附近的鸡鸣山、东阳县，都曾经是这个不凡儿童的学校所在。

等罗隐长到十七八岁，便娶了夫人沈氏，还多了一个大胖小子——罗塞翁。家里的事儿，算是安排得明白，就差金榜题名、直上青云、实现人生大抱负了。在这个关键时刻，罗隐改名为“隐”，取字“昭谏”。不过，罗隐并没有着急去考进士，而是找家乡附近山水清幽之处，真的隐居起来，继续读书。

在唐代，考进士不是一个靠自己修炼就行的事，你还需要到社会上广交朋友，带上文章作品，同那些声名显赫、位高权重的人往来，以求有贵人能助你一臂之力。如果实力够雄厚，不妨到全国各地都去看一看、走一走，一来为文章采风，二来也能抬一抬身价。罗隐深知这些道理，从二十五岁起，他便入蜀赴粤，游览南方的形胜。至今在广东，还有不少罗隐的踪迹可寻。

或许从那时起，罗隐就已有了成为“传奇”的体质吧。

罗隐其实很早慧，他并不是在到处乱转，而是沿着早已想好的路线，从广东北返江西，去虔州读书，等候秋试，以求入贡籍的资格。至于为何要在江西考试，大概是因为其籍贯没有落于杭州吧！

这一年，是唐大中十三年（859 年），罗隐轻松地获得应举资格，和别人念叨着自己的宏大愿景。大中朝的天子宣宗是远近闻名的圣明君主，在年轻罗隐的心中，必然有一场与明君的风云际会，乃至君臣相得。可惜的是，当年八月六日，唐宣宗驾崩，君臣相得的大梦和唐朝的回光返照，一去不返了。当年冬天，罗隐第一次路过钟陵（今南昌），遇到了云英，这就是开头所说的“十二年前”相逢。那时的罗隐，确实意气风发，但也不是狂傲不羁。他沿途还拜访了在江陵（今荆州）的宰相白敏中和在襄阳的山南东道节度使徐商。这些都是一时的名流，如得他们的垂青，必是身价百倍。在徐商那里，罗隐碰上了温庭筠、温庭皓兄弟。此时，温庭筠已是名扬四海、诗文卓越，而罗隐仅是一个仰慕温庭筠的小老弟。

转年春天，罗隐初试科举。但在老家浙江，裘甫已经率领着起义军队攻城略地，罗隐当然还没有意识到，自己心心念念的先帝，留下的也只是个花花架子罢了。他专心科举，结果却令他失望。但他并未放弃，在长安的上流名士圈中，自己的名字已经为人所知。初次不中，大概也是常事，罗隐没有急着回家散心，而是赶紧掉转马头，去别处拜谒朝臣，争取机会。在河中节度使令狐绹那里，罗隐看到了希望。

令狐绹，也是本书的重点人物，这个素好文墨的前宰相，听说是罗隐来献诗，非常高兴。更喜出望外的是，罗隐给令狐绹的儿子题了一首诗，令狐绹自己也觉得很光彩。他对儿子说：“你中进士，我感觉也就那样；罗隐给你献诗，那真是大喜事！”说罢，赶紧把罗隐请到幕府里。唐代科举，一年一次，这一年，罗隐在蒲州又取得了考试资格。而且，从那一年起到咸通四年（863 年），罗隐的考试资格都是在蒲州取得的，足见令狐绹对罗隐的厚爱。

十一月初二，唐懿宗改元“咸通”，祈求天下的和顺安宁。而罗隐传世的讽刺小品文，也是从这一年起开始存留的。当年，朝廷要找些隐士，来给自己撑撑“无遗贤”的场面，有一位叫韦遵的，诏书才下便去世了。罗隐借他的口吻，写了一篇推辞的文书，明着说朝廷都是能人，自己无用武之地，实际上说，这只是一些无良的当权者标榜贤明的伎俩。此外，还有一篇《说石烈士》文，以石烈士反衬当朝的庸人。这两篇文章，言辞都非常犀利，立意也很深刻。有人说，罗隐一开始就是留心社会问题、关注时事的；但他是否在纯粹地像千百年后那位老乡一样，甘做“横眉冷对千夫指”的批判斗士呢？我们可能还要跟着罗隐，多走几段人生路看看。

二

咸通二年（861 年），罗隐又没中，又是在令狐绹那里取得考试资格，打算再试一次。

咸通三年（862 年），罗隐再次没中。不仅没中，还孤零零地在长安生了一场病。限于医疗条件，古人对疾病很敏感，罗隐写了一首小诗，满是前途未卜的焦虑，毕竟，人生的长跑要过半了：

憔悴长安何所为，旅魂穷命自相疑。
满川碧嶂无归日，一榻红尘有泪时。
雕琢只应劳郢匠，膏肓终恐误秦医。
浮生七十今三十，从此凄惶未可知。

——《投所思》

什么达官显宦都求过了，罗隐大概就差求佛和菩萨了吧！病好一些后，罗隐开始到处游览散心。此时，裘甫带来的一地鸡毛还没消弭，长安上下却沉醉于富贵之中。目之所及，都是末世狂欢，敏感的罗隐对此深感担忧。当然，操心国事是一方面，罗隐也没有忘了自己的任务——科举。当年秋天，罗隐再一次在蒲州，拿到了考试的入场券。

咸通四年（863 年），罗隐还没中。这一年，他结识了同样落魄的陆龟蒙。陆龟蒙告诉他，自己打算去拜拜孔子，追寻先师的足迹。两个不得意的儒生，此时有着相同的精神支柱，罗隐为他大笔一挥，创作送别之文，文中满是对儒学精神的崇尚，他说，自己虽不能去，但希望陆龟蒙替自己好好尽一尽尊师重道之心。“行与不行也，在生道耳。第与不第也，其如生何。”彷徨中的人儿打了鸡血，考不考得上，似乎也无所谓了。纵是千般苦、万般难，纵是想不通为什么受伤的是自己，罗隐还是决定去蒲州拿个考试资格再说。不过，陆龟蒙再也没有参加考试，在江南白衣终老。

咸通五年（864 年），罗隐仍然没中。放榜当日，他大哭一场，甚至觉得这是有人故意拿自己这条“锦鲤”戏耍，不让自己有跳龙门的一天。一而再、再而三地不中，再去蒲州大概也是一件丢脸的事。赏识自己的令狐绹早已迁官他处，新任节度使纵对自己礼遇，却没有令狐绹那样的赏识。五年科举路只剩下“愁心似火”，到此欲哭无泪、欲诉无门而已。他决定离开长安，到别处碰碰运气。离别时，好友常修来送别，罗隐坚决地说：“明天就回去，再也不考了！”

三

一路东行，从长安，到汴梁，再到扬州。在几位节度使那里，罗隐颇受礼遇，但都不能抚平五举不第的“创伤”。在扬州，罗隐又遇上了一位好友陈黯。在同游时，他鼓励陈黯赶紧去求取功名；可在分别时，他告诉陈黯，自己这辈子就这样了，再也不考了！

彼时，懿宗喜好奢华，常与贵胄大臣夜夜笙歌。罗隐在长安五年多，感受到都城的糜烂风气。屡屡不第，更将敏感激发为了隐忧。回乡之前，他创作了一篇小赋，借想象中的“迷楼”和隋炀帝故事，讽刺皇帝受人迷惑、德行不修，流连于近幸小人、粉黛歌女之间。当然，罗隐的批评文尚未到炉火纯青的境地，如果细读，大概是套话多、实事少。毕竟是落第的秀才，怨气有时候会冲昏头脑。

初秋，罗隐的人生遭遇了第二重打击——妻子沈氏去世。多年漂泊，回乡疗愈，却迎来妻子之丧，心情之难受可想而知。罗隐的诗从来为史实、现实以及自己命运而作，只有一首难得的《江南别》，倾吐着不一样的心事：

去年今夜江南别，鸳鸯翅冷飞蓬爇。
今年今夜江北边，鲤鱼肠断音书绝。
男儿心事无了时，出门上马不自知。

——我是不想考啊！可是我控制不住我这颗功名之心啊！

整顿完家务事，罗隐获得考试资格，上长安谋生了。刚到长安，他就给一位蒲州老相识写信，大谈过去的交情和目前的困难。六年蹉跎，自己还是那个草根青年，可这位老兄已经在中央担任要职了！

咸通七年（866年）和咸通八年（867年），罗隐仍旧不死心，但仍然没有在金榜上找到自己的名字。罗隐有些顶不住了。咸通八年春天，他在悲愤中编辑往年行卷、求见的文稿，看着这些日益辛辣的文字，罗隐不知是喜、是气。喜的是，自己的文字功力越来越长进，越来越具社会洞察力，思想日益深刻；悲的是，以上进步完全就是在阻挡自己的前途。人人都能凭行卷被赞誉，只有自己，名气越来越大，生活越来越难。对着眼前的文稿，罗隐仿佛觉得就是它在到处散布自己“恃才傲物，不可一世”的谣言，导致自己沦落如此——这不是在自黑吗？罗隐干脆把这一本文集命名为《谗书》。但罗隐此后，并没有放弃传播《谗书》，更没有放弃小品文的写作。罗隐选择做自己的粉丝，哪怕是一名黑粉。

这年秋天，他带着《谗书》去洛阳，找到秘书监韦澳，谋求考科举的机会。《谗书》和得体的书信一并送到韦澳那里，罗隐也在洛阳得到了考试的机会。幸而，韦澳在当时是以正直出名的大臣，要是换了别人，恐怕《谗书》已经被扫进垃圾堆了。

咸通九年（868 年），罗隐没中。三十六岁的罗隐又带着《谗书》四处拜谒。四年过去，罗隐不再提什么“不考了”之类的话，毕竟，要想做高官、实现兼济天下的人生理想，科举才是正途。不过这一年，粮饷不济的征南将士，在庞勋率领下于徐州造反，长江战火重燃，罗隐滞留苏州，硬生生错过了咸通十年（869 年）的考试。错过考试，罗隐没有错过乱世，短短九年中，战争又一次走入了罗隐的生活，但这一次，他的感受十分真切。本来，罗隐想要自淮口北上，却发现平日熙来攘往的渡口，已经变成四战之地。当年十二月，唐朝将领戴可师轻率冒进，领三万大军与庞勋在淮口大战，结果身死乱军之中，麾下将士仅数百人生还。罗隐在淮口看见的，是连绵不绝的乱葬坟堆，虽未曾亲历战火，但也有劫后余生之感，他当即题诗说：“莫言赋分须如此，曾作文皇赤子来。”

主将遇敌，急躁冒进，让大唐的子民白白送死，这是哪门子的英雄，哪门子的殉国呢？罗隐比其他才子，更有行文一针见血的风度。第二年九月，庞勋溺死、叛乱平息，罗隐在苏州获得了考试资格。可元气大伤的朝廷打算“弃考”，罗隐拿着考试的船票，又没登上及第的客船。

没能登上船的罗隐，掉转马头，继续拜谒当朝名流。这一年里，他返回长安，重新编定《谗书》作为自己的名片。在庞勋之乱后，他的心中看到的早已不是“羲皇盛世”的太平景象，而是日薄西山、危机四伏的败局。对于《谗书》，在求功名之外，他更多了警醒世人、振聋发聩的使命感。当然，科举、功名，还是要追求的，不追求，怎么实现人生价值？

在长安逗留不久，罗隐到更遥远的北方去游历。人近中年，罗隐在权贵之门积攒声誉的同时，也看出了些庸臣自守、割据自重的现实。但三十八岁的他，只是个平头百姓，如果背后没有大树，实在难以立身。况且，从多年的游幕经验看，做门客的待遇还算不错，常常远行，竟也没有囊中羞涩。于是罗隐继续南行，投奔湖南观察使于瓌。在这里，他做了个小官。

罗隐一生有那么几个念念不忘的前辈，其中之一就是杜甫。同样面对曲折坎坷的人生、动荡不安的世道，杜甫选择忠君忧国、伤时念乱，罗隐选择愤世嫉俗。他来到耒阳杜甫墓址，悼念杜甫。杜甫早已归葬故乡，南方的墓茔却并未埋没。罗隐看看这里，又想想自己，似乎他已明白，如自己和老杜这样的人，生命的剧本，必有漂泊这一章。他觉得，老杜也算是值了，才名流传身后，魂魄与屈原、宋玉等才子相伴，灵魂有知，心情也能为之舒畅。虽然做了官，但罗隐心情并不舒畅，原因有三：官小、上司太差、母亲去世。但作为暂时没有什么成就的中年男性，罗隐还是得扛下这些困难，继续为谋生奔波。

咸通十三年（872 年）到乾符元年（874 年），除了科举依旧没有结果外，罗隐的生活进入一个稳定期。刚开始，四十岁的罗隐屡屡求职失败，还在途中听说于瓌去世的消息，非常难过。毕竟，于瓌是真情实意地帮自己谋些俸禄。不过，与罗隐曾有些来往的淮南节度使李蔚很快给他提供了新的岗位。李蔚是晚唐名臣，也热爱文学，身边围了一大群舞文弄墨的才子。从入职到李蔚回长安，罗隐负责陪同长官宴饮、写作，待遇甚是优厚。

罗隐有着经邦济世的追求，他所仰慕的前辈，除了杜甫，还有名相李德裕。尽管在罗隐踏入社会之前，李德裕已经与世长辞了，但这不影响他寻访同李德裕有关的遗迹。在李蔚这里，他见到了一个活的见证——薛阳陶。此人十二岁时，曾为李德裕吹奏筚篥，而在场的听众中有赫赫有名的白居易、元稹、刘禹锡。五十年后，薛阳陶须发皆白，为又一个李相公吹筚篥，在座的人中，却有壮志难酬的罗隐。沧海桑田，听者只听出了满满的知音难觅。

四

乾符元年，长安已经换了皇帝。与罗隐同岁的先帝懿宗撒手归西，去世时，长安还在迎送佛骨的狂欢之中。而新登基的小皇帝李儇，年仅十二岁，大唐的气运，着实越来越让人担忧了。

不管嘛！不论如何，科举还是要赴的！当年十月，罗隐北上长安，继续为考进士铺路。这一次，他拜谒了一众高官，希望能得到切实的帮助。罗隐年过不惑，名声响彻四海，但科举方面仍无动静，实在着急。不过，这也可能是因为罗隐长得着急。这次上京，罗隐专程拜见宰相郑畋，郑畋和郑家小姐都很喜欢罗隐的诗。郑家小姐还有意嫁给罗隐，只不过还没见过罗隐本人。郑畋也知道，女儿一读罗隐的诗，就要在自己面前夸罗隐，也趁着罗隐来访，让女儿看看其尊容。不看不知道，一看吓一跳，郑小姐只是在帘子后面看了一两眼，就忘记了之前的“文字单恋”。罗隐在帘外不明所以，而郑小姐已转身回屋，再也不提喜欢罗隐这回事。

乾符二年（875 年），罗隐一如既往地没中。但他已经习惯了，转身就离开长安，继续四处拜访。可这一年，盐贩王仙芝起兵反唐。必须说的是，家住山东的黄巢，也是一位如罗隐一般不得志的读书人。可黄巢并没有向现实妥协，读书无路，就干脆打起了刀枪。

罗隐没有“上梁山”。尽管局势不算太平，这一年他仍然从长安去了南昌，又转移到了汴梁。北上之时，又见所过之处满目疮痍、尽是残破，更可气的是，这并不是起义军的所为，而是唐军的杰作。

四十四岁的罗隐忍不住了，直接写信斥责朝廷主将宋威，提出以下四点批评：

一、你有在认真打仗吗？

二、你的军队是土匪吗？

三、你对得起你的职务吗？

四、和前人比你算老几？

批评很尖锐，用处嘛……和罗隐考科举差不多。

尽管如此，当年秋天，罗隐还是到了长安。在资格考中，名列前十。高兴没多久，罗隐接到了两个噩耗：一、考试未如期举行；二、父亲去世了。不过，这一场没能如期举行的考试，一年后朝廷又给补上了，但结果照旧，罗隐没中。这两年，罗隐在长安认识了一个小老弟郑谷，罗隐“十举不第”，这个小老弟“六举不第”。郑谷最终考中进士，还留下了“郑鹧鸪”的美名。也正是罗隐没中的这一年，王仙芝被杀，其大旗被黄巢接过。黄巢转战两浙、福建，而老家的董昌、钱镠等人正在组织军队，对抗黄巢。罗隐不知，钱镠即将一战成名，最终改变自己的命运，他此时还在难过地赋诗，“控诉”二十年倒霉科举路：

逐队随行二十春，曲江池畔避车尘。

如今赢得将衰老，闲看人间得意人。

——《偶兴》

是啊，失意人都不敢去曲江池游走，担心妨了得意人未来的好运。有人问罗隐，一会儿愤世嫉俗，一会儿汲汲名利，这不是打自己脸吗？罗隐赶忙摇头，说，自己根本的人生价值，在于著书立说、流芳百世，要不然编纂《谗书》干什么！自己拜访权贵，那是因为自己要生活，何况自己拜访的人，为人都还不差嘛！虽然自己现在考不中，但也不放弃，如果不考，就难以发挥自己的才干回报社会。中年的罗隐，倒是没有深陷考试危机，反而转为了清醒的孤高客、不屈的奋斗者。

黄巢的军势日益壮大，战火在各地燃烧。罗隐的诗中，真切地描摹着战争的残酷。虽然他依旧给权贵写诗，同他们交往，但比起早年的牢骚和盼望，此时更多了对时事的关心。他给汝州李刺史送行，希望刺史多关心被战火蹂躏的汝州百姓、谨修城防；当年秋天南下，听说黄巢攻打浙江的消息，罗隐为家乡的安危忧心忡忡。随着战争扩大，罗隐干脆到池州隐居起来，毕竟命最要紧。唐广明元年（880年）十二月，黄巢入长安，僖宗仓皇西逃。李家“名场面”重现，末世的繁华一碰即碎。

尽管北方战火连天，南方仍然太平。鉴于时局动荡，国家求才，罗隐决定和旧友顾云出去碰碰运气。他们来到扬州高骈幕府，这里有同在长安考试的旧交周繁，有新罗国的才子崔致远。上次过扬州，在一片烟火盛景中遇上了节度使李蔚，颇得对方赏识。这次过扬州，四海动荡，满地荒芜，遇上的儒将高骈年老智昏，也并没有留自己的意思。反而是旧相识顾云，长得好看，又中了进士，颇得高骈喜欢。罗隐待不住，干脆又回到故乡去了。

高骈，字千里，世代将门，但能诗好文。“水晶帘动微风起，满架蔷薇一院香”就是他老兄的名句。高骈曾长期征战西南，抵御南诏、平定交趾，是晚唐难得的名将。可此时的高骈，迷信道教，身边围了一群道士。杀人场里走出来的高骈，如今只想在扬州这烟柳繁华地，搞些迷信活动，似乎阴功胜于军功，《道德经》胜于积德志了。这种颓唐和自满愈演愈烈，等到节度淮南，他已经进入了走火入魔的状态。黄巢兵兴，他认为招安是上策，简单派点儿人围追堵截，吓一吓就是了。他和朝廷说：“你看你看，我吓了吓他们，他们就归顺朝廷了，这有什么可以担心的！”转身回府，继续炼丹！

广明元年，黄巢大军临近淮南，朝廷和麾下将士，都期待着高骈出征。毕竟，淮南兵多将广、粮草充足，与流窜各地的黄巢一战，大有胜算。不过，高骈担心的不是黄巢，更不是朝廷，是周围的镇海节度使周宝、武宁节度使时溥。在他心里，他们随时对扬州这块肥肉虎视眈眈。老儒将，变成了自私的神棍。他决定外事不决问占卜。占卜的结果当然是不可以打，而这个时候，高骈身边的道士吕用之补充说："如果现在打仗，您将功高震主。黄巢迟早有灭亡的那天，您还是保全实力要紧。"

高骈听了，非常满意，这么会说话，不如多说点！很快，吕用之变成了高骈身边的红人，带着以张守一、诸葛殷为代表的江湖骗子、市井无赖，在高骈身边混吃混喝，参谋军事。

高骈按兵不动，固守富贵；黄巢一路北上，攻破长安，包括年轻的僖宗在内，天下人大失所望，都知道高骈变成了骗子。朝廷削夺了高骈的不少差事，帐下的将士离心离德。然而罗隐来到扬州，看到的依然是年老智昏、刚愎自用的高骈，丝毫没有悔改、反省或者警惕。

高骈当然不会用罗隐，因为他专心炼丹，且正在为朝廷的举动生气。更重要的是，吕用之当然不会用罗隐，因为自从把高骈"送"去修仙，吕用之就成了扬州的头号人物，甚至募起了私兵。这都是罗隐看在眼里的。罗隐第二次到扬州，看见一座巨大的"延和阁"拔地而起，金碧辉煌，铺玉雕画，异香扑鼻。当他知道实情，不由得嗤之以鼻——这是吕用之当年借宿过的一座破屋烂庙，一人得道，庙也升天了！

罗隐听说，高骈与宰相郑畋关系不洽，他听信吕用之造谣，以为宰相要派人来刺杀自己。高骈吓得半死，一代儒将赶紧向"仙术"求援，装扮成妇女模样躲了起来，张守一假扮成高骈。为了把戏演真，张守一找来猪血，洒满卧室，一派血腥场面。次日，高骈一看，果然有人来杀自己！赶忙拿出宝贝，犒劳张守一。

如果这只是听说，那么罗隐还有亲眼所见。人们为高骈建了一所祠堂，那当然要有石碑吹嘘高骈功绩。这块石碑忽然“人间蒸发”，不知所在。不一会儿有人报告：“是非自然因素，把石碑送到大街上了！”高骈觉得真神了！赶紧让人敲锣打鼓，迎接神碑。罗隐挤在围观群众中，看到石碑还动不了。吕用之让高骈写几个字贴上去，这块石碑又动了！

真的是神碑吗？不，这都是吕用之安排好的闹剧。第二天，扬子县官接到投诉，一位老太太家的耕牛夜里被借去拉碑，牛蹄都磕破了。

一代名将，堕落至此，罗隐无话可说。罗隐在高骈精心打造的后土庙里题诗一首，说高骈不顾百姓死活，自私修炼金丹，搞那么多有的没的，不过是自欺欺人。高骈大怒，派人追赶，罗隐早就溜了。这个故事是真是假，无从考证，但罗隐有一首《题延和阁》诗，精准预言了高骈的命运：

> 延和高阁势凌云，轻语犹疑太一闻。
> 烧尽余香无一事，开门迎得毕将军。

光启三年（887 年），走火入魔的高骈被部下毕师铎杀害。毕师铎也是老迷信，说借高骈的人头，去安扬州的人心。这就是用“魔法”对抗“魔法”吧！

五

离开扬州，听闻黄巢已经退出长安，罗隐觉得局势稍稍安宁，可以继续参加科举了。然而，皇帝尚未北返，罗隐需要入蜀考试。多年坎坷、一路漂泊，加之山河破碎、局势动荡，在理想与现实间穿梭的罗隐，到达了创作的巅峰。他经过利州，那里有诸葛亮驻军的“筹笔驿”，地势险要、山川形胜，大、小漫天岭远隔飞鸟，蜀道临崖通往天府。古往今来，英雄和他们的事业大抵沉沦了，这些无言的见证，依旧守候着新的开始。想到这些，又想到李商隐的旧题，罗隐写下了千古名篇——《筹笔驿》：

抛掷南阳为主忧，北征东讨尽良筹。
时来天地皆同力，运去英雄不自由。
千里山河轻孺子，两朝冠剑恨谯周。
唯余岩下多情水，犹解年年傍驿流。

“时来天地皆同力，运去英雄不自由。”这是在说诸葛亮苦心扶持蜀汉事业，但终究是独木难支。同时，也是在说自己，虽然一身大名，但和这个老朽的帝国一样，已经失去了命运的垂青，前途哪里是自己说了算的。不可否认的是，二者都是活出自我的英雄。罗隐的愤世嫉俗、针砭时弊，乃是对自己满怀自信之时，向不公的天命与时事发出切中要害的呐喊与批评。有人说，甚至包括后来钱镠也觉得，他是怨恨时事、憎恶权贵的 。不排除他有恃才傲物的狂妄一面，但从他认真科举、认真交友、认真批评的状态来看，他是以认真的态度面对黑暗的生活的。认识黑暗，还自信是改造黑暗的英雄，这样的人，不是尖酸的，而是可爱的。我认为，罗隐是“一塌糊涂的泥塘里的光彩与锋芒”。

成都之行，最后无果而终。中和四年（884 年）末，黄巢起义失败，次年正月，僖宗北返长安。大唐帝国在奄奄一息中，迎来了光启元年（885 年）的春天。这一年，朝廷有人提出可以给罗隐授官，韦贻范坚决反对。他说：“我曾和罗隐一起乘船，艄公告诉罗隐，有位朝官在船上。罗隐却说：‘朝官是什么东西？我用脚创作都比他们厉害！’如果罗隐和我们一起做事，那我们在他眼里，岂不成了垃圾？”朝中人没有考证此事的真伪，但再不提征召罗隐的事，足见罗隐在当时以“狂”出名。一个道听途说的故事就断送了自己的前程，罗隐是很不高兴的，只好在南方继续谋生路。

罗隐年纪越大，批评的热情就越炽烈。光启二年（886 年）正月，军阀朱玫逼唐僖宗出奔兴元，拥立其他人做了皇帝。有些人观望局面，接受朱玫的高官厚禄。罗隐看不过，直呼这是伪朝，还在诗中把这一闹剧比作衰朽的东晋小朝廷。他的判断不错，当年十二月，朱玫败死，依附者大多被杀。同年十月，日后与罗隐相得的钱镠执掌杭州，人生越走越宽阔；而罗隐北上长安，第十次拼搏科举场，科举之路，走向死角。据说当年有人在长安曾给罗隐看了个相，罗隐大概也怪不好意思的，但也把自己想中进士、做大官的心思吐露了一下。那个人笑道：“你中举，顶多以后也就做个小官；你要是听我的，赶紧去找一个地方霸主，日后必然飞黄腾达。”虽然这几年，罗隐的确和这样的人交往不少，但一直没把这句“戏言”当回事。第十战不捷，五十五岁的罗隐决定改变人生方向，去军阀那里找找门路。

这一找，便是与钱镠的相逢。

北方战争频仍，军头密布，但这里过于危险，恐怕不是安身立命的好地方。南方是家乡，罗隐又长期在江淮、两浙一带活动，自然以南方为首选。其实罗隐也不是一开始就想到了钱镠，钱镠当时只是杭州刺史。光两浙一带，就有镇海节度使周宝、浙东观察使董昌，还有相熟的明州刺史、散骑常侍钟季文等人。钱镠不算最高官，也不是旧相识。但是罗隐也不是凭官职选人，荆南节度使张瑰邀请罗隐到自己那里去，就被罗隐拒绝。原来，张瑰为人残暴、手段狠辣，不为罗隐所喜。而镇海节度使周宝虽然对自己有旧恩，但被部下赶出了幕府，自顾不暇。浙东观察使董昌性格刚愎、野心很大；钟季文那里只能歇歇脚，并没有什么更大的上升空间。想来想去，还是投奔钱镠。

罗隐虽然不中举，天下却传遍了罗隐秀才的文名与狂名。但人毕竟老了，为谋差事，也懂得小心谨慎。罗隐担心，自己的狂名会不招钱镠待见。可钱镠与一般军阀不同，发迹后依旧热爱读书、款待士人，很想在东南有一番作为。这些，罗隐当时并不太清楚。罗隐谨慎地写了一首诗呈上，诗中说：“一个祢衡容不得，思量黄祖漫英雄。”钱镠知道，这秀才确有文名，又担心自己不能用他，卖一卖“清狂”。如果自己不用他，不就成了杀祢衡的黄祖，当不得乱世的英雄了？钱镠大笑，当即要职厚禄邀请罗隐。他给罗隐的回信说：

“仲宣远托刘荆州，都缘乱世；夫子辟为鲁司寇，只为故乡。”二人之前素不相识，钱镠竟能把罗隐比作孔子，罗隐心中感激不已，当即说：“我不走了！”

是年夏天，罗隐来到杭州，投奔钱镠。钱镠为表欣赏，奏请朝廷，任命罗隐为自己的从事，并特意要求朝廷，为罗隐设置钱塘县令之职。当然，这里有很多种说法，有说罗隐不愿意接受，被迫任职的；有说钱镠作为刺史，看中罗隐，任命他为县令的。我的判断是，如果罗隐真的很不愉快，也就不会在这里供职，直到终老。

在钱镠这里的日子，是罗隐一生最安定、最富贵的日子。大家不要觉得做县令、从事，官儿低，钱镠自己那时只是刺史，并非身居极高之位。随着钱镠的升迁，罗隐也随之担任著作郎、镇海军掌书记的职务，成了钱镠的心腹秘书。比起在动荡的长安从科举之路按部就班地升迁，在钱镠这里的待遇，不可谓不优。这些日子里，除了公干，罗隐有很多自由的时间，可以和朋友们往来。他结交了一些本地道士，与他们过从颇多。罗隐虽然鄙视高骈迷信，但他接受道教中调整心态、修养神气的理论。他愤世而不乖张，从这里也可见一斑。

悲催的唐僖宗已于光启四年（888 年）一命呜呼，弟弟李杰即位，是为唐昭宗。唐昭宗想励精图治，第一步是换个名字，为日薄西山的唐帝国冲冲喜。改名李敏，不太满意，干脆改名李晔。改名，就要举行个仪式，告诉天地四海。当年圜丘祭天毕，各地都遣使赴京庆贺，钱镠使团的代表便是罗隐。命运就是这样精彩，罗隐不久前还是一位落魄秀才，如今已成了东南的要员、红人。罗隐的文章，朴实而颇有气势，他为钱镠写的贺表说，这次改名为晔，是“左则姬昌之半字，右为虞舜之全文”。此语一出，满座称奇，唐昭宗本人应当也是非常满意的。

罗隐对振兴大唐很有兴趣。趁着人在长安，他向有心励精图治的昭宗献上《两同书》。所谓“两同”，就是借老子、孔子的学说，相互交融，形成的一套治国理政的理论。所以大家说，罗隐不是一位单纯的批评家。批评的本质，是要找到病症，对症下药。罗隐做到了这一点。可以说，罗隐从头到尾，将人生价值定位在报效国家上，尽管走了很多弯路，有很多牢骚，但是他没有改变向好的初心，反而抓住一切机会，宣传自己的理想，追求自己的抱负。我想，这是他能不堕落、不颓废于乱世的重要原因。昭宗读过，非常欣赏，想赐罗隐进士及第，但有大臣不喜罗隐狂妄，仍然作罢。

罗隐返回杭州后，一边用心政事，一边也因年近耳顺，开始钻研易理术数。年纪毕竟大了，为了配合保健养生，他还自己种蔬菜、草药，供自己食用，可以说是个兴趣多样、文化水平极高的小老头。

唐昭宗景福二年（893年），钱镠升任苏杭观察使，不久又升任镇海节度使。钱镠觉得，自己坐拥浙西，颇有实力，打算显摆显摆，让沈崧起草谢表。这时，罗隐大概已经升任判官，书记之事交给沈崧。但罗隐见了文章，觉得非常不妥，他向钱镠说：“现在朝廷急着用钱，你要是把这个交上去，朝廷不找你开刀找谁？”钱镠觉得很有道理，赶紧让罗隐写。罗隐的这篇谢表中有一名句，说：“天寒而麋鹿常有，日暮而牛羊不下。”[①] 把天堂苏杭说成了寸草不生的四战之地。朝廷见了，都知道这是罗隐“捣鬼”。但罗隐所说，也是实情，黄巢起义以来，各地兵马横行，民生凋敝，哪里还经得起半点折腾！

还是这位沈崧，不久参加了朝廷的科举，且一战成名。沈崧非常高兴，带着金榜去向罗隐报喜。罗隐虽然不考了，但科举之事，毕竟是他心头的“意难平”。沈崧比罗隐小三十岁，罗隐看着这个欣喜若狂的年轻人，悄悄地在榜后题了一首诗：

> 黄土原边狡兔肥，犬如流电马如飞。
> 灞陵老将无功业，犹忆当时夜猎归。
>
> ——《题新榜》

时光飞逝。钱镠的官越来越大，唐朝的气运则一天不如一天，不过身在浙江、心安山水之间的罗隐，礼遇丝毫不减。光化三年（900 年）十二月，在左补阙韦庄的建议下，朝廷赐罗隐进士及第，并升任其“检校户部郎中兼御史中丞”，赐予紫金鱼袋的高官殊荣。这些年留心本地政务、修道参禅的罗隐，不禁老泪纵横。在人生迟暮的时候，还能得这样的晚景，实现自己多年的宏愿，人生可谓不遗憾了。但自己想服务、想拯救的唐廷，却风雨飘摇，救无可救。就在使者南来之时，想大有作为的唐昭宗被藩镇、宦官四处挟持，

---

① 出自《四库全书·吴越备史》。

身不由己。罗隐想到这里，常常伤心落泪，虽有忠唐之心，却无回天之力。

此时的罗隐，名、利、官都到达了巅峰。北方的魏博节度使罗绍威为昭宗修太庙成，晋爵邺王，却仍恭恭敬敬地给罗隐送上自己的诗集《偷江东集》，要求罗隐指点批评。诗集之名，是说自己只是在偷罗隐的文采，足见后辈的谦虚。彼时，朱温挟持唐昭宗迁都洛阳，昭宗权势跌落谷底，罗绍威仍尊崇昭宗，这让罗隐很是感动，他希望罗绍威能挽救泥泞中的唐王朝。然而当年八月，昭宗被朱温杀害，唐朝气数将尽，已不能挽回了。此后，罗隐与罗绍威常有诗歌往来，他们地位悬殊，却是文学上的忘年交。

罗隐的人生，即将走到尽头，尽管在南方安享富贵和名利，但他没有忘记匡扶唐室的雄心。七十五岁这年，朱温篡位，唐朝灭亡。罗隐不顾年事已高，哭请钱镠继续遵奉唐朝正朔，起兵讨伐朱温。面对北方的强敌，钱镠有自己的考虑，也明白罗隐的苦心，十分敬佩罗隐的忠诚。朱温以“谏议大夫”的职位招揽罗隐，罗隐向北方表达了自己的倔强，他说，哪怕局势天翻地覆，自己也不愿意低头任职。唐朝灭亡，时事颓丧，罗隐干脆游山玩水，不再与世俗裹搅。

梁开平三年（909 年），历经乱世的罗隐七十七岁。年过古稀，颇为幸运，但身体已经不容许他再享受人生、批评黑暗了，这一年春天，罗隐卧床不起。钱镠亲自探望罗隐，他说，他相信黄河水还会再清，但罗隐这样的人是再不会有了。罗隐感激钱镠二十二年知遇之恩，二十二年里，自己也曾经讽刺、规劝钱镠，钱镠却不曾为此与自己产生过节。罗隐把钱镠的题诗用红纱蒙上，以表谢意，又尽最后的才智，以诗建议钱镠，不忘唐亡之事，好生经营东南。到了年末，纵有很多没说的话、没写的文章，罗隐的人生旅程也到达了终点。去世前，他写了两首诗与钱镠告别，仍是对二十二年的礼遇深表感谢。此时，钱镠升任为盐铁发运使，任命罗隐之子罗塞翁为节度推官，可谓一如既往，有始有终。

开平三年十二月十三日，罗隐没有等到新年，结束了奔走呼号、争取理想的一生，离开了人世。比起很多乱世的文人，罗隐经历了同样的坎坷，但又受到不同寻常的款待。他一生执着于理想，成了黑暗中不朽的明星；他一生奔走于现实，也获得了现实的尊重和礼遇。人生不活一个点，活起伏。如果罗隐只是愤青式的批评家，是没有办法坚持到底的。恰恰是因为，他努力在理想和现实中穿梭，用现实武装自己、实现理想，虽然没有达到理想的巅峰，却也在某种意义上，得到了重视和想要的成功。

尾声

罗隐一生有很多的遗憾，但面对这些“意难平”，他并没有选择愤世嫉俗。他批评得再厉害、再刻薄，身处末世，心里还是有大爱的。在一塌糊涂的烂泥里，罗隐笑眼看人间，戏谑游走，洋溢着浪漫的光彩。历代诗人千千万万，罗隐是唯一被“神化”了的那个。他至今还活在江浙百姓的记忆里，活在山野传唱的民歌里。

他想匡扶的大唐，没有不朽，但他自己，却不朽了。这可能是他想不到的。

韦庄

洛阳才子他乡老

引子

“锦江风散霏霏雨，花市香飘漠漠尘。”不错的，锦江春日的繁华不逊于长安的曲江。每到此时，城中老少游人携家带口，都要到锦江两岸游赏。江水近城，东南而行。向西北望去，有一片好景致，随处是蛱蝶穿梭，春花含笑，江水沉静无言，缓缓流去。这就是历来豪族、文士钟爱的浣花溪了。近年皇帝于蜀中登极，宰相特意寻到此处杜工部草堂的旧迹。年荒日久，来寻访的仆从只能辨认出哪处是篱墙，哪处是版筑的墙基。倒是宰相循着早年游蜀的记忆，惊喜地翻拣着断瓦残砖，指认这处是老杜的书斋，那里是杨夫人相夫教子的屋房。重建房屋再稍微收拾下，宰相也就在此住下了。浣花溪景色优美，贵胄们早已蜂拥而至，各建别墅。比照之下，尊贵的宰相竟心甘情愿地住进将将“能住”的草堂里，真是朴素得多！

宰相呢，倒也不以为意，退了朝，不是在写诗，就是绕着那屋子吟哦。

有时是：“过客径须愁出入，居人不自解东西。”

有时是：“座中醉客延醒客，江上晴云杂雨云。”

宰相那才华也不差的弟弟听了，在一旁拍手，说：“错了！错了！不是杜工部的诗。”宰相捋捋自己的胡须，像个老小孩儿，不以为意地回答："我老了，记不住！"成都不少人仰慕宰相的名声，纷纷来找他求诗、作曲。他不怎么给人写诗，曲子更是不轻易写的。

二

人们说，这个古怪的宰相是"洛阳才子"韦庄，也是"秦妇吟秀才"韦端己。可这话要传到政事堂，让韦庄本人听了，他定要拼着年届古稀的身子，同你生气不可。据说有王氏的宗亲带着纸笔来向韦庄求《秦妇吟》的句子，刚进宅院，便被逐了出来。韦庄的脾气，确实是古怪！不过，那些含情游春的少年少女，总会带着琵琶、横笛、竹板，在浣花溪边的无限春色中歌咏，歌咏的是韦庄最熟悉不过的曲子：

洛阳城里春光好，洛阳才子他乡老。
柳暗魏王堤，此时心转迷。
桃花春水渌，水上鸳鸯浴。
凝恨对残晖，忆君君不知。

——《菩萨蛮·洛阳城里春光好》

韦庄若听了，总要皱皱眉、摇摇头。但他并不是不近人情、超然物外的道学家。草堂中还住着一位姑娘，名唤浣花。据说是韦庄入蜀时，在路上遇到的逃难歌伎，韦庄便把她带在身边。有狎亵之徒，说韦庄为老不尊。但宅子里都知道，韦庄为她延请老师，教唱自己写的曲子。只要姑娘开口，韦庄便为她打起拍子，闭目聆听。

平日里，韦庄对浣花姑娘也是执家人之礼的。

这一日，院外又唱起了韦庄制的曲。韦庄正穿好紫袍，系上玉带、金鱼，要到宫中进谒。听到曲子，韦庄把脸一沉，使劲摇头。掌事的仆从正叮嘱厨房要为韦庄准备好晚饭，韦庄不顾厨房烟熏火燎，让做饭的伙计把柴火当着自己的面称了，用特制的量具称了米，才赶紧掩面走开。按当朝皇帝的说法，和自己一样，韦庄“穷怕了”。

不过，韦庄今天觉得，似乎有哪里不大舒服——尽管只是一次常朝诏对，内心却像犯了错似的，七上八下。车马仆人们已经准备好了，韦庄刚要登车，却又想起了什么——原来是梦，是昨天那个对镜大笑、不知所云的梦。他赶紧取来梦书，要看看梦书里怎么说。解辞是相当不好的：“对镜笑，为人欺。”

时辰容不得耽搁，韦庄心中何等忐忑，也只有在路上消磨了。

成都虽是西南雄郡，但比起长安、洛阳来，差距不小。它的罗城拥着子城，较显局促的空间里，倒是有京洛少见的连绵花草，韦庄的车马也正在其间穿行。不多时，一行人沿路转北，宫城便映入眼帘。推开窗帘，可见宣德门气势雄壮、五道并驰，但比起长安洛阳的宫城，又的确是不如了。韦庄每每来到这里，都会习惯性地叹一口气，想道：“巍峨的丹凤门还在吗？只怕是在李茂贞、朱温的交锋中，付之一炬了。”这样看来，蜀中宫城虽逊色于长安洛阳，却仍在一境平安中，难得享受此天子威严，倒也足矣。

今日不是大朝，宰相从东上阁门入宫城，皇帝在咸宜殿处理公务。车在门前停下，韦庄整理冠带，小步趋向殿门前。成都确实不大，韦庄想，按自己这个岁数，要是在长安做宰相，人怕是走得上气不接下气了。在殿门候不多时，里面传旨的小黄门便搀着韦庄入殿。殿中陈设简朴，多几分武人庄重之气。皇帝王建正和枢密使唐道袭议论什么，韦庄不好打扰，便抽出笏板，在一旁俯身施礼。唐道袭一转身，王建便看到韦庄，很是开心。韦庄正要报出名号，王建便起身拉着他的手，让他到御案边来。“掌书记，你看，枢密使和我正议论北讨李茂贞之事。掌书记在关中生活过，你觉得枢密使说得有理否？”

王建让唐道袭把所谓的出汉中征讨李茂贞的计划推演了一遍，唐道袭讲得神采飞扬，韦庄只听出了一脸疑惑。这个眉目清秀的年轻人，颇是擅长纸上谈兵。“此事对我朝大有利，但要平定李茂贞，收复长安，不是那么容易的事。”接着，韦庄把李茂贞得民心、朱梁仍强、大长和国蠢蠢欲动等事讲了一遍，力陈其中不可。

唐道袭听得比较来气，清秀的脸，快皱出了山样的眉头。王建对这样剖析深刻的讲解，一直都是乐意听取的——尽管他不识几个大字，这些年倒是听了不少圣君故事，对政事理解颇多。王建看唐道袭不愉快，就找了理由打发唐道袭回衙办事。从聘韦庄做掌书记以来，他是从心底里敬重韦庄的。每逢奏事，他要在席子上给韦庄换好珍贵的重茵兽毛垫子，这样坐得稳，衣服还不会皱。他也要等着韦庄坐定，才坐下和韦庄议事。王建是苦出身，历来看重前唐高门大族的子弟，可这些人里，真买账的也不是那么多。韦庄不是家世最显赫的，但绝对是最为自己操心的，年岁上，也长自己不少。尽管是乱世里爬起来的人，但王建还是会以心交心，以真换真。

韦庄让黄门把自己备好的奏议取进殿来，正要按常规向王建一一报告。可他看着王建，这个小老弟似乎面露难色，有什么话已到嘴边，却不忍说出。韦庄放下奏议，开口问道：“陛下可是有什么事要传旨？”

王建用手托着下巴，假装一沉吟，然后不好意思地开口了：“端己先生，朕听说您宅子里，有一位倾国……不，善于歌舞的美人？”韦庄听到这里，有些狐疑：“陛下，陛下是说，臣在成都遇到的浣花小娘子吗？”王建点点头：“不错，听说她能唱先生的曲子，还善歌舞。”“浣花姑娘自臣来蜀地以后，就跟着我，待我这个糟老头子挺好的，过段日子我还想解了她的奴籍，放为良人。”“端己先生才德兼备，可是朕……王建我，有一个不情之请。”

话说到这里，王建的心事基本已经点透了。前不久，王建到侍中潘炕家中，也这样委婉地讲了一遍。那会儿，韦庄就是看着潘炕的宠姬被宫人们请入“香车”的。殿里气氛霎时凝固，二人心有灵犀，却尴尬得聊不下去。

“陛下，臣是想放浣花姑娘为良籍。”

“朕知道，朕是说，请浣花姑娘到宫里来，教那些不成事的宫嫔女眷唱曲子、跳舞。”

“陛下，宫中女眷各有才华，若要教导，有教坊司中的教习和乐器大家，何必从我宅里请一个乡野的姑娘呢？”

王建有些急了，他连连摆手：“先生，朕最喜欢先生的曲子词，教坊司中，只能唱个皮毛罢了。让先生身边人来，岂不更好？”

“陛下，进奉女子入宫，自有女官选择、考核的法度。我给陛下讲的隋炀帝、唐敬宗之事，陛下要……”

“先生！”王建拍起了御案，“朕是请姑娘入宫教习，时日到了，自然允许先生放姑娘为良籍！”

听罢，韦庄一脸茫然地和王建对视了一会儿，转过头去，自顾自地收拾好奏议，然后有礼地起身，拱手施礼：“陛下，这里是近日呈陛下的内外奏疏，请陛下察看。”说完便转身离开。

往来朝见，不觉晡时已半。韦庄才恍然大悟，梦里“被人欺”是何意。他心神不宁，但还是镇定地吩咐家人，赶紧为浣花姑娘去置办钗环头面、朝见衣裳。他特意嘱咐：“不吝金帛。”管家也不知道今天宰相怎么这样大方。等韦庄回到草堂，月亮都挂上了大雪山尖，抬头望月，月亮都感伤起来。

“这可怎么说好呢！夺人所爱，飞来横祸。”韦庄心里嘀咕半晌，不知道怎样把浣花叫来，更不知道叫来之后，如何和她交代。韦庄在书房踌躇半日，让人取来纸，磨好墨，又让人设好酒席，点上御赐的沉香烛。等安排好了，才让人去后房唤浣花来，还特意让浣花带上琵琶。不一会儿，浣花就推开门进来了。浣花方是桃李年华，天真动人，一进来便笑着问：“韦相公碰上什么好事，给浣花设宴？”

这话更戳韦庄的心窝子，他看着这孩子青春烂漫的模样，想起二人初遇，教她识文字、唱曲子的事，心绪起伏。自己七老八十了，对着如玉的少女，心中多是身为长辈的顾怜。妻亡数年，有时也能在她的身上忆起“骑马倚斜桥，满楼红袖招”的少年光景来。各种情意，交织一处，浑然不知自己在追忆中出了神，直到浣花又唤他一声：“韦相？”

韦庄强挤笑容说：“今日朝见，陛下给了不少赏赐。我这个老抠门也打算摆摆酒宴，庆祝庆祝。”说完还苦笑了几声。

浣花听了很高兴，二人先举酒互祝，而后浣花便取出琵琶，说道：“韦相今日讨了封赏，浣花就把新学的曲子向韦相唱来，祝韦相福寿康宁，长生永乐！”

只听浣花取出螺钿装饰的琵琶，旋动琴轸，拿起拨子，轻唱道：

劝君今夜须沉醉，尊前莫话明朝事。
珍重主人心，酒深情亦深。
须愁春漏短，莫诉金杯满。
遇酒且呵呵，人生能几何。

——《菩萨蛮·劝君今夜须沉醉》

歌声如玉响，琴声如珠落，玉盘珠响，清新动人，听得韦庄更是百感交集，不由得拭泪。浣花见韦庄难过，插回拨子便问缘故。韦庄没有说话，只是啜了一口酒，到盛放纸笔的几案前，背转身子，挥毫立就。

“浣花，我这里有一首曲子，新作的，你看看，能不能唱？”

浣花接过纸卷，上面泪印斑驳。“韦相莫不是有事隐瞒？”她边心里暗忖，边读纸上的曲词：

绝代佳人难得，倾国，花下见无期。一双愁黛远山眉，不忍更思惟。

闲掩翠屏金凤，残梦，罗幕画堂空。碧天无路信难通，惆怅旧房栊。

——《荷叶杯·绝代佳人难得》节选

“韦相这是何意？”

“浣花你且唱来。”

韦庄又整了整衣冠，坐回席上去。这次的琴声、歌喉，便不再清越了，而是凄凄楚楚，如怨如诉。

浣花叠唱道：“碧天无路信难通，惆怅旧房栊。”

琴声未罢，浣花就听到韦庄停下了打节拍的手，抬头一看，迟暮的宰相老泪纵横，掩面啜泣。浣花不知何故，以为是韦庄今日在朝堂获罪受责，正要说些不会辜负恩德的话，韦庄先开了口。

“我身为一国宰相，同平章事，到头来，不过同你一样，寄居他人篱下，身不自由。实不相瞒，今日入宫，陛下同我说要你进宫，做女乐教习。我连说要放你入良籍，主上脸色不快。我知道，事情没有办法挽回了，我为了自己的来日，已经让人办好了入宫的头面、衣服，只等那中贵人们一到，我就要送你走……”

听到这里，浣花心下一沉、玉面无色，不哭也不语，只是望向韦庄。韦庄继续说道：“你我天涯孤旅，烽火之中相遇。我一个迟暮老人，你呢，是芳华正茂。我感谢你为这清寂的草堂留下了青春的颜色，也感激你天资聪慧，唱得出我曲子里缠绵之外的清澈与明净。旁人都说我为老不尊，对你有非分之想。如今我不讳言对你的复杂深情。确实啊！我克制自己，执家人礼，但我深知内心中，还是有……”

“韦相！浣花身列奴籍，辗转豪门为歌伎，不为求贵胄的青睐。这是浣花的命。数年以来，蒙韦相厚爱。浣花以为，韦相更多待浣花的，只是如家人礼。”

“浣花，你不会恨一个软弱但又多愁善感的老人吧？”韦庄想去握住浣花的手。但浣花站起身，往后一退，规整地跪坐席前，继续说道：“韦相，韦相是朝廷的宰相，为主敬忠、为国效力是本分；浣花……浣花是卑微的歌伎，从事各府、转与他人是命定。浣花不求得谁的恩典，也不求谁的深情诉说与表白。能在草堂，得韦相文风教诲，已是命运之外的幸运，浣花不奢求，也不曾抱更多的情意。浣花命不由己，但心尚由己。浣花深知韦相的苦衷。”

韦庄听到这里，竟哑口无言。自己年过七旬，浮沉宦海，从来没有这般通透和决绝的气魄，如果有，那可能就是舍家入蜀，辅佐王建吧。浣花说完，深深下拜，感谢韦庄的赏识之恩。韦庄长叹一口气，把她扶起来，也深深回礼，就中还有多少话未讲，只有韦庄自己明白了。

不多时，院外传来人马喧哗的声音。一位中官走到院中，恭敬地说：“宫中降旨，取浣花姑娘入宫教习女御。”韦庄没有出见，只让管家代为传达，匍匐在地的管家说：“平章事领旨，平章事答中贵人，退朝身染风寒，不宜出见，浣花已在堂中等候，由中贵人带去。”

众人拥着盛装的浣花上了车，浣花也未曾有半分留念。只是当车驾将行时，屋内响起了琵琶声，有人缓缓地唱道：

记得那年花下，深夜，初识谢娘时。水堂西面画帘垂，携手暗相期。

惆怅晓莺残月，相别，从此隔音尘。如今俱是异乡人，相见更无因。

——《荷叶杯·记得那年花下》

不过辚辚车声渐远，歌声怕早听不到了吧！

二

成都春色如故，莺声依旧。韦庄后来入朝，王建也不再提起浣花姑娘了。自那日后，韦庄身体每况愈下，对于一个七十多岁的老人来说，倒也是自然之理了。身体时好时坏，感觉好的时候，韦庄也常去办公。今日正好是清明假日结束，久雨放晴，韦庄觉得筋骨轻松，早早就到尚书都堂去阅览公文。办事之时，身边走过的令史小吏总要互相窃窃私语一阵。韦庄一抬起头，他们又装作无事，悄悄走开了。待用过午饭，韦庄坐在都堂廊下晒太阳，身边走过一个小黄门，他口中念念有词，引得韦庄发觉。

“站住！”

小内侍一怔，紧张地转过身来：“平章事，唤小臣何事？”

“小中贵人，您在念什么？是句诗？”

小内侍见只是问诗，擦了擦额头的汗，回道：“昨日打扫承乾殿，见殿中新设了一具障子，上面写着‘斜开鸾镜懒梳头，闲凭雕栏慵不语’一句诗，颇有意思，所以……”

“什么诗？”

“斜开鸾镜懒梳头，闲凭雕栏慵不语。”

韦庄一愣，为了禁《秦妇吟》，自己都暗令成都府搜访销毁《秦妇吟》的诗稿了，怎么还会有障子送入禁中来？

他找了话头，和小内侍客套几句，打发他离开。自己没了廊下休闲的心情，坐立不安，心生疑惑。

远远又看见唐道袭迎着自己走来。虽然不大喜欢这个轻佻的年轻人，但唐道袭做人圆滑，对自己还是很恭顺的，唐道袭刚一站定，就执下官之礼，说："陛下招平章事赴殿论道。"

"赴哪一座宫殿？"

"承乾殿。"

唐道袭说完，便向都堂走去。韦庄不多问，就往承乾殿赶。

"端己先生！不要走太快了。"王建正立殿门之前，看到气喘吁吁的韦庄，便让两个内侍迎上去搀稳，"端己先生，朕找您来谈诗论道，不必如此慌张。您年过古稀，要注意身体。"

"老臣！臣……"

"端己先生，来坐。"席子上早已放好了兽毛的软垫，还有为韦庄准备的象牙凭几。但等韦庄一坐定，就发现殿中的障子上，写的是《秦妇吟》全诗。还没等韦庄开口，王建走了进来，摇头晃脑地吟道：

> 中和癸卯春三月，洛阳城外花如雪。
> 东西南北路人绝，绿杨悄悄香尘灭。
> ……
> 适逢紫盖去蒙尘，已见白旗来匝地。
> 扶羸携幼竞相呼，上屋缘墙不知次。
> 南邻走入北邻藏，东邻走向西邻避。
> 北邻诸妇咸相凑，户外崩腾如走兽。

韦庄看王建已然坐定，赶紧拱手："陛下从何处得此乐府佳篇？"

"哈哈哈哈！"王建摆摆手，"先生是年纪大啦，这是您自己的诗啊。清明前，有李茂贞的使者来，说在沙州买到了先生的诗，文章极美，但不知真假，便让巧手的人写成了障子，又把抄好的诗卷一并送来。先生竟不知出处，看来这不是先生的作品了。"

"陛下。实不相瞒，这是臣的作品，"韦庄从席上起身，躬身下拜，"前唐中和时，庄被困长安，见黄巢贼凶恶残暴，杀戮百姓，作此长篇。当时庄生性轻薄，写了'内库烧为锦绣灰，天街踏尽公卿骨'的句子。庄怕公卿们非议、诽谤，所以入蜀之后，教人毁去此诗的抄印，搜检障子、题板等物。庄今已老迈，故要痛改前非……"

"先生！"王建也离席，扶起韦庄，"先生何必说什么痛改前非。改朝换代、人事代谢，是自然的规律，先生不要以此难为情。朕是个粗人，也知道诗确是好诗。今天请先生来，想教先生为朕解诗，也讲一讲前唐的殷鉴。"

韦庄听到这里，感觉轻松了不少。看来身边的卿相名士，倒也不在意这诗里描绘的血腥场面，也不存在什么"诽谤""非议"之言。于是他向王建请来抄本，逐句逐段地开始讲解。

王建、韦庄都是去过长安城的，韦庄记得长安城的繁华模样，王建还能想起长安城的凋敝凄凉。他在听韦庄解诗时，总是会开玩笑地说自己是个老兵，最不懂诗文。可当他听到"牵衣不肯出朱门，红粉香脂刀下死"的惨烈时，脸上一片愁容。王建示意韦庄暂时莫讲，问道："先生，这可都是实事？我听说黄巢进长安时，百姓夹道、观者如云，黄巢还分发一路抢来的财宝金帛，广济百姓。"

“陛下，老臣年迈，大事记不清了。陛下可记得黄巢杀故唐宰相、大索长安才子的事？抄掠人家，往往如此。”

王建对这个答复有些疑惑，略一思索，又让韦庄讲了下去。当韦庄讲官军之败时，王建面色悄变。他咳嗽两声，打断了韦庄：“先生！”他指着“旋教魇鬼傍乡村，诛剥生灵过朝夕”两句诗说，“您之前说‘黄巢机上刲人肉’，这是实事，我也是知道的。可当时围城之外，都是官军。我时任统帅，莫不勒令下属保境安民，怎么会有残害百姓的事情呢？先生是听了误传吧？”

韦庄听出了话外的意思，赶紧赔着笑说：“老臣从来愚朽，把一些道听途说，都写在这里了，是做诗人的失职。”

“哈哈哈！当时天下大乱、流言四起，先生听到些坊间奇谈也是常理。不过先生写关东的老将拥兵不动，倒是实情啊。你看‘陕州主帅忠且贞，不动干戈唯守城’，这句朕都明白，说的是高骈。高骈当时统率诸道勤王兵马，就是不动，白白让朕手下的兄弟们在几次围城战里做了刀下鬼。高骈害了关中多少百姓啊。”

“陛下圣明。高骈早年南征南诏、交趾，颇有大将风度。晚年沉湎权势，拥兵自重，以为固守东南有万世不动摇的根据地，北上勤王不过是做做样子，保存实力。可苦了百姓。”

“后来不也死在自己人的刀斧下？亏得他还能识文断字、作诗制曲，却不明白这些道理。”

“陛下，古往今来的君主，才华高的比比皆是，但明事理的确实不多。”

“是啊，如果他明事理，那我这膝盖上，怎么能让大唐的天子枕上一觉呢？”王建每每提起唐僖宗回朝时倚着自己休息的事，就会眉飞色舞起来。

韦庄的奉承话到嘴边，却又讲不出了，他又一改口：“陛下得奉天命，是有不少征兆的。但陛下要记得僖宗皇帝荒唐误国之事，使蜀中百姓免受如此战乱之苦。”

“朕苦出身，天下大乱的时候，要么饿死、要么战死，朕从死人堆里登基称帝，自然是明白此中辛苦的，先生总是喜欢匡正于朕，朕今天让您解诗，也是希望您多多进言。”

韦庄又给王建解起《秦妇吟》来，但等讲完山中老翁的遭遇以后，王建的脸色变得越发难看了。韦庄淡定地说：“黄贼的流寇，大多还是没了生计的百姓，怀着体恤百姓的良心。但是当时臣所见的官军……”

“官军就不是没生计的百姓了吗？”

“陛下，是说有的官军……”

“先生记错了。先生可知道，在杨复光手下巡弋蒲州、陕州的军队，当年是朕所统辖。如果说官军对百姓残暴，朕早就抓一个杀一个了，怎么会让他们蹂躏这些村寨呢？”

“陛下，这都是臣在长安的听闻。”

“平章事中和年间在长安听说的，哪里如我们这些在前线杀敌作战的老兵知道得清楚。平章事有时还是不要逞书生意气了。”

“陛下圣训。”韦庄从没有见过王建这般严厉。

“先生，”王建似乎又恢复了温和模样，“今天解诗也解得差不多了，这篇《秦妇吟》就留在禁中，供朕欣赏吧。”

韦庄从书案后起身，顺着王建的话，施一告别礼，然后缓缓退出殿门。坐了大半天，老骨头都快散架了。不过韦庄刚打算从阁门登车回宅子，就有一个小内侍跑出来，叫住了韦庄。“陛下对平章事还有几句口谕。”

“中贵人请讲。”

“浣花姑娘入宫后身体不适，久不饮食，已于清明前过身了。浣花姑娘的遗物，会奉回平章事宅上。”

听闻此事，韦庄也如浣花临走那天一样，面无表情，他只是沿着长长的御道望去，这也许是浣花的车马行经过的地方。直到管家对好门符，可以离开时，韦庄才快速地转过身，钻进车厢里。成都暮春繁盛，街道人声喧哗，韦庄却只听得见自己劫后余生的心跳。

尾声

没过多久，韦庄找来弟弟韦蔼，让他将自己平生所作诗词，抄集于一册。韦庄特意嘱咐，诗词集名曰《浣花》。成书日，韦庄把书中《秦妇吟》一篇撕去烧毁。之后，韦庄每日只是坐在屋中，阅读杜诗。由春而秋，韦庄身体再也没有轻松的时候，草堂里也不再有琵琶歌板的声音。有一日，浣花溪传来相国薨逝的消息，王建屏退了日常亲信的人，坐在殿中，望着四围的《秦妇吟》障子，想起韦庄日常的那些喋喋不休。

由日中坐到日昃，皇帝终于开口了：“传旨，将题诗障子撤去，换今秋的新障子来。”

敦煌文书逸事

挣扎一场，我也曾如此鲜活

引子

光绪二十六年（1900 年）五月二十六日，主持敦煌石窟寺的道士王圆箓正在践行自己宏大的发愿——打扫石窟、重修佛寺，有朝一日旺盛敦煌的香火。他正在清扫三层洞中的积沙，沙石已经埋到甬道顶，严重影响人们到窟内礼佛。他正让工人往沙堆上一桶一桶浇水，打算冲开积沙、冲掉淤土。一开始，工人们听到墙上砖石松动的声音，以为是沙石作响，没有理会。不一会儿，这个声音变成罅隙绽裂的声响，越发清晰，工人们放下手里的活，去找王圆箓。

王圆箓正在阴凉处纳凉，听到这里以为是窟里出了事故，赶紧丢下帽子过去看。甬道的北壁已经裂开了一个小孔，里边有点儿黑，王圆箓大着胆子，敲了敲这面墙。声音并不沉，背后还有空间。王圆箓让眼睛好的取来烛火，从洞外往里观望。那人看了半天，王圆箓急了，拍拍那人的背："到底看到了啥？"

那人转过头，一脸的惊诧："佛，还有佛经。"

王圆箓不大信，自己拿着锹，和几个人一起把这面墙凿开。凿到日暮，终于破开一人出入的口子。他举着灯，往里一探身，看到了一生只有一次的奇景：沿着更北的一面墙，从东到西，垒满顶到了天花板的经卷文书，还有一些佛像、卷轴散落在地上、书卷上。

王圆箓不识字，但他大概知道自己找到了千载难逢的古物，他呆住了一会儿，由衷地赞叹道："我的亲娘啊……"

他以为自己遇到了菩萨显灵，事实上，他刚把沉睡千年的生命，逐一唤醒。

一　张君义告身

韩伏养背着这个有些重的包袱，已经走了三千里。起初在驿站里，还能凭自己的证件领到马，走着走着，驿丞总有一万种理由拒绝为自己这个从九品"陪戎校尉"供马。再走一些距离，那些与黄沙做伴的偏僻馆驿连顿像样的饭都没有，都是黄米掺沙、兑水成粥。遇上好心的商队，韩伏养会找他们换点干粮、肉食。一路走一路换，身上那条郭元振将军赏的金带，已经不剩几块带銙了。

常常有人会问："这包袱里是什么？"韩伏养总是笑笑，说："我兄弟孝敬老娘的东西，他还在安西留戍，我给他带回去。"

有人看到包裹就眼开，以为里面装满了财宝，但看到韩伏养脸上的刀疤和目中偶露的凶光，就畏畏缩缩、不敢再想。

这一路走来，真正的匪徒和野狼也不算罕见。某次在伊州城外，有几匹马截住了翻跃沙山的路，韩伏养远远就看见他们拴住了几匹骆驼——是强盗吧。韩伏养把短刀从腰上背囊中取出，大着胆子走近。拦路的人胡服辮发，说着突骑施的语言。

"冤家。"韩伏养嘴里喃喃两句。

"汉儿，过来！说什么呢？"马上的一个大汉指着他，韩伏养不想和他们起冲突，便走上前去。那汉子突然抽出长鞭，往韩伏养腿上狠狠一甩，韩伏养忙一闪躲，脸上刺出一道血印。

“跪下！这是我们大叶护！有什么值钱的赶紧掏出来，还想活命吗？”这几个突骑施人的汉语说得不好。韩伏养用余光往边上一瞥，一个戴着毡帽的粟特人被五花大绑，正靠着骆驼呻吟不已。韩伏养忽然一退，从怀中抽出短刀，横在胸前。他用突骑施语说道：“我是安西都护前军步卒，名下首级数十余，各位要一战吗？”那汉听了，恼羞成怒，也从鞍边抽出弯刀，似要冲砍韩伏养。边上有骑黑马的人把马往前一催，拦住了那汉的刀，也用突骑施语说道：“我只想知道，勇士带了什么。”

韩伏养看看此人，此人身穿锦袍、辫发严整，并不是一般凶神恶煞的歹徒，也许是流落在此的突骑施贵人。形单影只，不宜冲动，韩伏养把背囊中的一个卷轴取出，递给马上的男子。

“全是汉文，贵人可知？”

“某也曾是安西帐下人。”马上的贵人说的是汉语。他仔细看了一遍，把卷轴郑重一卷，交回韩伏养手中，接着把缰绳一扯，示意让出道来。韩伏养向他抱一抱拳，准备往前走。

“且慢。路长又险，带上这些。”贵人让人下马，拿上一个小包给韩伏养，“你没有酒和肉，怎么在西州道上抵御野狼呢？”

韩伏养回头，看看马上的贵人，又看看一边被折磨得半死不活的粟特商人，耸耸肩，没有多礼，继续赶路。韩伏养爱喝酒。出生入死的人，总贪恋酒的醇香，闻到那股子酒味，就忘了自己正把脑袋别在腰上，也忘了要提银枪上战场。安西带来的酒已经喝完，韩伏养前几夜都是靠听风数沙打发时间，要么就是在驿站的床上，一杯又一杯喝水。离下一个驿站还有很多里路，但天色已经不允许韩伏养再走了，他看看四围，找了一处背风的沙丘，简单铺上铺盖，准备歇息。他把包裹放在一边，拿出酒囊和干肉，又从一个小银瓶里取出一点儿胡椒，磨成粉，撒在干肉上，振作精神。

“来，喝点儿。”韩伏养拿着酒杯，对着那个包裹笑了笑。自己喝完一杯，还要犹疑地问一声：“你怎么不喝？不喜欢吗？啊对，你一直都不喜欢他们的酒，你不喜欢这股奶味儿。”韩伏养又大笑起来，浓密而散乱的胡须上下乱摆。他满意地咂摸着肉味，品尝异族的佳酿，眼前的大漠荒夜、星垂平野，都可爱了起来。正当韩伏养要放空时，忽然听到附近草丛有翕动。他放下酒和肉，握住怀里的刀，警觉地注视着周围。

一声嚎叫传来，几对幽绿的鬼火向韩伏养迫近。利爪翻开野草，尖齿上下嚼动，三四只狼贪婪地望着韩伏养。韩伏养向天中一啐：“这贼，早知道多赶几步路了。”说罢，从面前的火堆中抽出一根火炬，左右晃动，又把刀在空中挥舞，试图吓退这些侵犯者。狼看了一会儿，觉得韩伏养退无可退，又往前进了几步。正当韩伏养与面前的狼对峙时，忽然有一物从草中飞起——那是一只伏狼，想借这个机会，偷袭韩伏养。

韩伏养身经百战，早已注意到伏狼的存在，那狼扑来，他头往后一靠，握刀的手往中间一刺，只听嗷的一声，锋利的短刀正正在狼肚子上割开了长长一道，狼咽了气，砰地落在地上。狼最是自私，见此惨状，纷纷逃离。

“呸，就这畜生还要来动你大爷？”韩伏养收拾收拾“战场”，割了一块能吃的狼肉，正打算坐下，摸了摸腰上，却发现少了点儿什么，把那狼肉一扔，开始寻找起来。不一会儿，他发现那个小银瓶倒在地上，胡椒滚了不少出来。

“畜生，爷的宝贝都给打翻了。”韩伏养细心地捡起每一粒胡椒，走回火堆旁，取了几粒，用刀把磨成粉，撒在狼肉上，接着，用树枝把狼肉一挑，烤了起来。

“老张，你最喜欢吃的是这个吧。上次咱们围住白寺城，你打了一只狼，吃得那叫一个香啊。”韩伏养看着火上的狼肉，淡淡的肉香飘来，“你来闻闻，香不香？”

“香不香，说话啊！”这个老张一直沉默不语，韩伏养觉得没意思，拿起酒囊，又自己喝了起来。

有时候老张还是会和他说几句，有时候老张不会回答他。无论老张在不在，韩伏养都得加速赶路。千赶万赶，韩伏养终于赶到了瓜州。

“娘的，太阳又下山了。”还好这里是瓜州，城外也有人家。韩伏养找了一处邸店歇下。一路奔波，终于又吃上了好菜，喝上了中原的好酒，睡上了有褥子有垫子的床。韩伏养还打了点水，洁了洁面，揩了揩齿，找来剃刀，整了整好些日子没打理过的胡须。没有盗贼、没有风沙、没有狼，韩伏养安心睡下，很快入梦。

飘飘忽忽间，韩伏养又一次见到了老张。老张总是在这个时候出现。他梦见自己和老张正并肩行军，老张方面剑眉、斗志昂扬。不过只有老张是清楚的，前后的旗帜、甲士都只有轮廓和色彩，是流淌还是行走，都分不清。韩伏养想找老张说话，于是戳戳老张，问道：“老张老张，等仗打完了，你又得回沙州了吧。”

“咱们是募兵，回去是理所应当的。”

“我回鄜州老家，会路过你们沙州，你给我说说，沙州有什么好玩的？”

“我们沙州？我们沙州是河西第一大城，安西都比不上。沙州随便拣一个街市，就有俗讲，有戏场，有吃的，有玩的，有喝的，有看的，你说，好不好玩？”老张有些眉飞色舞。

“好啊好啊，我最爱这些好玩去处，最爱到市里闲逛，看些珍奇的、远处来的、买不起的。”

“市上，市上就更好了。你不是爱吃吗？我们沙州的行铺里，有橘皮胡桃瓤、栀子高良姜，有大腹槟榔，有河藕飘香。有野鸡肉，有香猪肉，有腌的胙，有葡萄的酒。哎呀哎呀，说得我的嘴馋。”

韩伏养看着老张边说边比画，自己已经食指大动、闻之生津，也跟着念起来：“橘皮胡桃瓤，栀子高良姜……”

“不要动！不要动！”迷迷糊糊里，韩伏养听到周边有人在喊叫。等一睁眼时，自己已经在床上被人五花大绑。“你们是谁？怎么敢绑老子？你们干什么？”

“闭嘴，走！晋昌县公干！”好几个差役控住韩伏养，好不容易把韩伏养架进了公堂，堂中高床上坐着晋昌县尉，县尉早已经看过韩伏养的户牒官告，问道：“韩校尉，既是朝廷命官，为何包袱中有人头断肢？如此大胆，敢犯皇律？”

韩伏养叹了口气，知道自己包裹里的物什被人看了，自己被当成案犯，抓到县衙。他只怪自己久不与人接触，刚入城市，忒不小心。于是有礼地回禀道："明府，包裹中是故骁骑尉张公君义的遗骸。您要不信，包裹中有一卷告身、两卷验文、一件驿文，都有都省各部印信，画押无误。"

县尉将文件检看一番，与其所说果然无误，但更是奇怪："既然是烈士遗体，如何让校尉背回，无人相送？"

"明府，景龙年间回救安西都护府之前军，只剩我一人。我与张公有过约定，我死，他带我回鄘州，他死，我带他回沙州。"

沙州，是张君义的老家。韩伏养从认识张君义那天起，他成天给自己提"沙州"。不是自己东邻的沙州美人，就是街市上的美食，说得绘声绘色。其实老张的故事，讲来讲去也就那么几个，但足以把与蓬草为伴的将士们逗得乐呵呵。韩伏养和张君义走得近，张君义就会和他讲自己的老娘和媳妇儿，讲抱着大胖小子去三危山下拜佛，讲一家人夏天坐在葡萄架下乘凉、吃甜瓜。韩伏养还没有结婚，那时他与张君义一起，正在向白寺城冲锋。突骑施人很能打，韩伏养有些害怕，他喝了一口酒，让张君义给自己讲个故事。

"你怕？"

"我怕，我怕没法儿回家见老娘。"

"我怕的时候，心里面就常常有个念想，我就想起了家，想起家门口的树，想起我常去拜的佛——有念想的人，就不会害怕。"

满脸是血的韩伏养、张君义，就是靠着故事，冲出战壕，跟着小队一起打下了白寺城。十天之内，这队不怕死的神兵连破十一阵，将突骑施的包围圈撕开了一道口子，由碎叶军使周以悌率领，直指安西府城。张君义带着韩伏养等一百多焉耆人兵，韩伏养看到，这个平日爽朗的男子，那一日已经杀红了眼，登城而上，斩将搴旗。战役结束，韩伏养拉过张君义，扯着嗓子问他："你不要命了？"

"命？死了把我埋到石窟寺去。"

韩伏养拿他没有办法，但每一次战役结束，都能看到这个乐观的男人灰头土脸，还和战友们开着玩笑，讲着故事。"我那个时候相信，老张……不，张公，如有神助。佛总是要他不死。"

县尉已经让人给韩伏养松了绑，请到后堂坐下说话。县尉读着文牒上的内容，听韩伏养讲得入神。"可张公骁勇如此，何故殉国？"

"景龙三年（709 年）六月二十六日，四镇经略使周以悌指挥前军，解安西之围。我与老张打先锋，突骑施人在野地设伏，突然有三百骑兵和甲士，将我们二百多人冲散。老张找见他们的头领，连斩数人，闯阵而去。老张与头领短兵已接，但骑兵把我们和老张分开了，骑兵手上有弓，老张背后中箭，倒在人群中。等我们突围，大部队赶到，我只找到了老张的头。战事结束，十一场上阵杀敌，就获得这点儿勋官酬赏。就这，我们都等了三年。我们都是募兵，不少人无家无口，指着这点儿东西回去生活。副使薛思楚将军让我带上张公的遗骨和勋告回沙州，如果他还有家人，至少能给他办一个体面的葬礼吧。"

过去张君义给韩伏养讲故事，韩伏养热血沸腾；今天韩伏养给县尉讲真事，县尉感动半晌，请韩伏养吃了一顿烤全羊。

第二天，县尉给韩伏养找来快马，送上干粮和路费，连暂安张君义的包裹、木盒也更换一新。"沙州离此不远，校尉催动快马，半日多脚程就到。”

韩伏养没有耽搁，别过县尉，径奔沙州而去。他早已没有了悲伤，只想知道，沙州敦煌县，是否真的有那一座法相庄严、令人赞叹的石窟寺，是否真的有“橘皮胡桃瓤，栀子高良姜”。刚过正午，他就来到了敦煌。按照文牒的指引，他在城中四处绕，他快找了一百个葡萄架，也没有找到张君义描述的那一处所。

“难道他在骗我吗？”韩伏养有些疑惑。但他忽然想起张君义说，自己家的葡萄架很高，没有葡萄的时候，有人会坐上葡萄架吹吹风。邻近黄昏，韩伏养赶紧登上一处小楼，不远处确实有一个高高的葡萄架，架子上坐着一个小孩儿。

韩伏养向着那边走去，走到一条深巷，他敲敲门，一个中年女子应门道：“哪位啊？”

“安西来的，来府上递信。”中年女子赶紧打开了门，韩伏养分明看到她眼中有惊、有喜，也有失落。

“郎君是？”

“我是陪戎校尉韩伏养，与张君义大哥同在四镇经略使前军旗下做差。”

“张郎可有什么带话？”

“哪位啊？”院子里传来了一位老妇人的声音。韩伏养往里看了一下，然后示意张家娘子走到一边说话。女子抿了抿嘴唇，似乎知道消息不会太好。

“张公已殉国，我奉副使薛思楚将军命，送张公和张公勋告东返。”韩伏养把背包抱在身前，然后把卷轴抽出，小心地擦了擦，递给张家娘子。

“我不识字。”

“那我为您读。”

“尚书司勋安西镇守军镇起神龙元年（705 年）十月至景龙三年十月四周年，五月廿七日敕。碛西诸军兵募在镇多年，宜令迁官，品位酬勋，傔白丁沙州张君义，敦煌县人，右骁骑尉。”

听到这里，张家娘子示意停下，问道：“还有别的话吗？”

韩伏养摇摇头，说：“他给我讲过你们的故事，我相信，那些都是真的。”

“他总是爱讲故事。他说讲故事的人，有念想。”

“有念想就不会怕。”两人一起说出了那句熟悉的话。

二　学郎诗

新年前夕，沙州的街市比往日更为热闹。街上的店铺商行早已摆上四方搜罗来的各色奇玩，通衢上人头攒动，大家互相行礼、庆贺新年，喧闹得很。沙州州学虽然离闹市尚远，但学校的学郎们一路行来，早已被胜景迷花了眼、分走了神。上课前，大家于正堂两旁的游廊就坐，李再昌刚刚从包里拿出书卷和笔，就对一旁的翟再温说：“奉达，我刚刚从外面来，路上已经有人卖蒲桃酒、甜干枣，我知道你最喜欢这两物，一会儿不妨……”

“咳咳！”州学博士阴先生咳嗽几声，李再昌耸耸肩，不再说话，认真听课。今日博士讲授《论语》，一边的翟再温听得津津有味，李再昌没有兴趣，他的心思早就飘到大街上，和那些美食美人共舞了。阴博士看出他走神，清了清嗓子，点了他的大名，说："再昌，这孔门四科是什么，你给我解解。"

李再昌憋红了脸，努力编造："这——我——可能是——这个——博士——可能是？"

博士追问："可能是什么？"

李再昌把头一扬，说："可能是——吃喝娱乐！"

两旁学郎听了一阵爆笑，博士的脸色都铁青了。"李再昌，站到庭中来。"说着就要去拿教鞭。

李再昌看着先生气势汹汹的样子，赶紧跪地，双手猛摆，向先生求饶。先生本不想饶，可听李再昌念念有词道："读书须勤苦，成就如似虎。不辞杖捶体，愿赐荣驱路。"

博士听他这一番道理，不禁也笑了起来，挥到半空的教鞭也放下了。博士转回座位，笑着说："李再昌，小聪明倒是接二连三嘛！年节将近，玩心大起，也是可以理解之事，你回去吧，回去好好温书。学郎们，不是不让你们玩，只是俗话说得好：家中无举子，官从何处来？你们明白道理，更要身体力行。张富千，你来给大家讲讲孔门四科。"

另一边，生得清秀的张富千躬身一礼，说道："孔门四科，便是这德行、言语、政事、文学，系《论语·先进》之典……"

李再昌回到座位，看着张富千颇受老师的喜欢，阴阳怪气地学起他的模样，摇头晃脑。翟再温拍拍他的背，让他说话小心点儿，留神一会儿再给老师打了。李再昌倒满不在乎，拿起笔，在纸上写了一首歪诗：

学郎大歌张富千，一下趁到《孝经》边。
《太公家传》多不残，娄猡儿，实卿偏。

写罢，向翟再温使了个眼色，让他拿去看。翟再温见他写了首白字连篇的歪诗，好奇又好笑，并不理他，听先生讲课去了。

“《论语》是先圣之书，今日就说到这里。节休将至，也不让各位多做功课，我们不妨即席赋诗，各言其志，向古人学习，如何啊？”

学生面面相觑，要说读书背书、写字抄经还算可以，作诗，也就只有作歪诗的水平。

“奉达，”奉达是翟再温的字，“你最爱写诗，不如一展诗才。”

“先生见笑——”翟再温不好意思地站了起来，略一沉吟，说道，“三端俱全大丈夫，六艺堂皇世上无。男儿不学读诗赋，恰似肥菜根尽枯。躯体堂堂六尺余，走笔横波纸上飞。执笔题篇须用意，后任将身选文知。”

阴博士听完，鼓掌叫好：“不错！真个男儿一丈夫，很有志向！”

翟奉达开了头，大家也跟着和了起来，不管好诗歪诗，念了再说。

有人感念父母之爱，说道：“幸思比是老生儿，投师习业弃无知。父母偏怜惜爱子，日讽万行不滞迟！”

有人年纪还小，自鸣得意，说道：“谁人读咱书，奉上百匹罗。

来人读不得，回头便唱歌！”

不论吟什么，诵什么，包括博士自己，大家都融入这轻松的气氛中，以学堂的方式，共度节日。只看李再昌在一边摇头晃脑，博士又点了他的名：“再昌，有什么大作，且勿藏掩。”李再昌清清嗓子，说道：“可怜学生郎！”

大家把目光齐齐投向了他。

“骑马上天堂！”

李再昌把右手食指一抬：“谁家有好女？”

博士拧紧了眉头。

“可嫁与，学生郎！”

神句一出，哄堂大笑。这次连博士自己都笑得乐不可支，说：“好你个李再昌，写什么歪诗！好好作！不好好作，今天少不得吃板子。”李再昌伸伸舌头，挠挠幞头，只得再作一首：“竹长林清郁郁，百鸟趋天飞。今朝是我日，且放学生郎归！”

听到这里，大家都把殷切的目光投向了阴博士。阴博士一笑，摆摆手，说道：“好了好了，知道你们玩心似箭。要到年节了，不留你们在学堂。你们回去好生戏耍，仔细小心，供奉爹娘，不要叫他们劳心费神。放学！”

学郎们一阵欢呼，迫不及待地甩着包袱，涌出学堂，李再昌早已收拾好了东西，拉着翟再温说：“再温，除夕傩队中的儿郎少一人，今年是我家阿爷主事，我回去同我家阿爷说，你也一起来耍？”翟再温连忙点头，二人勾肩搭背，快活地走出州学，融入热闹的街市，消失在欢乐的人群中。

这不过是笔者想象中时近新年的敦煌学堂。唐时，敦煌已经有了制度完善、颇成规模的各色学堂。按举办者分，有官学、私学、寺学。官学又有州学和县学，在学校中，有人学礼仪，有人学术算，有人学法律，有人学风水，门类众多，不一而足。经历过吐蕃的占领，一批唐代官员遁入空门。有着高文化水平的他们，令寺学异军突起，那里不仅传授佛教知识，也讲授儒家经典。敦煌的贵族大姓，往往把自己的孩子送到寺学，接受优质教育。目前可考的寺学，就有十所之多；私学也有八所，可谓文教昌盛。

当然，更有趣的是学堂中的学郎，他们年轻气盛、活力无限。在学校，他们不仅学习专业知识，业余生活也非常丰富。有人喜欢出游，有人喜欢饮酒，有人谈情说爱，有人为寺院抄经，补贴家用。他们用自己的所学，把这些生活的吉光片羽写成稚嫩、风趣的歪诗。这就是敦煌文书中现存的三十首学郎诗，其中一部分，已经出现在了这个故事里。

这些诗有的来自他们的传抄，比如这一首："高门出贵子，好木出良才。丈夫不学问，官从何处来。"从唐初就一直在学郎中传诵，直到五代。当然，更多是学郎自己的创作。

他们有的"阴阳怪气"，像李再昌那样不是嘲讽同学，就是戏谑老师，很是调皮。有的比较早熟，已经开始大胆地追求爱情："那日回头见，当初便有心。数度门前过，何曾见一人。"一千年来，这段放学或上学路上的一见钟情，始终保持着生命力。有的抄经补贴家用，但经书抄成，主顾却赖起了账，学郎气愤，但无可奈何，只得写诗咒骂："写书今日了，因何不送钱？谁家无赖汉，回面不相看。"

有的已经会借酒消愁，在学习中用酒解压："好酒沽五升，送愁千里外。"

当然，入学堂，第一件事情还是专心读书。敦煌人人都知道："男儿不学读诗书，恰似园中肥地草。"要想出人头地，要想做一番事业，要想成为高官，书山有路，唯勤是径。所以很多人像翟再温那样，用诗明志，鼓励自己刻苦读书。有人直接说："男儿不学问，如若一头驴。"有人则意识到时间的宝贵，叹息道："人生一世只为逢，昨朝今日事不同。"毕竟，连那心仪的敦煌娘子，出嫁时都要问一句："本是何方君子，何处英才？"哪一个少年不希望回答"本是长安君子，进士出身"呢？

李再昌、张富千、翟再温……这些不是杜撰的名字，这些人都是曾经在敦煌生活的学郎。他们有的音讯断绝，有的事迹可考，无论如何，多谢一千年前这些年轻人信手在纸上涂鸦，这一首首诗，就是一段段的即时留言，定格下各人酸甜苦辣的青春。

故事，总是有个美丽结局的好：一些学郎，我们的确可以知晓其身世。"幸思比是老生儿"的作者李幸思，成年之后做了沙州节度使的重臣；而一位抄写《封常清遗表》的学生，则成就了震古烁今的大业——他就是收复河西、威震诸蕃的归义军节度使张议潮，时年十六岁。

生在哪里可能是命定，能做何事，则是青春逐梦，种因落果。

许多年过去，曾经的少年垂垂老矣，有的甚至墓木已拱。年过六旬的翟再温，已经以字行世，乃是沙州赫赫有名的大学者，精通诗文、擅长历法，辅佐多任节度使。某一日，翟奉达再次拿出二十岁时写于学堂的作业，看着青涩的字迹，回忆起当年的意气，翟奉达扑哧一笑，老脸一红，提笔续道：

> 幼年作之，多不当路，今笑今笑，已前，达走笔题撰耳，年廿作。今年迈见此诗，羞煞人，羞煞人。
>
> ——《逆刺占》节选

三　张淮深墓志铭

张球来到张淮深墓前，已经是景福二年（893 年）初春。三危山一带的荒原，厚厚的流沙覆盖在贫瘠的泥土上，要往下深掘十尺才能开辟一方勉强不会为流沙掩埋的土坑。一年四季，只有那一点点沙柳会提醒你，四季在变。否则此处便是鬼域，与对岸的生机隔世相望。

如果不是一个老衙前记路，要在连绵的高大沙山间，找一个沙砾堆成的坟包，确实不易。张淮鼎在时，没有人敢提起张淮深，更不要说为张淮深立碑。冷冷的风刮过老衙前皱纹密布的脸，只见这老人打了个哆嗦，说道："惨啊！仆射一家两代七口，一起惨死。尚书郎君让我们给拿破布包上，钉进薄棺，扔到这里了。惨啊！"

"上一代人的孽，怎么要这一代人还呢？"张球喃喃自语，又抬头看看天上太阳的走向——白日行天，四野阴沉。

"时辰到。重开仆射吉圹。"

几个健壮的小卒连挖带刨，不一会儿就刨掉了坟堆，露出了一方狭长的土池。土池下面铺了柳枝沙石，以防沙土的沉淤。不一会儿，土池清空，里面是七具破败的薄棺，空气中散发着干燥的腐味。

张球奉索勋之命，改葬张淮深。张淮鼎正在张氏墓茔长眠，重新将七人安顿回去，目前已是不可行。无论是这里还是敦煌的环境，都不允许按照节度使的规模，重造一座砖石垒砌、壁画辉煌的墓室。索勋要张球做的只是给张淮深一个能叫作“墓穴”的地方而已。面对着七具薄棺，张球实在分不清哪一具属于张淮深，便先小心翼翼地将棺木起出，搭好席棚，让几个金光明寺的老和尚焚香诵经。张球则吩咐衙前，指挥军士深掘墓池，铺设砖池、砖棺床。

张球不忍心在这片故主老友的长眠之地徘徊，他找来快马，一路向东。忘我奔腾之时，背后似乎有风卷来，向后一望，只见一匹白马扬沙飞驰，金鞍玉络，奢华威严。马背上的主人身材高大，锦袍玉带。张球赶紧快马加鞭，追了上去：“仆射！仆射好住，仆射要往哪里去？”张球越骑越快，几乎要伸手去抓那白马流云样的尾巴，刹那间，他的坐骑一扬前蹄，张球只好死死控住缰绳、跨稳鞍鞯。马蹄落地，四周只有扬沙黄土，白马却没了踪影。

张球揉揉眼，苦笑一下。一晃四年，自己已到恍惚的年岁了吗？他不再挥舞马鞭，只是任马驰骋。望着西边儿的金河，往事浮到了眼前。已故常侍张议潭和太保张议潮俩兄弟，出生入死，与吐蕃交战，好不容易起义成功，打下瓜沙之地。如今人人都说，太保为大唐收复河西，立下不世之功，当建旌立节，为归义军节度使。可是张议潭也曾运筹帷幄、冲锋陷阵，作为兄长，贡献不逊于太保。据说，当年唐使来到，已让张议潭做“兵马留后使”，可大中七年

（853 年），不知何故，张议潭毅然离开沙州，甘愿入长安为人质。太保这才坐稳了节度使之位。

张球入仕时，已经是咸通元年（860 年）。家住越州山阴的他，千里迢迢为前程而来，不曾领略到张议潭的风采。但听说，议潭将军的公子张淮深也同样热衷诗文。张淮深文武双全、有勇有谋，是张家值得信赖的后辈。议潭离开时，张议潮便任命张淮深为沙州刺史。所有敦煌人都明白，出任沙州刺史，将来节度使的大位就会是张淮深的。在“敦煌未来长官”的手下做事，张球颇感荣幸。而张淮深很赏识这个内地来客，任命他做自己的秘书，忙时草拟公文，闲时唱和诗文。

张球跟着张淮深东征西讨，对张淮深的武威和战功印象深刻。大中十二年（858 年）起，张议潮为了进一步打通河西走廊，决心收复凉州。凉州是河西要地，吐蕃在此经营数年，张议潮分兵两路，包夹合围，也没有能把吐蕃的防守撕开一个口子。这场战争，很快变成了长达三年的拉锯战。

咸通二年（861 年），张议潮率领张淮深，再次对凉州城发动猛攻。张淮深抓住吐蕃人马疲惫、营防空虚的时机，带领人马把吐蕃军队杀了个落花流水，吐蕃大败，弃城而去，张氏叔侄苦战至此，终于收复了凉州。身为粮官，张球还记得张氏叔侄齐心协力，将归义军的声威推到了鼎盛。全民一同分享着朝廷封赏、举国欢庆的喜悦。人们知道，这次凯旋后，张淮深的“继承者”地位，已经不可撼动了。

咸通八年（867 年），张议潮踏上了当年张议潭的东去之路，张淮深完全掌握了实权。张议潮大义凛然，功勋卓著；张淮深材器不凡，正当盛年。确实，张淮深治下的敦煌日臻鼎盛、百姓拥戴、众蕃归心，就是那些不归心的，张淮深一挥兵马，也能把他管得服服帖帖。想到这里，张球环顾四周，一番变乱之后，敦煌四境萧条，回鹘的斥候常常出没于近郊，为什么老天如此不公，要如此惨烈地结束张淮深的生命？

不知不觉，张球走到了三危山下的石窟寺。战争和公务之余，张淮深常到此地礼佛。在捐钱造窟一事上，他也是慷慨的施主。无论是张议潮的功德窟，还是张淮深为自己造的窟，都少不了张球的手笔。张球总是得意地把底稿拿给张淮深，张淮深看过总要高兴地点点头，以示欣赏。主僚之间，相知无两。时过境迁，张球只记得高大的弥勒佛边，曾有雕梁画栋、飞檐高耸的一窟，那是张淮深永远的精神家园。走近时，荒草已经半遮朱门，燕子穿梭于断梁之下，推门一望，张淮深和诸位公子的模样都褪色而斑驳了，仿佛他们生存的年代，已是某一遥远世纪。

张球借着夕阳的斜光，摸索着立在窟内的《造窟功德碑》。他哪里需要摸索，他只要摇头晃脑，就能想起自己的大作：

宠遇祖先之上，威加大漠之中……西戎北狄，不呼而自归；南域吐浑，擢雄风而请誓……四时通款塞之文，八节继野人之献。

张球看向壁画上的人像，紫袍金带、英姿飒爽，目光沉着而睿智。没错，这就是张淮深；是率领大军、催动白马、扫荡西桐回鹘的张淮深；是迎接朝廷来使，自豪拿过节度使旌节的张淮深；也是百姓歌颂、爱民如子的府主尚书。触摸文字，张球只能想象曾经，他不忍去看破布包裹里的一具枯骨，就如同不忍去看敦煌一片萧条的现实。

天色不早，张球不敢沉溺于抚今追昔之中，赶紧催马，返回墓址。沙州城里已经拉来上好的画棺木椁。移灵之时，张球犯了难，到底张淮深在哪一口薄棺中安眠？张球想来想去，只得借助“神力”，他往地上一跪，祈求道：“府主尚书，如记得掌书记说话，请以符信，示尚书真身。”尚书已是亡魂，怎么可能回话？应答的只有风声而已。

吉时将近，张球只好让人搬动灵柩，忽然，从一口薄棺之中掉出一物。张球取来，拭去沙尘，仔细检看，六条金色的小鱼在黄昏下熠熠生辉。小心打开接合处，里面有一条镀金的鱼儿，背后铭文是：“河西节度使”。

这是张淮深的金鱼袋。

张球手捧金鱼袋，激动地指挥士卒小心移动薄棺，放入规格最高的一具画棺里。棺上描龙绘凤、天人妙相，一定能让张淮深往生佛国。一切就绪，张球要将金鱼袋放回棺中，又看一眼，鱼身沾满黑斑，这是张淮深被害的明证。

大顺元年（890 年）二月，张球正给张家公子延寿写诗，忽然传来噩耗，府主暴毙、六子殒命，死状惨不忍睹。还没等捡起滑落一边的笔，他便惊讶地看到张淮鼎入住使府，拥抱本不属于自己的节度使大位。张淮深死后，人们从记忆里把他抹掉，没有人愿意提起张淮深，也没有人愿意多办一场丧事。张球还是节度判官兼掌书记，可一夜之间，门庭比冬山还要冷寂。张球好几天吃不下东西，写给延寿的诗，也变成了暗中悼念的词。

如今重办葬礼，索勋只给了张淮深回归记忆的体面，没有“赐予”他风光的权利。为了丧事的完整，在索勋的许可下，张球为张淮深郑重地写了墓志，亲自书丹，请来信任的工匠，刻石成铭。一铲又一铲，黄土落下，张球与张淮深郑重告别。

“掌书记，请教我为府主尚书唱挽歌吧！”老衙前忽然发话，张球点点头，只听军士们一起唱了起来：

自从司徒归阙后，有我尚书独进奏。
持节河西理五州，德化恩沾及飞走。
天生神将足英谋，南破西戎北扫胡。
万里能令烽火灭，百城黔首贺来苏。

——《张淮深变文》节选

偌大郊野，夜幕四垂，风吹火炬。张球极目望去，沙哑的歌声能飘到的远处，有一匹白马伫立，风吹歌到，白马再次无踪了。

于张球，因感恩旧主，这个故事非常绝美。但是在张球的文字中，人们只会看到张氏归义军荣耀和光明的那一面。实际上，张淮深与张议潮的关系非常微妙，张议潮离开敦煌，也许是不得已的自保之举。张淮深在敦煌长期以“河西节度使”自称，但十多年过去，张淮深一直没有请到朝廷的旌节，获得正式承认。文书中的张淮深爱民如子、扫荡贼寇，可他治下的二十余年，不曾有比扫荡回鹘部落更大的功绩，他所能做的，仅仅是维持疆界、免于动荡。

张议潭和张议潮过去的兄弟之分，如今使敦煌的政局割裂为两派，有人忠心耿耿，坚持到长安去为张淮深讨节度使的名头，有人则认为“仆射无甚功劳，为他求甚旌节”。所以当旌节真的到来那一天，我们无法得知张淮深是否真的高兴，抑或是加重了心中的怀疑和不安。据说与旌节一同到来的，还有张淮鼎——张议潮已长大成人的亲儿子。短短一年之后，那个带来荣耀的旌节，成了催命的金刚杵——张淮深一家惨死，张淮鼎入住使府。按照张球在《墓志铭》之中的所述，张淮深的死，可能与他的两个庶子有关。但这场家庭阴谋随着对张淮深的抹去，细节早已丢失。包括张球自己，虽对此事泣血哀恸，但也只能轻描淡写。

也许张淮深早就预料到了人生的巨变，他要张球用最好的文字描绘最好的想象，刻入最坚硬的石头，来抵御遗忘，让往事不可磨灭。遗憾的是，碑石可以扑倒和深埋，阴差阳错下，只有几张断纸还在讲述着张淮深的奋勇抗争。

往后余生，张球躲进了佛寺与书斋，他礼佛、教书，逃离浮华与阴谋交织的现实。晚年他也许常常想起越州老家，只是不知道，如果有人问起，又该怎样讲述这半个世纪的惊心动魄。

天山旅泊思江外，梦里还家入道墟。

异乡人的敦煌苦旅就是这样，如江南的水一样泛起涟漪，又远远荡去，归于平静了。

尾声

历史非常挑剔，它总看这也不好，看那也不满意。而且它嫌贫爱富，动不动就要把那些没权没势的人，扔在幽深秽暗的角落——但你也不能说它嫌贫爱富，历史一发怒，你就会被挂在太阳底下，“遗臭万年”四个字在头上亮得刺眼，那还不如躲到暗处好呢。

敦煌的遗产仿佛是历史公平挑选的成果，从节度使到平头百姓，统统肩并着肩、背靠着背躺到了一处，在藏经洞凝固了的时间里，分享跨越七百年的情绪。

时过境迁，但手迹还在那些麻黄纸上反复游走。跟着这些线索，你能看到李白在一千年前的面相，你会恍然大悟，原来大明星也要靠小人物去传说。在时间中留下的，更多的不是名人的歌，而是小人物在这片厚土上记下的种种生活。人们便会明白，处处是古今相同的悲欢，千载脉搏一如往昔。

曾经有位沦落风尘的敦煌女士，花光积蓄为自己留下粗糙的画像，题上真诚的心愿。你说她是真的相信有来世吗？她这一世受过的苦，就足够打破所有想象了。只是我们本能地相信：到红尘挣扎一场，我也曾如此鲜活。

后记

大唐是一种符号、一种情结。

唐灭亡之后，唐的面目就开始模糊了，王安石会把“贞观开元时”当作潇洒无虑、可以寄托的“盛代”，理学家则会猛烈批评唐王朝越于礼教之外的“劣迹”和“咎由自取”的中晚唐末世。你看到的是盛唐气象也好，是安史之乱也罢，“唐”在叙述和思想中，有了一种与其本来面目不同的新形象——这种形象流光溢彩、美轮美奂。想起它，能提振精神、鼓舞人心，以至于海内外可以因“唐”而链接中华文化、中华民族。

也许是我自己的姓氏的缘故，也许是幼年时的耳濡目染，我对“唐”的情结尤为浓烈而绵长。以前并不忍心看中晚唐的历史，我不能接受一个奇迹般的帝国就这样跌落凡尘、走向黑暗。

这样一种“看山不是山，看水不是水”的状态，其实扭曲了大唐的形象。带着浓厚的“粉丝滤镜”，刻意过滤那些历史局限和负面事实，沉迷壮丽、刻意拔高，让这个有骨、有肉、有灵魂的时代只剩皮囊，变得颇为肤浅。如此“情结”，并不可取。

在深入阅读文献、研讨唐朝的历史后，我想逐渐打破上述的浅薄理解。这要求我回归到典籍、文书、文学作品当中，抽丝剥茧、厘清史迹、串联行踪，以寻访更多的细节。吹去厚厚的积土，才能接近“唐”的实相。在这个过程中，早已作古的唐人却从文献的吉光片羽里站了起来，向我挥手，带我重读两百八十九年的故事、传说，一次次用言行和情绪打动我。

我想把他们给我的感动传递出来。我现在还不能说自己完全认识了唐，但如果我能将这些来自不同时代的、可爱的人介绍给你，让他们带领你，跟着一段足音、一段故事，穿梭于唐的大街小巷、朝廷江湖、山水城市，那你也将获得一次全新的大唐之旅。唐代和唐人，各有各的精彩。

唐人的一批优秀代表，是文人。他们走过大唐的山山水水，见过大唐的芸芸众生。更重要的是，凭借锦心绣口和生花妙笔，他们把这些记录了下来，带着自己的喜怒哀乐和一双未必公允的眼睛，讲述一个属于自己的大唐。每一段足迹，只能展现一个时期，只能描述一种感觉，但他们真的在场。这些被记录的“在场”，对于探索大唐来说弥足珍贵。

我并没有选取更为知名的李、杜、元、白等人，作为大唐的一线明星，他们每一个人都可以单独成书，恐言之不能尽。我选择了一批同样知名，但少见流传的人。他们中有百姓，有帝王，有女子，有儿郎，有将军，有宰相，有人浪子回头，有人百折不挠。时间跨越近三百年，他们是流动的、接力的群星，与大唐一起沉浮。

半载琢磨，十月付梓。仿佛一幅人物群像勾勒与着色已毕，只差点睛之笔，就能与世相见了。我和编辑老师说，我像一个激动而忐忑的老父亲，希望打动读者，希望这些故事和这个时代，让更多人感同身受。

这两天我正在敦煌旅行，有幸访问第二百二十窟。窟中妙音曼舞、宝相庄严。我打开手电筒，发现壁画下方一行小小的题记：唐贞观十六年。擎灯一照，直达一千四百年前。这是值得欢欣鼓舞的一刻，我又和大唐会面了。

2020 年 9 月 30 日
于故唐之沙州
今之敦煌

附一

诗文原文

陈子昂

题李三书斋

灼灼青春仲，悠悠白日升。声容何足恃，荣吝坐相矜。

愿与金庭会，将待玉书征。还丹应有术，烟驾共君乘。

春夜别友人二首·其二

紫塞白云断，青春明月初。对此芳樽夜，离忧怅有余。

清冷花露满，滴沥檐宇虚。怀君欲何赠，愿上大臣书。

与东方左史虬修竹篇（并序）

东方公足下：文章道弊五百年矣。汉、魏风骨，晋、宋莫传，然而文献有可征者。仆尝暇时观齐、梁间诗，彩丽竞繁，而兴寄都绝，每以永叹，思古人常恐逶迤颓靡，风雅不作，以耿耿也。一昨于解三处见明公《咏孤桐篇》，骨气端翔，音情顿挫，光英朗练，有金石声。遂用洗心饰视，发挥幽郁。不图正始之音，复睹于兹，可使建安作者相视而笑。解君云：张茂先、何敬祖，东方生与其比肩。仆亦以为知言也。故感叹雅制，作《修竹诗》一篇。当有知音以传示之。

龙种生南岳，孤翠郁亭亭。峰岭上崇岸，烟雨下微冥。
夜闻鼯鼠叫，昼聒泉壑声。春风正淡荡，白露已清泠。
哀响激金奏，密色滋玉英。岁寒霜雪苦，含彩独青青。
岂不厌凝冽，羞比春木荣。春木有荣歇，此节无凋零。
始愿与金石，终古保坚贞。不意伶伦子，吹之学凤鸣。
遂偶云和瑟，张乐奏天庭。妙曲方千变，箫韶亦九成。
信蒙雕斫美，常愿事仙灵。驱驰翠虬驾，伊郁紫鸾笙。
结交嬴台女，吟弄升天行。携手登白日，远游戏赤城。
低昂玄鹤舞，断续彩云生。永随众仙去，三山游玉京。

感遇·之十

深居观元化，悱然争朵颐。谗说相啖食，利害纷疑疑。
便便夸毗子，荣耀更相持。务光让天下，商贾竞刀锥。
已矣行采芝，万世同一时。

感遇·之十六

圣人去已久，公道缅良难。蚩蚩夸毗子，尧禹以为谩。
骄荣贵工巧，势利迭相干。燕王尊乐毅，分国愿同欢。
鲁连让齐爵，遗组去邯郸。伊人信往矣，感激为谁叹。

感遇·之三十五

本为贵公子，平生实爱才。感时思报国，拔剑起蒿莱。
西驰丁零塞，北上单于台。登山见千里，怀古心悠哉。
谁言未忘祸，磨灭成尘埃。

别中岳二三真人序（时龙集乙未十二月二十日）

夫爱名山，歌长往，世有之矣；放身霄岭，宴景云林，卑俗不可得而闻，时士不可得而见：则吾欲高视终古，一笑昔人。嵩山有二仙人，自浮邱公王子晋上朝玉帝，遗迹金坛，凤箫悠悠，千载无响。吾每以是临霞永慨，抚膺叹息，常谓烟驾不逢，羽人长往。去嚣世，走青云，登玉女之峰，窥石人之庙，见司马子微、冯太和，霓裳眇然，冥壑独立，直朋羽会，金浆玉液，则有杨仙翁（一作公）元默洞天，贯上士幽栖牝谷，玉笙吟凤，瑶衣驻鹤，方且迷轩辕之驾，期汗漫之游，吾亦何人，躬接兹赏？实欲执青节，从白蜺，陪饮昆仑之庭，观化元元之府，宿心遂矣，冥骨甘焉。岂知琼都命浅，金格道微，攀倒景而迷途，顾中峰而失路。尘萦俗累，复汩吾和，仙人真侣，永幽灵契。翳青芝而延伫，遥会何期？结丹桂而徘徊，远心空绝。紫烟去，黄庭极，仰寥廓而无光，视寰区而寡色。悠悠何往？白头名利之交；咄咄谁嗟？元运盛衰之感。始知杨朱歧路，墨翟素丝，尚平辞家而不归，鲍焦抱木而枯死：可以恸，可以悲，古人之心，吾今得之也。

彩树歌

嘉锦筵之珍树兮，错众彩之氛氲。

状瑶台之微月，点巫山之朝云。

青春兮不可逢，况蕙色之增芬。

结芳意而谁赏，怨绝世之无闻。

红荣碧艳坐看歇，素华流年不待君。

故吾思昆仑之琪树，厌桃李之缤纷。

张九龄

开凿大庾岭路序

先天二载，龙集癸丑，我皇帝御宇之明年也。理内及外，穷幽极远，日月普烛，舟车运行，无不求其所宁、易其所弊者也。初岭东废路，人苦峻极。行径夤缘，数里重林之表；飞梁嶫嶻，千丈层崖之半。颠跻用惕，斩绝其元，故以载则曾不容轨，以运则负之以背。而海外诸国，日以通商，齿革羽毛之殷，鱼盐蜃蛤之利，上足以备府库之用，下足以赡江淮之求；而越人绵力薄材，夫负妻戴，劳亦久矣。不虞一朝而见恤者也。不有圣政，其何以臻兹乎！开元四载，冬十有一月，俾使臣左拾遗内供奉张九龄，饮冰载怀，执艺是度，缘磴道，披灌丛，相其山谷之宜，革其坂险之故。岁已农隙，人斯子来，役匪愈时，成者不日，则已坦坦而方五轨，阗阗而走四通，转输以之化劳，高深为之失险。于是乎鐻耳贯胸之类，殊琛绝责之人，有宿有息，如京如坻；宋与夫越裳白雉之时，尉佗翠鸟之献，语重九译，数上千双，若斯而已哉！凡趣徒役者聚而议曰：虑始者功百而变常，乐成者利十而易业；一隅何幸，二者尽就！况启而未通，通而未有斯事之盛。皆我国家玄泽寖远，绝垠胥洎；古所不载，宁可默而无述也？盍刊石立纪，以贻来裔，是以追之琢之，树之不朽。

秋晚登楼望南江入始兴郡路

潦收沙衍出，霜降天宇晶。伏槛一长眺，津途多远情。
思来江山外，望尽烟云生。滔滔不自辨，役役且何成。
我来飒衰鬓，孰云飘华缨。枥马苦踡跼，笼禽念遐征。
岁阴向晼晚，日夕空屏营。物生贵得性，身累由近名。
内顾觉今是，追叹何时平。

敕渤海王大武艺四书

其一

敕忽汗州刺史渤海郡王大武艺：卿于昆弟之间，自相忿阋，门艺穷而归我，安得不容？然处之西陲，为卿之故，亦云不失，颇谓得所，何则？卿地虽海曲，常习华风，至如兄友弟悌，岂待训习？骨肉情深，自所不忍。门艺纵有过恶，亦合容其改修，卿遂请取东归，拟肆屠戮，朕教天下以孝友，岂复忍闻此事。诚惜卿名行，岂是保护逃亡？卿不知国恩，遂尔背德，卿所恃者远，非能有他。朕比年含容，优恤中土，所未命将，事亦有时。卿能悔过输诚，转祸为福，言则似顺，意尚执迷。请杀门艺，然后归国，是何言也？观卿表状，亦有忠诚，可熟思之，不容易尔。今使内使往，宣谕朕意，一一并口具述。使人李尽彦，朕亦亲有处分，皆所知之。秋冷，卿及衙官首领百姓平安好，并遣崔寻挹同往，书指不多及。

其二

敕渤海郡王忽汗州都督大武艺：不识逆顺之端，不知存亡之兆，而能有国者，未之闻也。卿往年背德，已为祸阶，近能悔过，不失臣节：迷复非远，善又何加？朕记人之长，忘人之短，况此归伏，载用嘉叹，永祚东土，不亦宜乎！所令大戍庆等入朝，并已处分，各加官赏，想具知之。所请替人，亦令还彼。又近得卿表云，突厥遣使求合，拟打两蕃奚及契丹。今既内属，而突厥私恨，欲雠此蕃，卿但不从何妨？有使拟行执缚，义所不然，此是人情，况为君道？然则知卿忠赤，动必以闻，永保此诚，庆流未已。春晚，卿及衙官百姓并平安好，遣书指不多及。

其三

敕渤海郡王忽汗州都督大武艺：多蒙固所送水手，及承前没落人等来表，卿输诚无所不尽，长能保此，永作边捍，自求多福，无以加也。渐冷，卿及衙官百姓已下并平安好，遣书指不多及。

其四

敕忽汗州刺史渤海郡王大武艺：卿往者误计，几于祸成，而失道未遥，闻义能徙，何其智也！朕弃人之过，收物之诚，表卿洗心，良以慰意。计卿既尽诚节，永固东藩，子孙百代，复何忧也？近使至，具知款曲，兼请宿卫及替，亦已依行。大朗雅等，先犯国章，窜逐南鄙，亦皆舍罪，仍放归蕃，卿可知之，皆朕意也。夏初渐热，卿及首领百姓等并平安好，遣书指不多及。

白羽扇赋

当时而用，任物所长。彼鸿鹄之弱羽，出江湖之下方。安知烦暑，可致清凉。岂无纨素，彩画文章；复有修竹，剖析豪芒。提携密迩，摇动馨香。唯众禽之在御，何短翮之敢当。而窃思于圣后，且见持于未央。伊昔皋泽之时，亦有云霄之志。苟效用之得所，虽杀身之何忌？肃肃鸟羽，穆如微风，纵秋气之移夺，终感恩于箧中。

高适

别韦参军

二十解书剑，西游长安城。举头望君门，屈指取公卿。

国风冲融迈三五，朝廷欢乐弥寰宇。

白璧皆言赐近臣，布衣不得干明主。

归来洛阳无负郭，东过梁宋非吾土。

兔苑为农岁不登，雁池垂钓心长苦。

世人遇我同众人，唯君于我最相亲。

且喜百年有交态，未尝一日辞家贫。

弹棋击筑白日晚，纵酒高歌杨柳春。

欢娱未尽分散去，使我惆怅惊心神。

丈夫不作儿女别，临岐涕泪沾衣巾。

营州歌

营州少年厌原野，狐裘蒙茸猎城下。

虏酒千钟不醉人，胡儿十岁能骑马。

哭单父梁九少府

开箧泪沾臆，见君前日书。夜台今寂寞，犹是子云居。
畴昔贪灵奇，登临赋山水。同舟南浦下，望月西江里。
契阔多别离，绸缪到生死。九原即何处，万事皆如此。
晋山徒嵯峨，斯人已冥冥。常时禄且薄，殁后家复贫。
妻子在远道，弟兄无一人！十上多苦辛，一官常自哂。
青云将可致，白日忽先尽。唯有身后名，空留无远近。

留上李右相（一作奉赠李右相林甫）

风俗登淳古，君臣挹大庭。深沉谋九德，密勿契千龄。
独立调元气，清心豁窅冥。本枝连帝系，长策冠生灵。
傅说明殷道，萧何律汉刑。钧衡持国柄，柱石总贤经。
隐轸江山藻，氛氲鼎鼐铭。兴中皆白雪，身外即丹青。
江海呼穷鸟，诗书问聚萤。吹嘘成羽翼，提握动芳馨。
倚伏悲还笑，栖迟醉复醒。恩荣初就列，含育忝宵形。
有窃丘山惠，无时枕席宁。壮心瞻落景，生事感浮萍。
莫以才难用，终期善易听。未为门下客，徒谢少微星。

同李员外贺哥舒大夫破九曲之作

遥传副丞相，昨日破西蕃。作气群山动，扬军大旆翻。
奇兵邀转战，连弩绝归奔。泉喷诸戎血，风驱死虏魂。

头飞攒万戟，面缚聚辕门。鬼哭黄埃暮，天愁白日昏。
石城与岩险，铁骑皆云屯。长策一言决，高踪百代存。
威棱慑沙漠，忠义感乾坤。老将黯无色，儒生安敢论。
解围凭庙算，止杀报君恩。唯有关河渺，苍茫空树墩。

登陇

陇头远行客，陇上分流水。
流水无尽期，行人未云已。
浅才登一命，孤剑通万里。
岂不思故乡，从来感知己。

人日寄杜二拾遗

人日题诗寄草堂，遥怜故人思故乡。
柳条弄色不忍见，梅花满枝空断肠。
身在南蕃无所预，心怀百忧复千虑。
今年人日空相忆，明年人日知何处。
一卧东山三十春，岂知书剑老风尘。
龙钟还忝二千石，愧尔东西南北人。

韦应物

逢杨开府

少事武皇帝，无赖恃恩私。身作里中横，家藏亡命儿。
朝持樗蒲局，暮窃东邻姬。司隶不敢捕，立在白玉墀。
骊山风雪夜，长杨羽猎时。一字都不识，饮酒肆顽痴。
武皇升仙去，憔悴被人欺。读书事已晚，把笔学题诗。
两府始收迹，南宫谬见推。非才果不容，出守抚茕嫠。
忽逢杨开府，论旧涕俱垂。坐客何由识，唯有故人知。

温泉行

出身天宝今年几，顽钝如锤命如纸。
作官不了却来归，还是杜陵一男子。
北风惨惨投温泉，忽忆先皇游幸年。
身骑厩马引天仗，直入华清列御前。
玉林瑶雪满寒山，上升玄阁游绛烟。
平明羽卫朝万国，车马合沓溢四鄽。
蒙恩每浴华池水，扈猎不蹂渭北田。
朝廷无事共欢燕，美人丝管从九天。

一朝铸鼎降龙驭，小臣髯绝不得去。

今来萧瑟万井空，唯见苍山起烟雾。

可怜蹭蹬失风波，仰天大叫无奈何。

弊裘羸马冻欲死，赖遇主人杯酒多。

伤逝

染白一为黑，焚木尽成灰。念我室中人，逝去亦不回。

结发二十载，宾敬如始来。提携属时屯，契阔忧患灾。

柔素亮为表，礼章夙所该。仕公不及私，百事委令才。

一旦入闺门，四壁满尘埃。斯人既已矣，触物但伤摧。

单居移时节，泣涕抚婴孩。知妄谓当遣，临感要难裁。

梦想忽如睹，惊起复徘徊。此心良无已，绕屋生蒿莱。

往富平伤怀

晨起凌严霜，恸哭临素帷。驾言百里途，恻怆复何为。

昨者仕公府，属城常载驰。出门无所忧，返室亦熙熙。

今者掩筠扉，但闻童稚悲。丈夫须出入，顾尔内无依。

衔恨已酸骨，何况苦寒时。单车路萧条，回首长逶迟。

飘风忽截野，嘹唳雁起飞。昔时同往路，独往今讵知。

广德中洛阳作

生长太平日，不知太平欢。今还洛阳中，感此方苦酸。
饮药本攻病，毒肠翻自残。王师涉河洛，玉石俱不完。
时节屡迁斥，山河长郁盘。萧条孤烟绝，日入空城寒。
蹇劣乏高步，缉遗守微官。西怀咸阳道，踯躅心不安。

任洛阳丞请告一首

方凿不受圆，直木不为轮。
揆材各有用，反性生苦辛。
折腰非吾事，饮水非吾贫。
休告卧空馆，养病绝嚣尘。
游鱼自成族，野鸟亦有群。
家园杜陵下，千岁心氛氲。
天晴嵩山高，雪后河洛春。
乔木犹未芳，百草日已新。
著书复何为，当去东皋耘。

秋夜二首

其一

庭树转萧萧，阴虫还戚戚。独向高斋眠，夜闻寒雨滴。
微风时动牖，残灯尚留壁。惆怅平生怀，偏来委今夕。

其二

霜露已凄漫，星汉复昭回。朔风中夜起，惊鸿千里来。
萧条凉叶下，寂寞清砧哀。岁晏仰空宇，心事若寒灰。

送杨氏女

永日方戚戚，出行复悠悠。女子今有行，大江溯轻舟。
尔辈苦无恃，抚念益慈柔。幼为长所育，两别泣不休。
对此结中肠，义往难复留。自小阙内训，事姑贻我忧。
赖兹托令门，任恤庶无尤。贫俭诚所尚，资从岂待周。
孝恭遵妇道，容止顺其猷。别离在今晨，见尔当何秋。
居闲始自遣，临感忽难收。归来视幼女，零泪缘缨流。

奉和圣制重阳日赐宴

圣心忧万国，端居在穆清。玄功致海晏，锡宴表文明。
恩属重阳节，雨应此时晴。寒菊生池苑，高树出宫城。
捧藻千官处，垂戒百王程。复睹开元日，臣愚献颂声。

郡斋雨中与诸文士燕集

兵卫森画戟，宴寝凝清香。海上风雨至，逍遥池阁凉。
烦疴近消散，嘉宾复满堂。自惭居处崇，未睹斯民康。

理会是非遣，性达形迹忘。鲜肥属时禁，蔬果幸见尝。
俯饮一杯酒，仰聆金玉章。神欢体自轻，意欲凌风翔。
吴中盛文史，群彦今汪洋。方知大藩地，岂曰财赋强。

薛涛

春望词

其一

花开不同赏，花落不同悲。欲问相思处，花开花落时。

其二

揽草结同心，将以遗知音。春愁正断绝，春鸟复哀吟。

其三

风花日将老，佳期犹渺渺。不结同心人，空结同心草。

其四

那堪花满枝，翻作两相思。玉箸垂朝镜，春风知不知。

送卢员外

玉垒山前风雪夜，锦官城外别离魂。

信陵公子如相问，长向夷门感旧恩。

摩诃池赠萧中丞

昔以多能佐碧油，今朝同泛旧仙舟。

凄凉逝水颓波远，唯有碑泉咽不流。

李贺

始为奉礼忆昌谷山居

扫断马蹄痕，衙回自闭门。长枪江米熟，小树枣花春。

向壁悬如意，当帘阅角巾。犬书曾去洛，鹤病悔游秦。

土甑封茶叶，山杯锁竹根。不知船上月，谁棹满溪云？

溪晚凉

白狐向月号山风，秋寒扫云留碧空。

玉烟青湿白如幢，银湾晓转流天东。

溪汀眠鹭梦征鸿，轻涟不语细游溶。

层岫回岑复叠龙，苦篁对客吟歌筒。

咏怀二首·长卿怀茂陵

长卿怀茂陵，绿草垂石井。弹琴看文君，春风吹鬓影。

梁王与武帝，弃之如断梗。唯留一简书，金泥泰山顶。

出城

雪下桂花稀，啼乌被弹归。关水乘驴影，秦风帽带垂。

入乡试万里，无印自堪悲。卿卿忍相问，镜中双泪姿。

送韦仁实兄弟入关

送客饮别酒，千觞无赭颜。

何物最伤心？马首鸣金环。

野色浩无主，秋明空旷间。

坐来壮胆破，断目不能看。

行槐引西道，青梢长攒攒。

韦郎好兄弟，叠玉生文翰。
我在山上舍，一亩蒿硗田。
夜雨叫租吏，春声暗交关。
谁解念劳劳？苍突唯南山。

开愁歌

秋风吹地百草干，华容碧影生晚寒。
我当二十不得意，一心愁谢如枯兰。
衣如飞鹑马如狗，临歧击剑生铜吼。
旗亭下马解秋衣，请贳宜阳一壶酒。
壶中唤天云不开，白昼万里闲凄迷。
主人劝我养心骨，莫受俗物相填豗。

致酒行

零落栖迟一杯酒，主人奉觞客长寿。
主父西游困不归，家人折断门前柳。
吾闻马周昔作新丰客，天荒地老无人识。
空将笺上两行书，直犯龙颜请恩泽。
我有迷魂招不得，雄鸡一声天下白。
少年心事当拏云，谁念幽寒坐呜呃。

申胡子觱篥歌

颜热感君酒，含嚼芦中声。花娘篸绥妥，休睡芙蓉屏。

谁截太平管，列点排空星。直贯开花风，天上驱云行。

今夕岁华落，令人惜平生。心事如波涛，中坐时时惊。

朔客骑白马，剑弝悬兰缨。俊健如生猱，肯拾蓬中萤。

赠陈商

长安有男儿，二十心已朽。

楞伽堆案前，楚辞系肘后。

人生有穷拙，日暮聊饮酒。

只今道已塞，何必须白首？

凄凄陈述圣，披褐鉏俎豆。

学为尧舜文，时人责衰偶。

柴门车辙冻，日下榆影瘦。

黄昏访我来，苦节青阳皱。

太华五千仞，劈地抽森秀。

旁古无寸寻，一上戛牛斗。

公卿纵不怜，宁能锁吾口？

李生师太华，大坐看白昼。

逢霜作朴樕，得气为春柳。

礼节乃相去，憔悴如刍狗。

风雪直斋坛，墨组贯铜绶。

臣妾气态间，唯欲承箕帚。
天眼何时开，古剑庸一吼。

金铜仙人辞汉歌

茂陵刘郎秋风客，夜闻马嘶晓无迹。
画栏桂树悬秋香，三十六宫土花碧。
魏官牵车指千里，东关酸风射眸子。
空将汉月出宫门，忆君清泪如铅水。
衰兰送客咸阳道，天若有情天亦老。
携盘独出月荒凉，渭城已远波声小。

野歌

鸦翎羽箭山桑弓，仰天射落衔芦鸿。
麻衣黑肥冲北风，带酒日晚歌田中。
男儿屈穷心不穷，枯荣不等嗔天公。
寒风又变为春柳，条条看即烟蒙蒙。

温庭筠

和周繇广阳公宴嘲段成式诗

齐马驰千驷，卢姬逞十三。玳筵方喜睐，金勒自逡巡。

堕珥情初洽，鸣鞭战未酣。神交花冉冉，眉语柳毵毵。

却略青鸾镜，翘翻翠凤篸。专城有佳对，宁肯顾春蚕。

上令狐相公启

某闻邱明作传，必受宣尼；王隐著书，先依庾亮。或情忧国士，或义重门人。咸托光阴，方成志业。抑又闻弃茵微物，尚轸晋君；坏刷小姿，每干齐相。岂系效珍之饰，盖牵求旧之情。某邴第持囊，婴车执辔。旁征义故，最历星霜。三千子之声尘，预闻诗礼；十七年之铅椠，尚委泥沙。敢言蛮国参军，才得荆州从事。自顷藩床抚镜，校府招弓。《戴经》称女子十年，留于外族；稽氏则男儿八岁，保在故人，藐是流离，自然飘荡，叫非独鹤，欲近商陵，啸类断猿，况邻巴峡。光阴讵几，天道如何。岂知蕞陋之姿，独隔休明之运。今者野氏辞任，宣武求才。傥令孙盛缇油，无惭素尚；蔡邕编录，获偶贞期。微回謦欬之荣，便在陶钧之列。不任脑冒彷徨之至。

李昂

上巳日赐裴度

注想待元老，识君恨不早。

我家柱石衰，忧来学丘祷。

暮春喜雨

题注：开成元年三月，观内人赛雨赋。

风云喜际会，雷雨遂流滋。

荐币虚陈礼，动天实精思。

渐侵九夏节，复在三春时。

霡霂垂朱阙，飘飖入绿墀。

郊坰既沾足，黍稷有丰期。

百辟同康乐，万方伫雍熙。

罗隐

自遣

得即高歌失即休，多愁多恨亦悠悠。

今朝有酒今朝醉，明日愁来明日愁。

淮口军葬

一阵孤军不复回，更无分别只荒堆。

莫言赋分须如此，曾作文皇赤子来。

韦庄

奉和左司郎中春物暗度感而成章

才喜新春已暮春，夕阳吟杀倚楼人。

锦江风散霏霏雨，花市香飘漠漠尘。
今日尚追巫峡梦，少年应遇洛川神。
有时自患多情病，莫是生前宋玉身。

秦妇吟

中和癸卯春三月，洛阳城外花如雪。
东西南北路人绝，绿杨悄悄香尘灭。
路旁忽见如花人，独向绿杨阴下歇。
凤侧鸾欹鬓脚斜，红攒黛敛眉心折。
借问女郎何处来？含颦欲语声先咽。
回头敛袂谢行人，丧乱漂沦何堪说！
三年陷贼留秦地，依稀记得秦中事。
君能为妾解金鞍，妾亦与君停玉趾。

前年庚子腊月五，正闭金笼教鹦鹉。
斜开鸾镜懒梳头，闲凭雕栏慵不语。
忽看门外起红尘，已见街中擂金鼓。
居人走出半仓皇，朝士归来尚疑误。
是时西面官军入，拟向潼关为警急。
皆言博野自相持，尽道贼军来未及。
须臾主父乘奔至，下马入门痴似醉。
适逢紫盖去蒙尘，已见白旗来匝地。

扶羸携幼竞相呼，上屋缘墙不知次。
南邻走入北邻藏，东邻走向西邻避。
北邻诸妇咸相凑，户外崩腾如走兽。
轰轰昆昆乾坤动，万马雷声从地涌。
火迸金星上九天，十二官街烟烘焖。
日轮西下寒光白，上帝无言空脉脉。
阴云晕气若重围，宦者流星如血色。
紫气潜随帝座移，妖光暗射台星拆。

家家流血如泉沸，处处冤声声动地。
舞伎歌姬尽暗捐，婴儿稚女皆生弃。
东邻有女眉新画，倾国倾城不知价。
长戈拥得上戎车，回首香闺泪盈把。
旋抽金线学缝旗，才上雕鞍教走马。
有时马上见良人，不敢回眸空泪下。
西邻有女真仙子，一寸横波剪秋水。
妆成只对镜中春，年幼不知门外事。
一夫跳跃上金阶，斜袒半肩欲相耻。
牵衣不肯出朱门，红粉香脂刀下死。
南邻有女不记姓，昨日良媒新纳聘。
琉璃阶上不闻行，翡翠帘间空见影。
忽看庭际刀刃鸣，身首支离在俄顷。
仰天掩面哭一声，女弟女兄同入井。

北邻少妇行相促，旋折云鬟拭眉绿。
已闻击托坏高门，不觉攀缘上重屋。
须臾四面火光来，欲下回梯梯又摧。
烟中大叫犹求救，梁上悬尸已作灰。
妾身幸得全刀锯，不敢踟蹰久回顾。
旋梳蝉鬓逐军行，强展蛾眉出门去。
旧里从兹不得归，六亲自此无寻处。

一从陷贼经三载，终日惊忧心胆碎。
夜卧千重剑戟围，朝餐一味人肝脍。
鸳帏纵入岂成欢？宝货虽多非所爱。
蓬头垢面眉犹赤，几转横波看不得。
衣裳颠倒语言异，面上夸功雕作字。
柏台多半是狐精，兰省诸郎皆鼠魅。
还将短发戴华簪，不脱朝衣缠绣被。
翻持象笏作三公，倒佩金鱼为两史。
朝闻奏对入朝堂，暮见喧呼来酒市。

一朝五鼓人惊起，叫啸喧呼如窃语。
夜来探马入皇城，昨日官军收赤水。
赤水去城一百里，朝若来兮暮应至。
凶徒马上暗吞声，女伴闺中潜生喜。
皆言冤愤此时销，必谓妖徒今日死。

逡巡走马传声急，又道官军全阵入。
大彭小彭相顾忧，二郎四郎抱鞍泣。
沉沉数日无消息，必谓军前已衔璧。
簸旗掉剑却来归，又道官军悉败绩。

四面从兹多厄束，一斗黄金一斗粟。
尚让厨中食木皮，黄巢机上刲人肉。
东南断绝无粮道，沟壑渐平人渐少。
六军门外倚僵尸，七架营中填饿殍。
长安寂寂今何有？废市荒街麦苗秀。
采樵斫尽杏园花，修寨诛残御沟柳。
华轩绣毂皆销散，甲第朱门无一半。
含元殿上狐兔行，花萼楼前荆棘满。
昔时繁盛皆埋没，举目凄凉无故物。
内库烧为锦绣灰，天街踏尽公卿骨！

来时晓出城东陌，城外风烟如塞色。
路旁时见游奕军，坡下寂无迎送客。
霸陵东望人烟绝，树锁骊山金翠灭。
大道俱成棘子林，行人夜宿墙匡月。

明朝晓至三峰路，百万人家无一户。
破落田园但有蒿，摧残竹树皆无主。

路旁试问金天神，金天无语愁于人。
庙前古柏有残桥，殿上金炉生暗尘。
一从狂寇陷中国，天地晦冥风雨黑。
案前神水咒不成，壁上阴兵驱不得。
闲日徒歆奠飨恩，危时不助神通力。
我今愧恧拙为神，且向山中深避匿。
寰中箫管不曾闻，筵上牺牲无处觅。
旋教魔鬼傍乡村，诛剥生灵过朝夕。
妾闻此语愁更愁，天遣时灾非自由。
神在山中犹避难，何须责望东诸侯！

前年又出杨震关，举头云际见荆山。
如从地府到人间，顿觉时清天地闲。
陕州主帅忠且贞，不动干戈唯守城。
蒲津主帅能戢兵，千里晏然无犬声。
朝携宝货无人问，暮插金钗唯独行。

明朝又过新安东，路上乞浆逢一翁。
苍苍面带苔藓色，隐隐身藏蓬荻中。
问翁本是何乡曲？底事寒天霜露宿？
老翁暂起欲陈辞，却坐支颐仰天哭。
乡园本贯东畿县，岁岁耕桑临近甸。
岁种良田二百廛，年输户税三千万。

小姑惯织褐絁袍，中妇能炊红黍饭。
千间仓兮万丝箱，黄巢过后犹残半。
自从洛下屯师旅，日夜巡兵入村坞。
匣中秋水拔青蛇，旗上高风吹白虎。
入门下马若旋风，罄室倾囊如卷土。
家财既尽骨肉离，今日垂年一身苦。
一身苦兮何足嗟，山中更有千万家。
朝饥山上寻蓬子，夜宿霜中卧荻花！

妾闻此老伤心语，竟日阑干泪如雨。
出门唯见乱枭鸣，更欲东奔何处所？
仍闻汴路舟车绝，又道彭门自相杀。
野色徒销战士魂，河津半是冤人血。
适闻有客金陵至，见说江南风景异。
自从大寇犯中原，戎马不曾生四鄙。
诛锄窃盗若神功，惠爱生灵如赤子。
城壕固护教金汤，赋税如云送军垒。
奈何四海尽滔滔，湛然一境平如砥。
避难徒为阙下人，怀安却羡江南鬼。
愿君举棹东复东，咏此长歌献相公。

附二

参考阅读

书籍

- （宋）欧阳修、（宋）宋祁著，《新唐书》，中华书局，1975
- （后晋）刘昫等编，《百衲本旧唐书》，国家图书馆出版社，2014
- （宋）欧阳修著，（宋）徐无党注，《新五代史》，中华书局，2016
- （宋）薛居正等著，《旧五代史》，中华书局，2015
- 解玉峰编著，《花间集笺注》，崇文书局，2017
- （清）彭定求等编，《全唐诗》，上海古籍出版社，2010
- （唐）李林甫等修，陈仲夫点校，《唐六典》，中华书局，2014
- （宋）王溥著，《唐会要》，中华书局，2017
- （五代）王定保著，《唐摭言》，上海古籍出版社，2012
- （唐）李肇著，《唐国史补》，上海古籍出版社，1979
- （唐）白居易著，《白居易全集》，上海古籍出版社，1999
- （唐）杜甫著，《宋本杜工部集》，国家图书馆出版社，2019
- （元）辛文房著，关鹏飞译注，《唐才子传》，中华书局，2020
- 计有功辑撰，《唐诗纪事》，上海古籍出版社，2013
- （唐）孟启著，《本事诗》，中华书局，2014
- （宋）司马光著，《资治通鉴》，岳麓书社，2018
- （宋）王钦若等编，《册府元龟》，中华书局，2019
- （宋）李昉等编，《太平广记》，中华书局，2020
- （唐）范摅著，唐雯校笺，《云溪友议校笺》，中华书局，2017
- 乔象钟等编，《唐代文学史》，人民文学出版社，1995
- 张国刚著，《唐代藩镇研究》，中国人民大学出版社，2010

- 谢遂联著,《唐代都市文化与诗人心态》，浙江大学出版社，2010
- (美)薛爱华著,《撒马尔罕的金桃》，社会科学文献出版社，2016
- 胡平著,《未完成的中兴》，商务印书馆，2018
- 北溟鱼著,《长安客》，天津人民出版社，2020
- 陈寅恪著,《隋唐制度渊源略论稿 唐代政治史述论稿》，商务印书馆，2011
- 傅璇琮著,《唐代诗人丛考》，中华书局，2003
- 杨波著,《长安的春天》，中华书局，2007
- (唐)陈子昂著，徐鹏校点,《陈子昂集》，上海古籍出版社，2013
- 韩理洲著,《陈子昂研究》，上海古籍出版社，1988
- 徐文茂著,《陈子昂论考》，上海古籍出版社，2002
- 何文汇著,《陈子昂感遇诗笺》，香江出版社，1978
- (唐)李邕、(唐)张九龄著,《四库唐人文集丛刊·李北海集 曲江集》，上海古籍出版社，1992
- 李世亮著,《张九龄年谱》，广东高等教育出版社，1994
- 李振林编著,《张九龄学术研究论集》，珠海出版社，2008
- (唐)高适著，孙钦善校注,《高适集校注》，上海古籍出版社，2014
- 周勋初著,《高适年谱》，上海古籍出版社，1980
- 佘正松著,《高适研究》，巴蜀书社，1992
- (唐)薛涛著，张篷舟笺注,《薛涛诗笺》，人民文学出版社，2012
- (明)钟惺、(明)谭元春著,《诗归》，湖北人民出版社，1985
- 谢天开著,《大唐薛涛》，中国文史出版社，2015

- 董乡哲著,《薛涛诗歌意释》，三秦出版社，2009
- （唐）韦应物著，陶敏、王友胜校注,《韦应物集校注》，上海古籍出版社，2019
- 张宗福著,《李贺研究》，巴蜀书社，2009
- 吴企明编,《李贺资料汇编》，中华书局，1994
- （唐）李贺著，王友胜、李德辉校注,《李贺集》，岳麓书社，2003
- （唐）温庭筠著，曾益注解,《温飞卿诗集笺注》，上海古籍出版社，1998
- （唐）温庭筠著，刘学锴校注,《温庭筠全集校注》，中华书局，2007
- 万文武著,《温庭筠辨析》，陕西人民出版社，1992
- 冯辉著,《唐帝列传·唐文宗》，吉林文史出版社，2004
- （唐）罗隐著，潘惠慧校注,《罗隐集校注》，浙江古籍出版社，2011
- 李定广撰,《罗隐年谱》，上海古籍出版社，2012
- 周亦涛等编,《罗隐传说》，浙江文艺出版社，2011
- （唐）韦庄著，李谊校注,《韦庄集注》，四川大学出版社，2017
- 赵怀德著,《韦庄评传》，陕西人民教育出版社，2001
- 王使臻、王使璋、王惠月著,《敦煌所出唐宋书牍整理与研究》，西南交通大学出版社，2016
- 伏俊琏著,《敦煌文学总论（修订本）》，甘肃教育出版社，2013
- 魏锦萍、张仲编著,《敦煌史事艺文编年》，甘肃文化出版社，2012
- 荣新江著,《归义军史研究：唐宋时代敦煌历史考索》，上海古籍

出版社，2015
- 颜廷亮著，《敦煌西汉金山国文学考述》，甘肃人民出版社，2009
- 郑炳林、郑怡楠辑释，《敦煌碑铭赞辑释（增订本）》，上海古籍出版社，2019

文章

- 韩理洲著，《陈子昂诗文编年考》，出自《求是学刊》，1982 年 03 期
- 韩理洲、刘玉珠著，《陈子昂研究资料选》，出自《文学遗产》，1984 年 02 期
- 郑盘峰著，《陈子昂研究》，西北大学硕士学位论文，2002 年
- 廖健琦著，《试论唐代国子监生徒的教育管理》，出自《历史教学问题》，2006 年 03 期
- 马丁著，《武则天统治时期的北疆政策——从唐代北疆经营由扩张向收缩过渡的角度》，出自《黑龙江民族丛刊》，2015 年 05 期
- 顾建国著，《张九龄研究》，南京师范大学博士学位论文，2006
- 张效民著，《张九龄长安元年赴举路线考兼及对张九龄几首诗的理解问题》，出自《岭南文史》，2018 年 04 期
- 张效民著，《张九龄进士中举时间考辨》，出自《深圳职业技术学院学报》，2017 年 04 期
- 熊飞著，《王维与宰相张说、张九龄交游考》，出自《韶关学院学报·社会科学》，2010 年 04 期

- 黄寿成著,《唐玄宗开元二十四年张九龄罢相之谜》,选自《唐史论丛》,2015 年 01 期
- 曹作之著,《论张九龄与李林甫之争》,出自《江汉大学学报》,1990 年 02 期
- 李献奇著,《唐张说墓志考释》,出自《文物》,2000 年 10 期
- 张敏著,《唐代封禅研究》,山东师范大学硕士学位论文,2007 年
- 孙钦善著,《高适年谱》,出自《北京大学学报(人文科学)》,1963 年 06 期
- 孙钦善著,《高适年谱诸疑考辨》,出自《北京大学学报(哲学社会科学版)》,1983 年 04 期
- 张馨心著,《盛唐诗人高适、李白的人生选择及交游关系新议》,出自《甘肃社会科学》,2013 年 04 期
- 仇鹿鸣、唐雯著,《高适家世及其早年经历释证——以新出〈高崇文玄堂记〉〈高逸墓志〉为中心》,出自《社会科学》,2010 年 04 期
- 刘友竹著,《杜甫与高适关系琐谈——从人日唱酬诗谈起》,出自《杜甫研究学刊》,2006 年 01 期
- 张馨心著,《高适及其诗歌研究》,南京师范大学博士学位论文,2010 年
- 王彦明著,《交情老更亲——杜甫高适关系谈》,平原大学学报,2007 年 05 期
- 秦中亮著,《“永王李璘事件”发微——关于“玄肃之争”学说的再检视》,出自《学术月刊》,2017 年 11 期

- 邓小军著,《永王璘案真相——并释李白〈永王东巡歌十一首〉》,出自《文学遗产》, 2010 年 05 期
- 韩雨恬著,《近三十年来韦应物研究综述》, 出自《语文知识》, 2013 年 01 期
- 陶敏著,《韦应物生平新考》, 出自《湘潭师范学院学报(社会科学版)》, 1998 年 01 期
- 陶敏著,《韦应物生平再考》, 出自《文学遗产》, 2010 年 01 期
- 高云龙著,《试论韦应物元苹墓志与悼亡诗》, 出自《辽东学院学报(社会科学版)》, 2010 年 06 期
- 赖瑞和著,《韦应物的诗〈送杨氏女〉——历史和文学的解读》, 出自《唐史论丛》, 2018 年 01 期
- 时红梅著,《墓志遗文空垂泪 悼亡数篇寄哀思——从韦应物悼亡诗和墓志看其婚姻生活》, 出自《安徽文学》, 2010 年 12 期
- 陈燕仪著,《芳魂、坟墓与遗痕——韦应物悼亡诗的抒情场景》, 出自《长江师范学院学报》, 2018 年 05 期
- 任皓著,《中唐男权社会下的女性诗人研究——以薛涛为例》, 温州大学硕士学位论文, 2013 年
- 蒋甜著,《性别视角下的古代女诗人研究——以唐三女诗人为中心》, 上海师范大学硕士学位论文, 2007 年
- 高世瑜著,《唐代的官妓》, 出自《史学月刊》, 1987 年 05 期
- 王珊、李晓岑、李玮、韩芳著,《古代名纸薛涛笺文献述略》, 出自《中国文物科学研究》, 2017 年 04 期
- 陈振濂著,《薛涛笺及其他》, 出自《四川文物》, 1989 年 03 期

- 卞孝萱著，《元稹、薛涛、裴淑》，出自《四川师院学报(社会科学版)》，1980 年 03 期
- 邓剑鸣、李华飞著，《薛涛与元稹的关系问题及其他》，出自《社会科学研究》，1984 年 04 期
- 朱德慈著，《元薛姻缘脞证》，出自《成都大学学报(社会科学版)》，1989 年 02 期
- 王鹤著，《薛涛：伤心一曲旧歌谣》，出自《书屋》，2016 年 01 期
- 谢天开著，《论唐代女诗人薛涛的“孔雀光晕”现象》，出自《成都师范学院学报》，2016 年 08 期
- 张剑著，《20 世纪李贺研究述论》，出自《文学遗产》，2002 年 06 期
- 孙俊著，《唐代门荫制度诸问题再探讨》，出自《西北大学学报(哲学社会科学版)》，2015 年 06 期
- 陈尧、云国霞著，《关于李贺生平的几个问题》，出自《北京化工大学学报(社会科学版)》，2004 年 03 期
- 吴在庆、李芊著，《皇甫湜、李贺生平二题》，出自《河南科技大学学报(社会科学版)》，2009 年 06 期
- 梁超然著，《李贺生平行踪的一点新探索》，出自《学术论坛》，1979 年 Z1 期
- 刘衍著，《李贺年表》，出自《岳阳师专学报》，1982 年 04 期
- 杨其群著，《李贺咏昌谷诸诗中专名考》，出自《山西大学学报(哲学社会科学版)》，1989 年 02 期
- 钟景就著，《唐五代的李贺故事与李贺形象的接受》，出自《名作

欣赏》，2019 年 26 期

- 王丽娜著，《温庭筠生平事迹考辨》，出自《山西师大学报(社会科学版)》，2004 年 02 期
- 黄立芹著，《温庭筠“士行尘杂”考辨》，出自《长春师范大学学报》，2015 年 01 期
- 胡秋妍、陶然著，《温庭筠“能逐弦吹之音，为侧艳之词”释证》，出自《河南社会科学》，2017 年 07 期
- 王笑梅著，《温庭筠“旅游淮上”新探——兼谈晚唐士人的政治倾向》，出自《河南社会科学》，2014 年 06 期
- 刘学锴著，《温庭筠文笺证暨庭筠晚年事迹考辨》，出自《文学遗产》，2006 年 03 期
- 彭霞玲著，《帝王光环下的个人情怀——唐帝王诗研究》，出自《华南理工大学学报(社会科学版)》，2012 年 03 期
- 卞孝萱著，《晚唐小说与政治——从〈杜阳杂编〉等看“甘露之变”后的唐文宗》，出自《宁波大学学报(人文·科学版)》，2002 年 02 期
- 卞孝萱著，《“甘露之变”与〈喷玉泉幽魂〉传奇》，出自《西北师大学报(社会科学版)》，2002 年 03 期
- 路成文著，《〈牡丹赋〉与“甘露之变”——李德裕、舒元舆〈牡丹赋〉新论》，出自《江海学刊》，2017 年 06 期
- 胡可先著，《甘露之变与晚唐文学——兼论政治事件与文学的关系》，出自《唐代文学研究(第八辑)——中国唐代文学学会第九届年会暨国际学术讨论会论文集》，1998 年 10 月

- 陈鹏著,《罗隐年谱及作品系年》,出自《古籍整理研究学刊》,2011 年 02 期
- 戴振宇著,《唐五代浙东科举士人及其家族研究》,浙江大学硕士学位论文,2019
- 张红著,《罗隐入淮南幕府考》,出自《文艺评论》,2014 年 10 期
- 李定广著,《杰出的文学家、思想家罗隐》,出自《古典文学知识》,2011 年 03 期
- 李建崑著,《谲谏与垂训——罗隐〈谗书〉重探》,出自《山西大学学报(哲学社会科学版)》,2011 年 01 期
- 仇春霞著,《罗隐的理想与诗文创作》,西南大学硕士学位论文,2007
- 齐涛著,《韦庄生平新考》,出自《文学遗产》,1996 年 03 期
- 吴玲玲著,《晚唐文人的儒家理想与政治功利之矛盾研究——以韦庄为例》,出自《牡丹江大学学报》,2012 年 05 期
- 李博昊著,《花间词人韦庄晚年仕蜀心态发微》,出自《名作欣赏》,2017 年 30 期
- 李佳哲著,《试论〈秦妇吟〉的创作与自禁》,出自《宁夏大学学报(人文社会科学版)》,2016 年 04 期
- 姜剑云、何卉著,《韦庄家世小考》,出自《河北大学学报(哲学社会科学版)》,2016 年 03 期
- 周世伟著,《深情苦调 托为绮词——韦庄“艳制”词别解》,出自《前沿》,2010 年 02 期
- 大庭脩著,李茹译,《敦煌发现的张君义文书研究》,出自《陕西

历史博物馆论丛》，2018 年 25 期
- 刘安志，《敦煌所出张君义文书与唐中宗景龙年间西域政局之变化》，出自《魏晋南北朝隋唐史资料》，2004 年 00 期
- 巨虹著，《敦煌学郎诗内容考略》，出自《晋中学院学报》，2013 年 01 期
- 杨秀清著，《浅淡（谈）唐、宋时期敦煌地区的学生生活——以学郎诗和学郎题记为中心》，出自《敦煌研究》，1999 年 04 期
- 李正宇著，《唐宋时代的敦煌学校》，出自《敦煌研究》，1986 年 01 期
- 李丽著，《敦煌翟氏家族研究》，出自《甘肃社会科学》，1999 年 A1 期
- 邵文实著，《王锡与 S·1438 文书中的沙州长官——吐蕃统治河西时期的“破落官”》，出自《敦煌学辑刊》，2005 年 02 期
- 魏迎春、郑炳林著，《唐河西节度使西迁和吐蕃对敦煌西域的占领》，出自《敦煌学辑刊》，2020 年 01 期
- 郑红翔著，《唐安史乱后河陇陷蕃问题再探》，出自《敦煌学辑刊》，2017 年 04 期
- 赵晓星著，《敦煌陷蕃、“归化”“蕃和”和“丙寅年”时间考——有关敦煌陷蕃前后时间的几个问题》，出自《江西社会科学》，2004 年 12 期
- 赵晓星著，《吐蕃统治敦煌时期的落蕃官初探》，出自《中国藏学》，2003 年 02 期
- 顾浙秦著，《敦煌诗集残卷涉蕃唐诗综论》，出自《西藏研究》，

2014 年第 03 期
- 杨秀清著，《张议潮出走与张淮深之死——张氏归义军内部矛盾新探》，出自《敦煌研究》，1996 年 04 期
- 杨宝玉著，《张淮深墓志铭与张淮深被害事件再探》，出自《敦煌研究》，2017 年 02 期
- 张黎琼著，《莫高窟第 94 窟〈张淮深造窟功德碑〉相关问题论述》，出自《知识经济》，2010 年 06 期
- 郑炳林著，《敦煌本〈张淮深变文〉研究》，出自《西北民族研究》，1994 年 01 期
- 杨富学、盖佳择著，《敦煌写卷〈张淮深碑〉背后佚名诗文稽年》，出自《青海师范大学学报 (哲学社会科学版)》，2018 年 01 期
- 杨宝玉著，《晚唐文士张球及其兴学课徒活动》，出自《童蒙文化研究 (第二卷)(会议论文丛编)》，2017 年
- 张兴华著，《张氏归义军时期的文学活动系年研究》，出自《绵阳师范学院学报》，2017 年 03 期
- 顾吉辰著，《西汉金山国系年要录》，出自《敦煌研究》，1991 年 03 期
- 段锐超著，《敦煌张氏归义军及西汉金山国政权与中原王朝关系探究》，出自《石河子大学学报 (哲学社会科学版)》，2012 年 01 期
- 段锐超著，《敦煌西汉金山国政权性质及其立国举措成败析论》，出自《温州大学学报 (社会科学版)》，2012 年 05 期

图书在版编目（CIP）数据

曾有少年时 / 李浩源著. —杭州：浙江教育出版社，2020.12（2022.1重印）
ISBN 978-7-5722-1007-5

Ⅰ. ①曾… Ⅱ. ①李… Ⅲ. ①历史故事－作品集－中国－当代 Ⅳ. ① I247.81

中国版本图书馆 CIP 数据核字（2020）第 215112 号

责任编辑 赵露丹　**美术编辑** 曾国兴
责任校对 陈德元　**责任印务** 时小娟
产品经理 阿　竹　**特约编辑** 孙雨晗

曾有少年时
CENG YOU SHAONIAN SHI

著者　李浩源

出版发行　浙江教育出版社
（杭州市天目山路 40 号　电话：0571-85170300-80928）
印　　刷　天津旭丰源印刷有限公司
开　　本　880mm × 1230mm　1/32
成品尺寸　145mm × 210mm
印　　张　11
字　　数　235000
版　　次　2020 年 12 月第 1 版
印　　次　2022 年 1 月第 7 次印刷
标准书号　ISBN 978-7-5722-1007-5
定　　价　49.00 元

如发现印装质量问题，影响阅读，请与本社市场营销部联系调换。
电话：0571-88909719